Für alle Mitwirkenden des Theater- und Filmprojektes Tutto Bene, insbesondere für den echten Paul, der sich schon längst eine Tapferkeitsmedaille verdient hätte und für Franz -Josef, der sich nach einem schweren Unfall wieder ins Leben zurück gekämpft hat.

Presssack und Olive

1

»Was ist das?«, fragt der Rotzlöffel da neben ihm.

Wenn einer schon sagt, *was ist das,* dann is des a Preiß. Das ist dem Bene klar. Und wenn er schon unbedingt reden soll, dann ganz bestimmt nicht mit einem preißischen Rotzlöffel. So weit kam's noch. Bene stellt sich taub. Das kann er. Das hat er schon immer gekonnt. Und das hat seine Vroni zur Weißglut gebracht. Die Vroni in Weißglut. Ja das hatte was. Heute würde er es schätzen. Damals war's ihm wurscht. Jetzt würde er sich seine Vroni herbeiwünschen. In Weißglut. Aber das ist vorbei. Aus, Äpfe, Amen. Oder *aus die Maus*, wie sich der Rotzlöffel da neben ihm wahrscheinlich ausdrücken würde.

Was macht er überhaupt in diesem Scheißbus? Noch nie in seinem Leben ist er in einem Bus gesessen. Und jetzt mit sechzig Jahren muss er sich das antun. Wenn die Reise wenigsten nur bis Oberhummel gehen würde, dann wär das erträglich. Das sind von ihm zu Haus etwa fünf Kilometer. Oder bis zum Schliersee oder zum Wendelstein. Das wär wirklich weit genug. Schon am Schliersee reden sie anders als er. Aber wenigstens noch bayerisch, auch wenn es schon ein bisschen österreichisch klingt. Ausländisch. Aber dieser Scheißbus, der geht nicht bis Oberhummel, nicht bis zum Schliersee und auch nicht zum Wendelstein. Nein, dieser Scheißbus geht bis nach Italien. Ins Ausland. In ein Land, das er nur vom Fernsehen kennt. Und es reicht ihm schon, wenn er sich maximal alle zwei Jahre mit diesen Italienern befassen muss. Nämlich dann, wenn Fußballwelt- oder Europameisterschaft ist und wir gegen diese Schauspieler spielen müssen. Gott sei Dank ist er jetzt vom FC Bayern zu 1860 übergelaufen, sonst müsste er sich noch das ganze Jahr mit diesen Italienern, Spaniern, Engländern und wo sie sonst noch überall herkommen in dieser Champions League beschäftigen. So gesehen war es für ihn ein Aufstieg, dass die 60er in die vierte Liga abgestiegen sind. Da ist dieses Problem gelöst. Da spielt man nur gegen bayerische Dorfmannschaften. Am besten man bleibt in dieser Liga. Und jetzt sitzt er, der Bene, also mitten in diesem Scheißbus nach Italien. Mitten in der Scheiße.

Was ist das? Dieser Rotzlöffel, dieser preißische, der wagt es nun auch noch seinen Kopf durch den aufgeblasenen LKW-Reifenschlauch, den er zwischen sich und dem Rotzlöffel platziert hat, zu stecken und ungeniert und frech ein weiteres Mal zu fragen:

»Was ist das?«

Wieder stellt sich Bene taub. Warum sollte er auch antworten. Wenn er nicht mag, dann mag er nicht. Die sechzig Jahre, die er jetzt auf dem Buckel hat, haben ihn gelehrt, dass man Dinge und in diesem Fall Fragen aussitzen kann.

Allein schon mit dieser Eigenschaft hätte er das Zeug zum bayerischen Ministerpräsidenten oder wenigstens zum Bundeskanzler. Da wär eh mal wieder ein Mann dran.

Nein, Spaß hat es ihm nicht gemacht, wenn er die Vroni zur Weißglut brachte. Es hat halt viele Dinge vereinfacht, nicht zu antworten. Es war bequem. Die Vroni selbst redete schon so viel. Warum sollte er das dann auch noch tun? Und mit den Jahren stellte sie nicht nur die Fragen, sondern lieferte umgehend auch gleich die Antworten. Was hätte das noch für einen Sinn gehabt, selbst auch noch zu antworten? Er kannte ihre Antworten ohnehin schon im Voraus. Und er kannte seine gedanklichen Antworten. Die waren meist konträr. Also behielt er seine Antworten für sich und machte das, was er wollte, auch wenn es für die Vroni Weißglut bedeutete. Hätte er seine Antworten ausgesprochen, wäre Streit unausweichlich gewesen. Streit ist Stress. Und Stress brauchte er nicht. Stress hat er jetzt in diesem Scheißbus, in dem er gar nicht sitzen will.

Was sind das überhaupt für Leute, die da in diesem Bus sitzen. Vorsichtig blickt Bene nach hinten und zur Seite. Hinter ihm, das sind vermutlich die Eltern des Rotzlöffels und neben ihm auf der anderen Seite des Busses ein sehr eigenartiges Pärchen. Bene schätzt die beiden so um die vierzig. Vielleicht auch ein bisschen jünger. Kann man schlecht sagen. Die Frau sitzt am Fenster und schaut die meiste Zeit raus. Sie ist blond mit grauen Strähnen, ganz attraktiv, schlank, soweit er das sehen kann. Ihr Mann, das nimmt Bene zumindest mal an, verdeckt das Meiste von der

Frau. Er benötigt auch mindestens zwei Drittel, vielleicht auch dreiviertel der beiden Sitze. Er hat dunkle Haare oder genauer betrachtet etwas, das man gerade noch als Haare durchgehen lassen kann und sich nur seitlich am Kopf befindet. Ja dunkel, aber die exakte Farbe lässt sich nicht definieren. Blaurötlichschwarz. Ja das trifft es am besten. Blaurötlichschwarz. Sonst die blanke Kopfhaut, dunkelbraun wie das Gesicht und die fleischigen Arme, die aus einem engen, telekom-pinken T-Shirt, in das kein Wamperl sondern eine ausgesprochene Wampe gepresst ist, und das den behaarten Bauch freigibt, herausquellen. Die Beine stecken in einer gelben Jogginghose, die er von unten bis zu den Knien hochgeschoben hat. Der rechte Oberschenkel hängt seitlich über den Sitz und macht es unmöglich, dass jemand den Gang entlanggehen könnte. Der Typ erinnert Bene an seine Vroni, nicht wegen des Aussehens, nein seine Vroni war echt hübsch, sondern weil auch der die ganze Zeit spricht. Ein Mann, der die ganze spricht! Dass ein Mann die ganze Zeit spricht, das ginge ihm ja noch ein, dem Bene, aber ein Mann, der die ganze Zeit und noch dazu bayerisch spricht, das hatte er bis heute noch nie erlebt.

Hinter den beiden ist da noch ein junges Pärchen. Die sprechen nicht. Wäre auch schlecht möglich. Möglich vielleicht schon, aber man würde nichts verstehen, denn der junge Mann hat offensichtlich die ganze Zeit seine Zunge im Mund der jungen Dame. Oder die Dame ihre Zunge im Mund des jungen Mannes. Das lässt sich aus seiner Sitzposition nicht beurteilen. Vom Mann sieht er nur den Hinterkopf, von der jungen Frau die langen Haare.

Ja, so verliebt war Bene auch mal. Aber das ist lange her. Mehr als vierzig Jahre. Seine erste und seine einzige große Liebe, seine Vroni. Sie hatten sich damals bei der Landjugend kennen gelernt. Liebe auf den zweiten Blick. Auf den ersten Blick war auch schlecht möglich, denn das war auf einem Faschingsball, Vroni als Haremsdame mit verschleiertem Gesicht und Bene als Pirat mit einem verdeckten Auge. Bei der Polonaise ist es dann passiert. Er war direkt hinter der Vroni, seine Arme auf ihren Schultern. Hinter ihm der Barth. Der Depp war schon ziemlich besoffen, aber das war eigentlich wurscht, denn der Barth war auch ein Depp, wenn er nicht besoffen war. Und plötzlich legte ihm der Barth von hinten seinen Haxen so zwischen seine eigenen Haxen, wie es der Bene nur kannte, wenn er die Italiener bei der Fußballweltmeisterschaft beobachtete. Erst wollte er sich fallen lassen, aber dann hat er instinktiv nach vorne gegriffen und hat sich dann am Busen von der Vroni gerade noch festhalten können. Da hatte der Bene Glück und Pech zugleich. Glück, weil der Busen so üppig war, dass er ihn gar nicht verfehlen konnte und Pech, weil die Vroni in diesem Augenblick so gar nicht seine Pratzen an ihrem Busen haben wollte und sich deshalb umdrehte und dem Bene ihre eigenen Pratzen, die genau genommen gar keine Pratzen sondern zärtliche Mädchenhände waren, aber durch die Zentrifugalkraft ihrer Bewegung zu Pratzen mutierten, so im Gesicht platzierte, dass sich der Bene eigentlich gleich von Anfang an hätte fallen lassen können, denn jetzt lag er sowieso. Wie lange er am Boden lag, das weiß er bis heute nicht. Als er die Augen wieder öffnete, war die Polonaise jedenfalls schon aus und die Vroni beugte sich über ihn. Da trafen sich ihre Blicke das erste Mal. Vroni sagte:

»Du konnst glei nomoi oane ham!«

Und ihr Blick ließ erahnen, dass sie es ernst meinte. Da sagte Bene etwas, das er sich auch später nicht erklären konnte, denn normalerweise ließ er sich nie etwas gefallen. Auch nicht von einer Frau. Aber er war halt auf den Kopf gefallen, er sagte also:

»Du hast so schöne warme Händ'.«

In diesem Augenblick kreuzten sich ihre Blicke zum zweiten Mal und Vroni konnte sich nicht mehr halten. Sie musste lachen, dass die Musikkapelle aufhörte zu spielen, weil die Musiker dachten, ein Discjockey würde ihnen jetzt Konkurrenz machen. Statt einer weiteren Fotz'n gab sie ihm einen Kuss, von dem ihm schwindelig wurde. Das war das Zeichen für ihn, ihr unbedingt noch am gleichen Abend in der Hagenau, einem kleinem Wäldchen bei Haag an der Amper, die Hydropneumatik, eine automatische Niveauregulierung seines Citroen DS Baujahr 1961, zeigen zu müssen. Vroni war beeindruckt, wie stabil nicht nur dieses Auto stand, und das bei herabgelassener Hydraulik. Ein Jahr später waren sie verheiratet.

Wie gerne würde Bene jetzt in seinem Citroen DS Baujahr 1961 von damals sitzen und nicht in diesem Scheißbus. Aber das wäre ja eh nicht möglich, denn zum einen war sein Citroen schon längst auf dem Autofriedhof und wahrscheinlich zu Staub geworden, es war halt kein BMW, da konnte der ja nicht alt werden und zum anderen war die Vroni nicht mehr da, die gefahren wäre, denn er, der Bene hatte ja keinen Führerschein mehr. Und das wegen einer kleinen Jugendsünde. Nur weil die Polizei und der Amtsrichter keinen Spaß verstanden. Dorfpolizei und Dorfamtsrichter halt aus Moosburg. Dabei konnte er ja gar nichts dafür. Zugegeben, ja das Polizeiauto hatte er schon mit einem Stahlseil an einem Baum angebunden. An der hinteren Stoßstange. Außerdem war das gar kein Baum sondern nur ein Bäumchen. Aber er konnte doch nicht ahnen, dass ausgerechnet eine Viertelstunde später die Sparkasse in Hörgertshausen überfallen werden sollte. Außerdem konnte er auch nicht wissen, dass die Stoßstange eines BMW viel stabiler als die eines Citroen ist. Wissen nicht, ahnen vielleicht. Aber gerade das wollte er ja ausprobieren. Was er aber wirklich nicht ahnen konnte, ist der Umstand, dass der Baum, der eigentlich noch ein Bäumchen war und erst vor zwei Jahren neben der Polizeiinspektion eingepflanzt worden war, noch nicht so richtig angewurzelt war. Womit er aber absolut nicht rechnen konnte, war die Tatsache, dass die beiden Polizisten in den 1970er-Jahren denselben Intellekt wie Hubert und Staller hatten. Heute vermutet er, dass diese Serie genau diesen beiden Polizisten nachempfunden wurde. Jedenfalls kämpften die mit ihrem Dienst-BMW solange gegen das Bäumchen an, bis sich das Bäumchen erbarmte und sich auf den drei Tage alten BMW legte. In der Horizontalen sah das Bäumchen gar nicht mehr aus wie ein Baumchen, eher wie eine deutsche Eiche. Der BMW wie zwei FIAT 500. Den Polizisten ist nichts passiert. Dem Bankräuber auch nicht. Den konnte die Polizei auf seinem Damenfahrrad, Baujahr 1961, nicht mehr verfolgen.

Nur der Bene hatte gleich zwei Arschkarten gezogen,

einmal weil die Viertaler Fanni, die gegenüber der Polizeistation im ersten Stock wohnte, einen Tag vorher ihren fünfzigsten Geburtstag hatte und von ihrem Sepp eine Polaroidkamera geschenkt bekam, die sie genau da ausprobierte, als Bene gerade das Polizeiauto anband. Die zweite Arschkarte, weil der Moosburger Amtsrichter bei der CSU war. Mit seinem Urteil auf lebenslanges Fahrverbot hatte er nicht nur ein Ausrufezeichen gesetzt, sondern sich selbst auch auf den Stuhl des bayerischen Justizministers.

Scheißbus. Warum muss ich auch diese blöde Reise gewinnen, denkt Bene.

»Was ist das?«

2

Warum musste Bene auch diese Reise gewinnen? Ganz einfach, es war ein abgekartetes Spiel. Genauer gesagt ein schafkopfabgekartetes Spiel. Aber das wusste er nicht. Zum Kartenspielen kam er am 13. März zu spät. Das war zwar nichts Neues, denn Bene kam immer zu spät, seit die Vroni nicht mehr da war. Der 13. März ist jedoch sein Geburtstag und an diesem 13. März war es sogar sein sechzigster Geburtstag. Seine Freunde, der Fonse, der Hias und der Barth warteten schon seit über einer Stunde auf ihn bei der Anni. Das Wirtshaus hat keinen Namen. Es heißt einfach bei der Anni, weil die Wirtin Anni heißt. Wenn die Anni mal nicht mehr lebt, heißt es wahrscheinlich da Giovanni oder da Franco oder da Beppo, weil alle bayerischen Wirtshäuser so heißen, wenn die alten Besitzer rausgestorben sind oder in Mallorca einen Schnitzelwirt aufgemacht haben.

»Mia dean a so ois ob nix wär«, sagte der Hias.

Barth schaute skeptisch. Er war kein Optimist. Noch nie.

»Wenn er überhaupt kommt.«

Fonse sah das anders.

»Der kimmt, Barth. Garantiert.«

»Garantiert denkt der ned amoi dro.«

»Des glaubst ja selber ned. Da Bene hod sein' Geburtstag früher aa ned vergessen. Dann vergisst er sein' runden heid erst recht ned.«

»Früher is früher.«

»Und heid is heid. Und heid is' ned anders wia früher.«

»Und weil heid ned früher is, vergisst er'n heid.«

Anni stand hinter dem Tresen und putzte die Weißbiergläser, blitzeblank. Die Spülmaschine war der Anni nie gut genug. Nein, da musste sie immer nacharbeiten. Mit Spucke. Eine Methode, die sogar ihre Großmutter schon angewandt hatte, als es noch keine Spülmaschine gab. Und gestorben war noch keiner dran. Vermutlich.

»Ihr habt's wieder so eine Logik beinanda«, meinte sie.

»Entweder du hast as oder du hast as ned«, warf Barth ein.

»Aber ihr habt sie's. I woaß scho.«

Hias war wie immer vorausschauend, wenn er etwas sagte.

»Und was dean wir, wenn er ned kimmt?«

Barth hatte gleich einen Einfall.

»Dann kemma mia zu eam.«

»Und wenn er ned aufmacht?«

»Da brauchts iaz gar ned so omananda spekuliern, weil der kimmt. Bring mia no a Weißbier, Anni.«

Der Fonse blieb weiter optimistisch.

Das mit dem Weißbier hellte alle gleich wieder auf. Sofort bestellten die beiden anderen auch ein frisches.

Als der Fonse aber eine vierte Halbe bestellte, schaute Barth so blöd wie nur er es konnte.

»Warum viere?«

»Für'n Bene hoid aa glei' oane. Wenn der kommt, dann hod der glei Durst. I kenn ihn doch.«

»Mia kennan eam aa. Aber seit sei' Vroni weg is, kann er nimmer denken. Und desweg'n denkt er ned dro.«

»Der is ned anders wia früher. Bloß, dass eam sei Vroni ois g'sagt hod, was er macha muaß.«

»Des moan i ja. Da siehgst amoi, was de Weiber für a Macht ham auf uns und deswegen hab i aa nia g'heirat.«

»Red' doch ned so einen Schmarr'n, Barth«, sagte die Anni als sie die vier Weißbier brachte. »Was wärt's ihr denn ohne uns? Ha? Da Bene hod doch immer scho' g'macht, was er mög'n hod. Der is stur wia a Brettl. Sei Vroni hod doch da nia a Chance g'habt.«

»Freilich hat die a Chance g'habt. Wenn de g'sagt hod,

Bene trink noch a Weißbier, dann hat da Bene noch a Weißbier drunga.«

»Aber des hat's doch nie g'sagt.«

»Richtig. De hat einfach immer des Falsche g'sagt.«

Da konnten sie alle drei lachen, dass beinahe die gefüllten Weißbiergläser umgefallen wären, was dann aber wieder nicht lustig gewesen wäre.

»Mei, ihr seid's scho solche Deppen.«

Der Fonse stellte wie immer das Positive in den Vordergrund, das konnte er einfach.

»Aber wenn sei Vroni g'sagt hod, was er anziehen soll, dann hat der des auch an'zogn.«

»Ja freilich«, konterte Anni, »aber nur wenn's a Trachtenhos'n und a Trachtenhemd war. A Jeans is scho nimmer gangen.«

»Und wenn's eam was zum Essen hing'stellt hat, dann hat er des auch gessen.«

»Ja logisch, weil sie hat ja kocht wia a Weltmeisterin. Aber sie hat ja nur bayerisch kochen dürfen, sobald sie was vom Fernsehen nachkocht hat, hat er's nämlich nimmer gessen! Ned amoi wenn's vom Schuhbeck war.«

»Der kocht ja aa wia a Preiß und haut in den Schweinsbraten auch noch an Ingwer rein«, warf der Barth ein. »Und wenn de Vroni g'sagt hod, Bene i möcht' gern in Urlaub fahr'n, dann is er mit ihr sogar in Urlaub g'fahrn. Jetz sagst nix mehr!«

»Ja, nach Oberhummel zum Ochsenrennen oder vielleicht amal zum Schliersee.«

»Aber einmal mit drei Übernachtungen beim Wendelstein!«

»Auf da Alm. Mit Plumpsklo! Toller Urlaub!«

»Da Bene is halt ein eingfleischter Bayer.«

»Der is für's Traditionelle. Der liebt sei Land«, gab jetzt der Hias auch noch seinen Senf dazu.

»Und er geht auf a jed's Fuaßballspiel vom VfR Haag«, meinte der Fonse. »Weil er so heimatverbunden is.«

Die Anni verdrehte ihre Augen.

»Heimatverbunden! Des stimmt. Aber sei Heimat is nur Haag. Alles was über 2 Kilometer rausgeht, is für ihn ja schon Ausland. Und alles Ausländische is Gift. Was war denn sei weiteste Reise? I kann's euch sag'n. Der Wendelstein. Vor 15 Jahren. Der kann doch gar net beurteilen, wie des woanders is, wenn er noch nie dort war.«

»Kann er scho«, sagte Barth. »Der hat an Fernseher.«

»Fernseher. Dass i net lach. Da schaut er wahrscheinlich auch nur *Dahoam is dahoam* an. Da Bene g'hörat amoi auße in d'Welt, damit er moi siehgt, dass ned bloß Bayern gibt, sondern auch andere Kulturen. Bayern is ned ois auf da Welt!«

»Red' dich doch ned so in Rage.«

»Is doch wahr auch!«

Da musste Fonse den Bene aber schnell verteidigen. Er war schließlich vor 35 Jahren der bester Verteidiger beim VfR Haag. Ausputzer.

»Der Bene is koa Unrechter ned, Anni. A bisserl stur vielleicht. Aber des is scho' ois auch. Der hat hoid bloß noch ned überwunden, dass eam die Vroni davon is. Da würd's mir genauso gehn, wenn mei Irmi auf einmal furt wär.«

Das war das Zeichen für den Barth, seine junggesellischen Weisheiten los zu werden.

»Des is auch der Grund, warum ich nie heiraten tät. Z'erst steck'st dein ganzes Geld rein in so ein Weib und auf einmal is sie weg. Und kriegen tu'st nix mehr für dei' Geld. Da stimmt die Rendite einfach ned.«

Jetzt hatte auch der vorausschauende Hias sein Thema gefunden.

»Man muß eam halt a wengal eine Zeit geben, dem Bene. Wenn er den Verlust von der Vroni einmal überwunden hat, dann wird der schon anders.«

»Spinnst du Hias«, meinte die Anni. »die Vroni is jetzt schon acht Jahre furt.«

»Da siehgst amal, was eam de angetan hod.«

»Wenn ich die Vroni g'wesen wär, wär i scho' 30 Jahr furt.«

»Der Bene brauchat wieder a Weib'. Dann tät er ned so nachsinnier'n nach da Vroni«, gab Fonse zum Besten.

Da konnte jetzt der Hias auch mitreden, was nicht so oft vorkam.

»Des stimmt. Der muss auf andere Gedanken kommen. I kenn des aus eigener Erfahrung. Wie mei' Rosa g'storb'n is, hab i auch g'meint, a Welt bricht zam. Da hab i mich eingraben und wollt von nix und von niemand mehr was wissen. Bis ich dann die Maria kenneng'lernt hab… nach 2 Wochen, dann is' wieder aufwärts gangen. Woaßt was i moan Anni?«

»Du bist von Haus aus anders, Hias. Aber da Bene war

doch no' nia anders. Der war scho' genauso wia de Vroni no da war, jetz is er bloß no' verstockter.«

Aus Barth platzte es sofort heraus.

»Der brauchat alle 14 Tag a anders Wei', da bringst a Abwechslung in dei Leben nei, ha, ha, ha.«

»Schmarrn. Da Bene is im Grunde a treue Seele. Der brauchat nur oane, oane dat eam glanga. So oane wia mei Irmi, verstehst«, sagte Fonse.

»Oane, de wo so is wia sei Vroni war«, glaubte Hias.

»Bloß so blöd darf's ned sei. Dass eam aa wieder ois macht.« Das war der Anni sofort bewusst.

»Aber wia soll der oane find'n«, meinte der Barth, »wenn er ned furt geht? Oamoi in da Woch' mit uns da her zum Schafkopfa und immer wenn oana von uns Geburtstag hat. Des is ois. Und da san koane Weiber da. Lad' halt mal den Frauenbund ein, Anni, wenn wir grad da san. Da wird scho' so a Oag'schichtige dabei sei.«

Da legte die Anni dann aber los.

»Den nimmt doch koane! Zumindest ned solang, wie der a so is wie er is. Da Bene muaß ofanga zum leben.«

Bei dem Bene sei mit seinen sechzig Jahren das Haltbarkeitsdatum schon abgelaufen, ja an manchen Stellen habe sich bestimmt schon Schimmel gebildet. Er sehe aus wie eine wandelnde Leiche. Die Vroni habe bestimmt auch Schuld, weil sie ihm alles von den Augen abgelesen und alle Entscheidungen abgenommen habe. Der habe sein Hirn doch nie selbst einschalten müssen, das laufe seit Jahrzehnten auf standby, wenn der Stecker nicht gar schon gezogen sei. Der Garten sei so verwahrlost, dass ein Urwald ein Dreck dagegen sei, und sie möge gar nicht wissen, wie es erst im Haus ausschaue, in das er niemanden reinlasse. Wahrscheinlich genau so wie in seinem Bauch, wo auch nichts Gescheites reinkäme. Beim Metzger kaufe er jeden Samstag das Gleiche ein: vierzehn Paar Weißwürste, 2 Pfund Aufschnitt, und einen Presssack. Beim Bäcker ein Kilo Bauernbrot und sieben Brezen.

»Des is doch koa schlechts Essen ned. Der Bierfahrer bringt eam aa no vier Tragl Bier jede Wochn. Und a Bier hat einen Nährwert, verstehst, Anni«, warf der Verteidiger Fonse schnell ein. Das hätte er nicht tun sollen, denn jetzt erwachte in der Anni der Stürmerinstinkt und sie ließ die drei mit offenem Mund im eigenen Strafraum stehen.

Kein Gemüse, kein Obst, keine Ballaststoffe. Das gehe überhaupt nicht. Und weil man gerade beim Gehen sei. Keinerlei Bewegung. Nur von seinem Haus bis zum Wirtshaus, einmal in der Woche. Und das seien gerade mal 25 Meter. Vermutlich esse er seine Weißwürste auch noch kalt, weil er zu faul oder zu blöd zum Warmmachen sei. Beim Bene helfe nur noch eines, nämlich eine Herausforderung und zwar eine geistige, eine körperliche und eine soziale, sonst versauere er ganz. Das habe sie erst neulich beim Friseur gelesen.

Der Hias fand als erster die Sprache wieder, was verwunderlich war.

»Und was hoaßt des auf deutsch?«

»Er muaß denken, er muaß sich rührn und er muaß unter d'Leut.«

Das verstanden die drei jetzt nicht. Denn in ihren Augen hatte er das doch alles:

»Er duat Schafkopfen mit uns, oiso denken«.

»Er is unter de Leut, oiso bei uns.«

»Und er bewegt sich, weil er z'Fuaß da her kommt.«

»Seids ihr alle drei so blöd oder tut's ihr bloß so. Was schenkt's eam denn eigentlich zum Geburtstag?«

»Wir ham g'meint, wir lassen ihn heid beim Schafkopfa g'winnen«, stellte Fonse die gemeinsame Idee vor.

»Zum Sechzigsten! Ihr seid's so Freund! Da denkt ma sich doch was g'scheids aus.«

»Warum, des san bestimmt 100 Euro. Wir spuin ja ned bloß um a Fünferl. Da kann er zwoamoi ins Puff geh. Kommt hoid drauf an, was er ois mach'n lassen wui«, war der Kommentar vom Barth.

»Oder er kauft sich Weißwürst für die nächsten paar Monate«, schwächte Fonse schnell ab, weil er die sexuelle Denkweise der Anni kannte.

»Schenkt's ihm eine Reise!«

Da kam es von allen dreien wie aus einem Mund:

»A Reise????«

»Ja, eine Reise! Da schaut's einmal her. In der Zeitung war heut der Prospekt drin. Des schaut gut aus. Italien.«

Anni warf den bunten Prospekt gezielt zwischen die vier Weißbiergläser, von denen nur noch eines gefüllt war. Das heißt, die anderen drei waren auch noch gefüllt, aber nur mit Luft.

»Ich bring euch noch mal drei frische, geht auf meine Rechnung und ihr schaut's euch den Prospekt moi genauer an.«

Der Hias las vor, er redete zwar nie viel, aber Lesen konnte er.

»R – R – R. Rudis Reise Routen. 1 Woche in die…. Zin, zinkwe Terre. Mit einem kom..fortabe..len Reisebus fahren Sie über den Brenner, Mode..rna und Parma nach Monecklia. Dort erwartet Sie das Familienhotel Eva la ..Ro ..roman..ticka. Von hier ist es nicht weit zur Zin…kwe Terre.«

»Tschinquwe Terre hoaßt des, Hias. Und Monellia. Des is italienisch. Lies weida.«

»Die Schinkwe Terre besuchen wir mit dem Zug, der ab Monecklia an der romantischen Küste entlang fährt. Zurück geht es mit dem Schiff.«

»Des möcht i sehn, der Bene auf dem Schiff. Moant's wia der speibt«, sagte Barth.

»Lies weiter Hias, sonst sauf i des Weißbier selber.«

»Weitere Ausflüge nach Porto..fi..no und Car..carra..ra.«

»Des is bestimmt ein Druckfehler, des muss Carrera hoaßen. Hab i als Kind mal zu Weihnachten gekriegt«, warf Fonse schnell ein.

»Leistungen: Busfahrt mit Brotzeit – Brotzeit hört sich guad o -, 7 Übernachtungen mit Halb..pen…sion, 2 Ausflüge 499,- €.«

»Ja und was soi iaz nacha des?« Barth schaute dabei noch blöder als sonst.

»De Reise schenkt's ihr dem Bene zum 60. Geburtstag. Ganz einfach.«

»499,-€ ???????«, sagte der Hias erschrocken und malte sich schon aus, wie er das Geld abzweigen sollte, ohne dass die Maria das merkte.

Anni stellte die drei frischen Weißbier hin.

»Warum ned? Seid's jetz seine Freund oder ned? Der 60. Geburtstag is doch was besonders. Entweder es geht noch mal a bisserl aufwärts oder im freien Fall nach unten. Und ihr würd's ihm mit der Reise vielleicht helfen.«

Das mit dem Helfen kapierten sie alle drei nicht. An den fünf Weißbieren, die mittlerweile jeder von ihnen getrunken hatte, lag es vermutlich nicht. Das waren sie gewöhnt. Und Anni erklärte ihnen noch mal alles ganz geduldig, aber mit einer gewissen Schärfe, was sie ihnen vorher schon alles erläutert hatte, bis sie es gefressen, also kapiert hatten. Jetzt hatte aber sogar der Optimist Fonse seine Bedenken.

»Anni, alles schön und guad. Aber du hast eines vergessen. Der Bene fährt ned nach Italien. Auch wenn wir ihm des schenken.«

»Und warum ned?«

Jetzt hatte Anni ihren Blackout. Vermutlich hatte sie schon zu viel Weißbierdämpfe eingeatmet. Dafür kamen nun die Argumente der drei Stammtischbrüder wie aus der Pistole geschossen. Sie hatten nämlich ihr Level, das sie zum Denken benötigten, erreicht.

»In Italien redt' koa Sau bayerisch.«

»Da gibt's koane Weißwürst und koa Weißbier.«

»Und koan Hendlmeier-Senf.«

»Keinen Schweinesbrat'n.«

»Koane Brezen.«

»Nicht einmal einen Schliersee und auch keinen Spitzingsee.«

»Keine g'scheidn Berg. Koan Wendlstoa.«

»Mit Pizza und Nudeln kannst an Bene jagen.«

Und dann kam auch noch das schwerwiegendste Argument vom sonst so optimistischen Fonse.

»Des schlimmste is, Anni, dass die Vroni mit einem Italiener beinander is.«

»Aber den hat's doch erst seit vorigem Jahr. Da war's mit dem Bene doch scho' 7 Jahr lang aus.«

»Des is wurscht«, meinte der Barth, »nach Italien bringst du an Bene gar nia ned. Des brauch ma eam gar ned schenken.«

Die Anni wäre aber nicht die Wirtin vom Wirtshaus bei der Anni, wenn sie nicht noch eine List im Ärmel, so wie die Stammtischbrüder oft eine Karte im selbigen, gehabt hätte.

»Blöd schaun, würd er ja schon, der Bene, wenn er auf einmal allein da in Italien stehn würd. Was meint's, was der für ein blödes Gesicht hätt?«

Da kam es von den Dreien wieder reihum heraus.

»Vergönnen dat i eam's ja scho, alloa da unten. Nix versteh.«

»Außer Bahnhof, vielleicht, ha, ha, ha. Schtazione.«

»Koane Weißwürst.«

»Koane Brez'n.«

»Nicht einmal einen Schliersee und auch keinen Spitzingsee.«

»Keine g'scheidn Berg. Koan Wendlstoa.«

»Koan Presssack. Dafür a Salzwasser. Was moant's, wia der blöd schaut, wenn der a Salzwasser schluckt. Mit dem rechnet der net. Des mächat i sehn!«

Und nun konnten sie wieder alle so richtig lachen. Gut, dass die Weißbiergläser schon wieder fast leer waren, außer dem vom Bene, das da noch ganz einsam und verlassen dastand und nicht einmal mehr vor Wut schäumen konnte, wenn man sich über den Bene lustig machte.

Plötzlich sagte der Optimist schon wieder etwas Pessimistisches:

»Schluss jetzt. Da brauch ma ned drüber nachdenken. Des hab ich schon einmal g'sagt. Des Geschenk nimmt der Bene ned an. Aus. Äpfe. Amen.«

Jetzt war es so weit. Anni zog die Karte aus dem Ärmel, ihren Trumpf, der ein Max gewesen wäre, wenn sie gewattet hätten. Jedenfalls war dieser Trumpf eine Hinterfotzigkeit und mit Hinterfotzigkeit kann man Stammtischbrüder immer um den Finger wickeln, zumindest dann, wenn sie nicht selbst davon betroffen sind. Sie erklärte den mit weit aufgerissenen Augen auf das nächste Weißbier wartenden Saufkumpanen, dass man dem Bene die Reise nicht schenken dürfe, nein, die müsse er sich verdienen und zwar beim Schafkopfspielen. Sie hätten ihn doch ohnehin gewinnen lassen und dann sei halt dieses Mal der Gewinn kein Geldbetrag sondern eine Reise. Das müsse man ihm nur gekonnt unterjubeln, ohne dass er es merke, und da hätte sie schon einen Plan. Und wenn er die Reise dann gewonnen habe, dann müsse er die auch annehmen, denn so wie Spielschulden eine Ehrensache seien, so wäre es auch bei Spielgewinnen. Da käme er nicht mehr aus.

»Und jetzt schlagt's ein, sonst kriegt's koa Weißbier mehr!«

Das ließen sie sich nicht zweimal sagen. Und so schlugen sie mit ihren Pratzen zusammen, dass sie nicht einmal hörten, wie die Tür aufsprang und der Bene plötzlich im Raum stand.

»Was macht's ihr da?«

Anni wusste sofort eine Antwort. »Die ham grad g'wettet, dass du heid nimmer kommst.«

Fonse ging als Erster darauf ein. »Aber i hab glei g'sagt, dass du kommst Bene. Damit hab i g'wonnen. Der Hias und der Barth zahl'n heut die Zech.«

»Spinnst du jetz?«, kam es von beiden wie aus einem Mund.

»Wett- und Spielschulden san Ehrensache, gell Bene«, sagte die Anni.

»Schon. Des siehg i auch so. Bring mir a Weißbier, Anni.«

»Des steht scho da, Bene.« Barth zeigte auf das schaumlose Getränk.

»Wia lang steht'n des scho da?«

»Mei', wenn du so lang net kommst.«

»Des konnst selber sauf'n. Zahln tust du es ja eh. Anni bring ma a frische!«

Und dann gratulierten sie ihm erst einmal zum Geburtstag mit allen Wünschen, die mindestens so schlüpfrig waren wie Weißwürste, die eine Woche Sommerurlaub im Wintergarten verbracht haben.

Die Anni meinte dann, »Bene, was magst denn zum Essen; bist heid ei'gladen von mir zu dein'm Ehrentag.«

Da war Barth gleich wieder in seinem Element.

»Wir ham scho' gessen, Bene. De Anni hat heid ganz was guads. Spaghetti mit Oliven und Scampi, gell Anne.«

Sogar der Hias war gleich mit von der Partie.

»Und ois Nachspeis a Tiramisu.«

»Die Anni würd' dir auch eine Pizza machen, Bene, falls du die liaba magst«, mischte auch noch der Fonse mit.

»Pfui Deife. Bring mir an Wurstsalat mit vui Zwiebeln, Anni.«

»Zu dein'm Geburtstag?«

»Ja freilich.«

»Mei', wenn er koane Spezialitäten mag, gell Anni, dann hoid an Wurstsalat.«

Alle tranken noch mal mit einem frischen Bier auf Bene's Geburtstag.

»So Bene, du bist jetz da Erste von uns mit dem Sechser vorn dro. Was is nacha jetz anders?«, fragte der Fonse.

»Was soll da anders sei?«

»Na ja bist no' überall im Saft, ha? Woaßt scho' wia i des moan!«, stichelte der Barth.

»Depp.«

Sogar der Hias redete jetzt mehr. Eigentlich fing er erst immer nach dem achten Bier an. Er war jetzt erst beim siebten.

»So dengamaßig. Lasst es Hirn schon nach oder ned?«

»Seid's jetz blöd oder was? Anne tu amoi d'Karten her, dann schau ma, wer no richtig denk'n kann und wer ned.«

»Doppelter Einsatz heid, ha Bene, zu dein'm Geburtstag?«, sagte der Barth.

»I hab da koa Problem.«

Jetzt war der Fonse an der Reihe.

»Und wenn wir heid amoi ned um Geld spuin, sondern um was anders?«

»Wia was anders?«

»A bisserl an Nervenkitzel verstehst? Aber na, des traut's ihr euch ja doch ned.«

Der Barth spielte gleich mit.

»Ahhhh, du moanst a Ballonfahrt oder a Gleitschirmflug oder so was?«

»Zum Beispiel.«

»Mit so einem Krampf könnt's ma geh! Da mach i ned mit«, stellte der Bene klar.

»Puff?«, warf Barth ein.

»Halt dei' Mai!«

»I hab' ja glei g'sagt, dass der Saft schon auslässt bei dir.«

Da sprang der Bene auf und ging auf den Barth los. Aber bevor Schlimmeres passieren konnte, war die Anni mit ihrer Körbchengröße D zwischen den beiden und beförderte beide vehement auf ihre Plätze.

Der Fonse sagte schnell:

»I woaß was. In da Zeitung san doch immer Prospekte drin. Wir suach ma uns oans aus und der wo g'winnt, der kriegt des auf dem Prospekt.«

»Des kann aber teuer werden«, keuchte der Bene noch außer Atem.

»Des scho', weil meistens is' des ein Prospekt vom Baumarkt. Anne dua amoi de Prospekte her von heid.«

»Oh, da is heid bloß oans drin. Aber des is ja ganz was Besonderes. Wär des net vui aufregender, wenn ihr vorher gar ned wisst's was des is?«

»Und wenn des a rechter Schmarrn is?«, stellte sich Fonse ganz dumm.

»Nein des is was, was a jeder brauch'n kann. Aber des traut's ihr euch net, gell, dass ihr um des spielt's, wenn ma ned woaß was des is. Da habt's ihr Schiss.«

Und jetzt fühlten sich alle, außer Bene, der von nichts wusste, wie erfahrene Komödienstadlschauspieler. Der Barth machte weiter.

»Also, i trau mi. Aber de andern ned. Des woaß i.«

»I aa!«, sagte Hias schnell. »Und du Fonse?«

»I woaß ned??? I bin da genau so ein Schisser wia da Bene!«

»I a Schisser! Da kennst mi aber schlecht. I bin dabei.«

»Guad, wenn's unbedingt sein muss, dann i halt aa«, tat der Fonse ganz gequält. »Hoffentlich kann i des brauchen, weil einen Gewinn muss ma annehmen, oder?«

3

»Sieben Minuten und zweiunddreißig Sekunden!«

»Mama, schau einfach woanders hin, wenn dir des ned g'fällt. Schau zum Fenster raus. Des is doch a schöne Landschaft. Schau, die Berge sieht ma auch scho.«

»Jetzt san die acht Minuten voll. Des is eine Unverschämtheit, was die zwei da vollzieh'n.«

»Du warst doch auch mal jung, Mama.«

»Ja freilich war i aa moi jung. Aber des war eine ganz andere Zeit war des.«

»Du bist manchmal so intolerant, Mama.«

»Des hat nix mit Intoleranz zum tun Brigitte, sondern mit gutem Geschmack. Jetzt geht's auf die neun Minuten zu. So was hab i ja noch nie geseh'n«, ereifert sich Hermine.

Hermine ist noch sehr attraktiv für ihr Alter. So um die siebzig. Schlank, graue Haare, die sie wie diese französische Tierschützerin, die angeblich mal eine vollbusige Playboygattin war, frech zusammengebunden hat und in nichtzusammengebundenem Zustand vermutlich fast bis dorthin reichen, wo vor zehn Jahren die junge Damenwelt noch ein Arschgeweih trug. Wie kann man seine Hinteransicht nur so verunstalten, dachte sie oft, wenn beim Einkaufsbummel in der Münchner Fußgängerzone vor ihr diese jungen Dinger gingen mit ihren nur bis zu den Beckenknochen reichenden Jeans und den Tops, die so kurz waren, dass man sie im Fasching nicht mal als Augenbinden für Piraten verwenden könnte, wodurch die Geweihe allerdings immer

Frischluftzugang hatten. Mit so was bräuchte ihre Tochter nicht heimkommen, aber da machte sie sich keine Sorgen, denn Brigitte war 48 und schon immer etwas bieder. Ein Arschgeweih? So weit käm's noch.

Hermine trägt dort, wo andere ein Arschgeweih tragen, den Schriftzug *Jimmy for ever.* Aber auch erst seit fünf Jahren. Das weiß aber nur sie und der Tätowierer vom Studio *Tintenstrahlstecher* in Moosburg. Für die Reise hat sich Hermine eine weiße enge Hose angezogen, Stretch, damit nichts zwickt und eine lange rote Bluse, die schön über die Taille reicht. Der Jimmy geht schließlich niemanden etwas an. Über der Bluse trägt sie ein ärmelloses, bunt besticktes Jäckchen, wie man es in den 1960er-Jahren trug, jetzt aber wieder modern ist. Zumindest in ihren Augen.

»Man kann sich doch ned zehn Minuten und länger ohne Pause küssen. Irgendwann muss man doch Luft holen«, schickte Hermine noch hinterher.

»Kann man scheinbar doch, Mama. Sonst würden sie sich ja nicht mehr bewegen, aber die bewegen sich.«

»Des hab i auch schon g'sehn, dass die sich bewegen. I möcht gar ned wissen, wo der seine Hände hat.«

»I auch ned, Mama!«

»Aber ich!«

Hermine steht auf.

»Mama, wo möchst du hin?«

»I hol mir was zum Trinken.«

»Mama.....!«

Aber da hat sich Hermine schon erhoben und drängt in Richtung Busfahrer. Auf der Höhe des jungen schmusenden Pärchens bleibt sie für Brigitte gefühlte zwei Minuten kopfschüttelnd stehen und beobachtet die beiden, die sich allerdings nicht stören lassen und auch nach jetzt ca. vierzehn Minuten Dauerkuss Hermine gar nicht bemerken. Brigitte hält sich ihre Illustrierte vor das Gesicht. Das ist so peinlich. Sie bekommt dann gar nicht mehr mit, wie sich Hermine schließlich doch in Richtung Busfahrer weiterkämpft. Im wahrsten Sinn des Wortes weiterkämpft, denn in der ersten Reihe gibt es eine regelrechte Engstelle. Wie blöd sind manche Leute, denkt sie noch. Wer stellt denn einen gelben Briefkasten mitten in den Weg, bis sie merkt, es ist gar kein Briefkasten, sondern ein in briefkastengelben Stoff eingepackter Oberschenkel, der zu dem dauersprechenden Fleischkoloss auf der linken Busseite gehört. Ach das war gar kein Radio, das sie die ganze Fahrt schon hörte, nein das war die Stimme dieses….. warum ist der eigentlich gelb und rosa angezogen? Ist das ein Buddha? Oder ein thailändischer Mönch? Ein Radio mit riesigem Resonanzkörper? Ach da ist ja noch etwas zwischen dem Radio und dem Fenster geklemmt. Eine Frau. Twiggy? Wer sonst hätte da noch Platz?

»Kann i da mal durch?«

Das Radio spricht weiter. Auf der rechten Seite des Busses sitzt einer mit einem schwarzen Reifen.

»Hallo Sie! Können Sie dem Dauerschwätzer da mal sagen, dass i durch möcht?«

Der bleibt stumm. Wo ist sie denn da hingeraten. Hinter sich ein zu einem Klumpen verschmolzenes Pärchen, vor sich links ein gelber Buddha mit eingebautem Radio und vorne rechts eine stumme Salzsäule, die offensichtlich an einen schwarzen Gummireifen gebunden wurde. Der Buddha hat am Kopf einen blaurötlichschwarzen Kranz. Sind das Haare? Sind Buddhas nicht ganz kahl? In der Mitte ist er allerdings kahl.

Eine runde Mitte. Jetzt versteht sie. Da haut sie drauf und augenblicklich verstummt das Radio. Aha, das ist also der Ausschaltknopf. Knopf allerdings vermutlich defekt, denn der arretiert scheinbar nicht. Nach fünf Sekunden gespenstischer Ruhe schaltet sich das Radio von selbst wieder ein.

»San Sie ned ganz sauber?«

»I möcht da durch zum Busfahrer. I hab Durscht.«

»Und warum fragen's dann ned. Mit mir kann man doch reden. I bin ja koa Unmensch. Wir fahren in den Urlaub. Alles mit der Ruhe guade Frau. Italien. Da san de Leid ned so gestresst wia bei uns. Deswegen fahr'n wir da hin, meine Frau und ich.

Wir san oft in Italien, aber in der Cinque Terre waren wir noch nie. Waren Sie schon mal da? Soll landschaftlich ganz was besonderes...«

»I möcht durch!«

Diese Lautstärke hatte Hermine das letzte mal vor 48 Jahren benutzt, als ihre Tochter partout den Geburtskanal nicht verlassen wollte. Und sie zeigt Wirkung, heute wie damals. Das Radio ist augenblicklich still und rückt nach links. Arme Twiggy.

Der Rückweg ist einfacher. Mit einer kleinen Flasche Wasser in der Hand geht es vorbei am buddhistischen, bayerisch sprechenden Radio, das sich jetzt freiwillig auf die Twiggy legt, vorbei an der stur vor sich hinglotzenden

Salzsäule und vorbei an der unmoralischen, vermutlich von RTL in den Bus gesetzten, atomaren Verschmelzung. Angekommen presst Hermine die Wasserflasche in das Netz vor ihr.

»Und Mama?«

»Was und?«

»Wo ham sie jetzt ihr Hände?«

»Keine Ahnung. I find' des unmöglich mit dieser neumodernen Mode da. So lange Pullover. Da sieht man ja gar nix mehr.«

»Vielleicht sollt' ma mal mit dem Busfahrer reden, er soll noch a wenig mehr einheizen, dann müssen sich die zwei ausziehen. Dann könnt' ma alles ganz genau sehen«, meldet sich da plötzlich der Mann im mittleren Alter hinter ihnen.

Hermine dreht sich erschrocken um und sieht ihn mit großen Augen an. Auch Brigitte dreht sich um und grinst. Er grinst zurück.

»Mama, warum trinkst jetzt ned, wenn du schon so einen Durscht hast?«

»I bin doch ned blöd!«

4

Nein, blöd ist sie nicht, die Hermine, und sie weiß auch ganz genau, warum sie nicht trinkt. Niemand trinkt etwas in diesem komfortablen Reisebus von Rudis-Reise-Routen, mit dem sie alle unterwegs sind in die Cinque Terre, sieben

Übernachtungen mit Halbpension in dem Hotel Eva la Romantica inclusive. Der Bus ist nicht neu, aber er sieht neu aus. Nigelnagelneu. Innen wie außen. Rudi hat nämlich einen Geliebten. Den Nepomuk. Und das ist sein Bus. Wenn Rudi mit diesem Bus auf Reisen geht, dann ist dieser Bus sauber und zwar innen wie außen. Und wenn Rudi von seiner Reise zurückkommt, dann ist sein Bus auch sauber und zwar innen wie außen. Für diesen sauberen Bus sorgt Rudi auf jeder Reise. Penibel. Jeden Abend streichelt er die Außenhaut seines Busses mit einer Bürste, die er sich in Schottland, um genau zu sein auf der Isle of Arran, fertigen ließ und zwar aus dem Haar der schottischen Kaschmirziege, die bekanntlich aufgrund der dortigen Grasbeschaffenheit der Highlands das weltweit weichste Fell hat. Diese Bürste kann er an einen Wasserschlauch anschließen, den Wasserschlauch wiederum an einen Wassertank mit 1000 l Wasserinhalt, den er zu diesem Zweck selbst in den Nepomuk eingebaut hat. Für den Innenbereich hat er eine kostengünstigere Lösung gefunden. Kaschmirlappen. Wer jetzt denkt, die seien teuer, der irrt. Rudi hat nämlich einen Spezi beim Wertstoffhof und dieser Wertstoffhof hat drei Altkleiderbehälter und immer bevor diese geleert werden, durchsucht sein Spezi die Kleidung nach Kaschmirpullovern. Man kann sich nicht vorstellen, wie viele Kaschmirpullover allein in Haag weggeschmissen werden. Hochgerechnet auf ganz Europa, werden so vermutlich jährlich mindestens 1,4 Millionen Kaschmirziegen nur für die weggeworfenen Pullover benötigt. 1,4 Millionen. Das ist eine Stadt etwa wie München, München nur mit Ziegen bevölkert. Kann man sich nicht vorstellen. Obwohl…

Rudi hat aber nicht nur seinen Geliebten, den Nepomuk, nein, er hat auch eine Allergie und zwar eine Kloputzallergie. Er kann alles putzen, nur kein Klo. Und deshalb hat er auch dieses Mal kurz nach Fahrtbeginn seine Gäste wie üblich begrüßt:

»So, guten Morgen. Ich bin der Rudi und weil wir nach Italien fahren, san wir heute alle per du. Wenn wir wieder dahoam san, dann könnt's machen was ihr wollt's, aber die ganze nächste Woche gibt's kein *Sie*. Der Nepomuk, also mein Bus, und ich, wir machen ungefähr alle 2 Stunden eine Pause. Da könnt's ihr dann auf's Klo gehen. So lang werdet ihr das aushalten. Der Nepomuk hat zwar auch ein Klo, aber da lässt er ned gern jemanden rein. Da ist er ein bisserl eigen, der Nepomuk. Wenn's jemand gar nimmer aushält, dann kann der natürlich schon reingehen, ganz klar, er is ja kein Unmensch der Nepomuk, sondern ein Bus. Aber ich sag's euch schon gleich, derjenige, der als erster in dieses Klo reingeht, der muss in Italien auch das Klo putzen. So san die Regeln da herin. Der Nepomuk und ich wünschen euch eine gute und entspannte Reise.«

Eine Reise mit Rudi war immer entspannt. Zumindest immer die erste Stunde nach einem Halt. Dann konnte man in den Gesichtern der Insassen ablesen, dass die Entspannung allmählich von einer Spannung abgelöst wurde, was aber auch gut war, denn mit einer Entspannung wären alle Sitze bald nass gewesen.

Der Nepomuk ist jetzt ziemlich genau vier Jahre alt und auf seinen Sitzen hat er in seinem Leben etwa achttausend unterschiedliche Menschen befördert. Das Klo vom Nepomuk ist auch ziemlich genau vier Jahre alt. Und trotz achttausend Menschen ist es immer noch Jungfrau. Da könnte sich so manche der Insassinnen eine Scheibe abschneiden.

5

»Was ist das?«

Wie oft hatte ihr Paul das diesen sturen Menschen mit dem großen schwarzen Reifen neben sich jetzt schon gefragt? Paul ist zehn und mit zehn muss man allmählich selbständig werden. Also will sich Rosi da nicht einmischen. Das wird Paul schon machen. Paul soll ab dem nächsten Schuljahr ins Gymnasium wechseln. Da kann man nicht früh genug anfangen mit der Selbständigkeit. Also musste er sich alleine auf den Sitz ganz vorne setzen. Rosi und ihr Alois dahinter. Ein bisschen Aufsicht muss dann ja doch sein. Damit konnte sie allerdings nicht rechnen, dass schließlich auch noch dieser Mensch aufkreuzt und sich gleich neben Paul setzt. Der Bus hätte da ja schon mindestens 15 Minuten unterwegs sein müssen, aber man hat gewartet bis dieser Mensch kommt. In allerletzter Sekunde ist der gekommen, dieser lange Lulatsch mit seiner kurzen Lederhose, dem ausgewaschenen Trachtenhemd und dem zerdrückten Hut. Der Bus war schon angefahren, als Rudi noch den Stachel rein haute. Nicht Muh und nicht Mäh hat der gesagt. Guten Morgen schon gleich gar nicht. Dafür pflanzte er sich gleich neben den Paul. Mit diesem aufgeblasenen Riesenreifen.

Ja Sie Hornochs Sie. Sie san ja mindestens genau a so aufblos'n wia des Drum des wo Sie da mitschlepp'n. Zerscht z'spät kemma, des Mai ned aufbringa und dann aa no den Bua umedrucka, dass er am Fenster hängt wia a klopft's Schnitzel. Sie g'hörat'n ja zamt Reifen auf's Dach auffe bunden, damit Eeana Hirn a wengal an Sauerstoff dawischt.

Das alles hatte die Rosi schon auf ihren Lippen, aber sie schluckte es runter, ohne Wasser, damit sie nicht auf's Klo musste. Jetzt hatte sie einen trockenen Mund.

Der Alois bekam das alles nicht mit, denn Alois ist einer, der setzt sich hin und zack schläft er. Nicht wenn er in der Arbeit ist, nein, da ist er hellwach. Muss er auch. Aber daheim:

Zeitung lesen: zack!

Fernseh schauen: zack!

Theater: zack!

Beifahrer: zack!

Rasenmähen: zack! Einmal hat ihn der Rasenmäher zehn Meter mitgezogen, bis das Zaunwandl die beiden gestoppt hat.

Ins Bett gehen: zack! Vor elf Jahren war das noch anders. Sonst würde Paul jetzt nicht vor ihnen sitzen. Da war er noch auf Zack, der Alois. Aber jetzt hat er ausgezackt.

Rosi ist das alles bewusst. Doch es belastet sie, das ist ihr allerdings nicht bewusst. Noch nicht. Sie steht nach wie vor zu ihrem Alois. Er ist schließlich der Ernährer der Familie. Und das macht er gut. In Rosis Lebensmittelpunkt ist schon lange Paul gerückt. Ein schlaues Kerlchen. Sie fragt sich oft, wo er das her hat. Paul hat nur ein Defizit. Ein sprachliches Defizit. Das macht ihr echt zu schaffen. Paul spricht nicht bayerisch. Er spricht hochdeutsch. Seit er sprechen kann. Und das, obwohl sie und der Alois nur bayerisch reden. Sogar der erste Schrei von Paul im Kreissaal klang schon hochdeutsch. Nicht das warmherzige ääääääääääää-äääääääääääääähhhhhhh, wie man es von bayerischen Neugeborenen kennt, sondern ein eiskaltes norddeutsches aaaaaa-aaaaaaaaaaaaaaaaaaaaaaaaaah. Schon damals machte sich Rosi Sorgen, berechtigt, wie sich später herausstellen sollte.

»Was ist das?«

Rosi hört das nun bestimmt zum zehnten Mal. Ja so schnell gibt er nicht auf, ihr Paul. Das hat er von ihr.

Der Mensch regt sich nicht.

»Sprichst du nicht deutsch?«, legt Paul jetzt nach. Steter Tropfen höhlt den Stein. Das hat er auch von ihr. Wie viele Tropfen hat sie in ihrem Leben wohl schon auf Alois fallen lassen?

Der Mensch reagiert wieder nicht.

Auf Rosis Lippen hat sich jetzt einiges angesammelt. Wenn sie das noch mal runterschluckt, dann erstickt sie. Das ist ihr klar. Und so mischt sie sich halt doch ein, nur wegen dem Überlebensinstinkt.

»Ja san Sie so dourad oder dean Sie bloß so. Da hockan Sie da wia so a aufblos'ner Brootz, den's des Mai zuabund'n ham. Der Bua hat Sie was g'fragt und zwar, was des da für a Trum is, möcht' er wissen.«

»A Autoschlauch. Siehgt ma doch«, kommt es jetzt genervt aus dem Mund des Menschen.

»A Autoschlauch, Paul. Siehgt ma doch!«, erklärt sie es noch mal ihrem Sohn.

»Und wozu benötigst du den?«

Wozu benötigst du den? Wenn er wenigstens *wozu brauchst du den* sagen würde der Paul. Aber so geschwollen ausdrücken. Das tut auch der Rosi weh. Sie tröstet sich, vielleicht benötigt, Schmarrn, braucht er diesen Wortschatz im Gymnasium.

Da sie keine weitere Antwort von dem Menschen erwartet, erklärt sie das mit dem Autoreifen lieber gleich selbst.

»Pass auf Paul, der Mo da neb'n dir, der hat an kloana Becka, verstehst des?«

»Ja klar, er hat einen an der Waffel.«

»Genau. Und wahrscheinlich moant er, wenn der Bus an Platt'n kriegt, dann hat er scho moi an Ersatzschlauch dabei. Damit der Busfahrer glei wieder weiter fahren kann. Verstehst des?«

»Klar Mama, verstehe ich.«

»Aber da brauchst du dir koane Sorgen macha. Wir kriegen nämlich koan Plattn. Schau moi naus. Wia sauber die deutschen Autobahnen san. Sauberer geht's ned. Des macht ois dein Papa. Der is da verantwortlich. Obwoi, wenn wir nach Italien kommen, da is des anders. Da is dein Papa nimmer zuständig. Da wirst schau'n. Vielleicht braucht er ihn dann doch no, seinen Ersatzreifen.«

Da sie nur den Hinterkopf des Menschen vor ihr sehen kann, bleibt ihr verborgen, wie blass jetzt dessen Vorderkopf wird.

»Mama, ich habe Durst. Darf ich mir etwas zu trinken kaufen?«

»Naa. Du wart'st.«

»Warum?«

»Weil der Busfahrer g'sagt hat, dass derjenige des Klo putzen muass, der wo ois erster da rei'geht. Und deswegen trink ma nix und da Papa aa ned, gell Vati?«

Der Alois nickt, obwohl er schläft. Aber im Laufe ihrer Ehe hatte sich das so ergeben, dass er sogar im Schlaf nicken kann. Das vereinfacht Vieles.

»Siegst, da Papa trinkt aa nix.«

Dem Paul war nicht entgangen, dass sich kurz vorher Hermine eine Flasche Wasser bei Rudi geholt hatte.

»Aber die Frau vorhin hat sich doch auch was zu trinken gekauft.«

»Wenn de ois erste brunzt, dann kriegst aa was zum Trinken, Bua«, kam es da völlig unerwartet wie aus dem Nichts von dem Menschen vor ihr.

Jetzt hat der tatsächlich etwas gesagt, ohne gefragt zu werden. Und er hat sich korrekt ausgedrückt, also bayerisch korrekt. *Brunzen.* Das macht ihn ja schon fast sympathisch. Ein bisschen zumindest.

»Was hat der Mann da gesagt, Mama?«

Rosi erklärt es ihrem Sohn so, wie man es wahrscheinlich auch in einem Gymnasium erklären würde.

»Er moant, wenn die von der Frau verköstigte Flüssigkeit noch im Bus wieder ihren Körper verlässt, dann kann mit großer Wahrscheinlichkeit damit g'rechnet werd'n, dass aa du dann sogleich in den Genuss eines Getränks kommst.«

»Aber das was der Mann da sagte, war doch viel kürzer.«

»I sag ja immer, du sollst bayerisch lernen, des is kürzer und direkter, aber du magst ja ned.«

Lange kann es jetzt nicht mehr bis zur ersten Pause dauern. Das sieht man an den Gesichtern der Businsassen. Sogar das Gesicht von Alois hat sich so verzogen, dass man meinen könnte, er hätte einen Albtraum. Manche wetzen mit den Händen an ihren Oberschenkeln entlang, andere schaukeln von einer Pobacke auf die andere und wieder andere geben unverhohlen den Michael Jackson.

»Mama ich muss mal.«

»Ja, i aa und da Papa aa, gell Vati?«

Der Alois ist jetzt nicht mehr fähig, zu nicken. Nicht mal im Schlaf.

»Zwick zam Paul. Wenn wir Pause mach'n Vati, dann nimmst a leere Wasserflaschen mit rein. Für dich und für den Paul.«

»Und für dich einen Trichter, Mama?«

6

»Wenn der jetzt ned boid hält, dann geh i auf's Klo. Dann mach ich's halt sauber, des is mir wurscht«, kann Hilde in einer kurzen Atempause ihres Gatten gerade sagen.

Doch Werner wäre nicht Werner, wenn er da nicht sofort opponieren würde. Entschlossen streift er die aufgestrickten Hosenbeine seiner gelben Jogginghose nach unten und legt los.

»Des kommt ja überhaupt nicht in Frage, Hilde. Des machst du nicht. So weit kommt's noch. I woaß scho', was i jetzt mach, i mach jetzt eine Unterschriftensammlung, dass der bei der nächsten Gelegenheit rausfahren muss. Bei Unterschriftensammlungen geht immer was. Unterschriftensammlungen ham eine gewisse Seriosität. Da kann ma ned aus. Mit Unterschriftensammlungen kann man sogar in der Politik was bewirken, was ja normal ned so einfach is, wenn man koane Beziehungen hat oder kein Schmiergeld. Da wirst schaun, wia schnell der nausfahrt, wenn i ihm de Unterschriftenliste auf's Armaturenbrett hinhau. Wia viele Leut san da in dem Bus? I schätz moi ungeführ fünfzig. Da brauch ma sechsundzwanzig Unterschriften und schon ham wir eine absolute Mehrheit. Und de bringen wir zam, da bin i mir sicher. Des macht ma bei einem Bürgerbegehren auch so. Und des is ein Bürgerbegehren, zwar im Kleinen, aber des is wurscht. Auch im Kleinen kann man ein Bürgerbegehren machen. Drah di moi um. Da siehgst du glei, dass de alle auf's Klo müssen. De unterschreiben ohne mit der

Wimper zu zucken. Gib mal einen Zettel her und einen Kuglschreiber, des werd'n wir glei ham.«

»Misch di' doch ned überall ein, Werner.«

Hilde sagt dieses *Misch di doch ned überall ein, Werner* nicht so, wie es jemand sagen würde, der nach einem langen Monolog seines Gegenüber etwas sagt, nur um auch etwas zu sagen, sondern sie sagt es so, wie sie es immer sagt, wenn sie Ruhe braucht. Und Ruhe braucht sie öfter mal, denn Werner ist Staubsaugervertreter. Kein gewöhnlicher Staubsaugervertreter, nein er ist Staubsaugervertreter der Firma Hinterwerk. Als solcher muss Werner reden. Ja das Reden ist sein Kapital. Werner hat Kapital, nicht nur an körperlichem Umfang, sondern eben auch in der Silbenproduktion. Er spuckt Silben in einer größeren Geschwindigkeit aus als seine Staubsauger Krümel aufsaugen können. Das macht ihn auch so erfolgreich. Jede Woche verkauft er mehr Staubsauger als der Dorfladen in Haag Semmeln. Passen Sie mal auf, wenn Sie das nächste Mal auf die Heim- und Handwerk gehen. Wenn Sie an der Staubsaugerarmada vorbeikommen! Sie können sich überall davonstehlen. Nicht beim Werner. Da kommt ihm dann auch wieder sein Körperumfang zu Hilfe. Da gibt es immer einen Stau. Und Stau bedeutet Geschäft für Werner.

Misch di doch ned überall ein, Werner. Das klingt nicht wie ein resignierender Einwand, nein das klingt gar nicht. Das zischt. So wie ein Wasserkessel bei 100 Grad Celsius zischt das *misch di doch ned überall ein.* Und *Werner* zischt noch mal anders, so wie der Wasserkessel kurz vor der Explosion.

Hilde hat früher nicht gezischt, früher als Werner noch bei Philips war. Da ist es bei Werner aber auch nur so herausgesprudelt wie der Philips saugte. Und Werner war schlank. Ja er sah sogar richtig gut aus. Sonst hätte ihn Hilde auch nicht an sich rangelassen. Aber Umsatz hat er da noch nicht so viel gemacht. Es hat halt grade so gereicht. Gereicht für die Hilde, die wollte schon immer gerne shoppen. Schließlich hatte sie als Einzelkind alles bekommen, was sie wollte. Für Werner selbst hat es dann nicht mehr gereicht. Deshalb war er auch schlank. Mode interessierte ihn ohnehin nicht. Ein grauer Anzug für das Geschäft und Jogginghosen für daheim. Und dann kam das Angebot von Hinterwerk. Schulungen ohne Ende. Vor allem Rhetorik. Und Kurse *Wie steigere ich mein Selbstbewusstsein.* Oder *Die Stimme ist mein Kapital* oder *Es gibt nur einen.* Werner saugte das alles auf. Bei seinen Staubsaugern kann man den Beutel wechseln, wenn er voll ist. Werner hat keinen Beutel. Er hat das alles in sich und kann das ausspucken, wenn er es braucht und zugleich saugt er es gleich wieder ein.

Das Kapital machte sich dann auch auf Werners Konto bemerkbar. Da schlug Hilde zu. Sie heiratete ihn. Er selbst veränderte sich nicht nur rhetorisch, sondern auch körperlich. Hilde konnte gar nicht so viel ausgeben, als dass Werner nicht noch wie ein König leben konnte. So wie sein Appetit wuchs, wurde der von Hilde auf Werner immer geringer. Da half auch nicht, dass er sich seine mittlerweile noch verbliebenen grauen Haare blaurötlichschwarz färbte.

Hilde ist 39, laut Pass 43. Konfektionsgröße 34 mit Hang zu 32. Körbchen C. Früher A, aber da hat sie ein bisschen nachhelfen lassen, nicht weil sie unbedingt einen größeren Brustumfang wollte, sondern weil die Auswahl bei Bikinis und BHs mit Körbchengröße C einfach viel umfangreicher war.

Das Konto allein ist dafür verantwortlich, dass Hilde noch bei Werner ist. Das weiß Werner aber nicht. Er hält sich nach wie vor für attraktiv und begehrenswert. Und in diesem Urlaub wird er das nachholen, was in letzter Zeit für ihn zu kurz kam. Da ist sich Werner sicher. Das Sexuelle. Und das kam wirklich zu kurz.

»Zehn Minuten wart i noch, dann geh i auf's Klo. Basta.«

Werner sagt nichts mehr. Zunächst.

7

»Jetzt kommt ein Parkplatz. Mach'n wir da scho' Pause oder soll'n wir lieber noch a halbe Stunde weiterfahren?«, fragt Rudi über das Mikrofon.

»P a u s e!!!!!!!!!!!!!!!!« Wie ein Donner nach einem Blitzschlag aus zwanzig Meter Entfernung dröhnt es durch den Bus. In diesem Donnerschlag haben sich alle Stimmen vereinigt, nur die vom Bene nicht. Bene hat den ganzen Tag noch nichts getrunken, kein Weißbier, kein Helles, ja nicht einmal einen Kaffee. Mit seiner Prostata ist alles in Ordnung. Die hat er jetzt weit mehr als acht Jahre geschont. Wo soll da ein Drang herkommen.

»Guad. Dann fahr i jetzt raus. Irschenberg«, dröhnt es aus dem Lautsprecher. »Da könnt's ihr dann auf's Häusl geh, falls ihr schon müsst's. Und in der Kaffeerösterei einen schönen Kaffee trinken. Is zu empfehlen. Essen tut's lieber nix, weil beim nächsten Halt gibt's dann eine Brotzeit von mir. Und i möcht ned, dass ihr dann keinen Hunger mehr habt's. In zwanzig Minuten geht's weiter.«

Es ist noch ziemlich früh am Morgen, so dass man vor der Kaffeerösterei noch einen schönen Parkplatz bekommt, was um zehn Uhr nicht mehr möglich wäre, weil dann schon alle Münchner da sind und den Parkplatz in Beschlag nehmen. Ist ja auch verständlich, weil warum sollte man in München einen Kaffee trinken, wenn es am Irschenberg auch einen gibt.

Kaum hat der Bus gehalten, drängen alle raus. Außer Bene. Der bleibt brettlbreit sitzen.

»Laß' den Buben raus, sonst brunzt der durch den Reifen auf deinen Hosenhaxn«, sagt die Frau hinter ihm.

Na ja, die versteht man wenigstens. Weil der Bene aber nicht so schnell ist, kraxelt der Rotzlöffel einfach durch den Reifen durch, über die Haxen vom Bene, und weg ist er. Alle sind jetzt draußen. Nur der Bene nicht.

»Und was is mit dir?«, will dieser Busfahrer da von ihm wissen.

»I bleib hocka.«

»Einen Scheißdreck bleibst du! Du gehst jetz genau so auße wia de andern, weil i da herin durchputzen muss«, wird Bene von dem mit einem grünen Kaschmirlappen wedelnden Busfahrer zurechtgestutzt. »Und dei Trum da nimmst aa mit.«

Wenn der Rudi jetzt wissen würde, dass ihn dieses Zurechtstutzen eine Stunde kostet, dann würde er bestimmt lieber um den Bene und das Trum herumputzen. Aber das kann der Rudi ja nicht wissen. Da kann man eigentlich niemandem so recht Schuld daran geben, weder dem Rudi noch dem Bene. Wenn überhaupt, dann dem Wetter. Das ist nämlich schön, nicht gewöhnlich schön, nein so schön, dass es schon wieder eine Frechheit ist. Wenn man nämlich auf dem Irschenberg hält und in dem Augenblick aus einem Bus aussteigt, in dem das Wetter so schön ist, dass es eine Frechheit ist, dann ist es noch ziemlich früh am Morgen und die Sonne geht so verreckt schön auf, dass man meint, man ist gar nicht mehr auf der Erde, sondern man ist schon gestorben. Genau so einen Augenblick hat der Bene erwischt, als er mit seinem Reifenschlauch aus dem Bus steigt, vor sich den Wendelstein, der in der Sonne leuchtet wie ein mit Blattgold verzierter Tempel in Thailand. Dass ein mit Blattgold verzierter Tempel in Thailand auch so leuchtet, das kann der Bene freilich nicht wissen, denn in Thailand war er ja noch nicht. Selbst wenn er das wissen würde, dann wär ihm das so was von wurscht. Bene steht da wie angewurzelt in seinem schwarzen Reifenschlauch, den Blick starr und verklärt auf den Wendelstein gerichtet, während im Bus ein grüner Kaschmirlappen tanzt als wäre ein Wirbelsturm ausgebrochen.

Plötzlich setzen sich die Beine vom Bene wie ferngesteuert in Bewegung und zwar in Richtung Wendelstein. Ganz langsam. Schritt für Schritt. Immer weiter und weiter. Bis sie plötzlich stoppen. Gestoppt werden. Vom Alois. Dem Alois, der die ganze Zeit hinter dem Bene neben der Rosi im Bus geschlafen hat. Also gestoppt wird er eigentlich nicht direkt von dem Alois selbst, sondern von dem Zaun, den der Alois um den Rastplatz des Irschenbergs rumgebaut hat. Gut, dass er das gemacht hat, der Alois. Sonst wär der Bene nämlich jetzt ein paar Meter nach unten gefallen. Viele Meter wären es nicht gewesen, vielleicht zehn. Aber das hätte gereicht, dass der Bene Italien nie gesehen hätte. So aber wird er jetzt ganz sanft gestoppt an dem Zaun, ganz sanft mit seinem Reifen. So wie ein Schiff beim Anlegen am Starnberger See, an dem der Bene noch nie war. Durch das sanfte Stoppen fällt er nach hinten und bleibt auf dem Hosenboden sitzen, mitten im Reifen auf der mit Tau bedeckten grünen Wiese, die eigentlich gar nicht mit Tau bedeckt ist. Manchen Männern ist es nämlich einfach zu weit am Irschenberg bis zum Häusl in der Kaffeerösterei. Und so sitzt er da in Trance. Sein geliebter Wendelstein. So schön. So wunderschön. Dass es überhaupt eine solcherne Schönheit gibt. Seine Gedanken gehen immer weiter zurück. Wie er einmal mit seiner Vroni Urlaub gemacht hat. Am Wendelstein. Volle drei Tage auf einer Alm mit Plumpsklo. Dreimal haben sie sich geliebt am Morgen auf der Almwiese, die mit richtigem Tau bedeckt war. Dreimal, also nicht dreimal an einem Morgen. Sie waren ja drei Morgen dort. Auf einmal kitzelt ihn was unter dem rechten Auge, etwas das aus dem Auge kommt und ganz langsam die rechte Wange runterläuft. Es ist kein Tautropfen und es stammt auch nicht von der Wiese. Dieser Tropfen tropft von der rechten Wange auf den schwarzen Reifen und rinnt auf ihm weiter nach unten. Plopp. Jetzt vereinigt er sich mit einem Tropfen, der sich auf einem Grashalm befindet und offensichtlich schon auf ihn gewartet hat. Alles so menschlich. Und wie er so weiter an die Vroni denkt und der Wendelstein da so vor ihm im Sonnenlicht dahingleißt, da sieht er ihn plötzlich vor Augen, den Busen von der Vroni. Genauso hat der ausgeschaut. Wie dieser Wendelstein. Nur die Vroni hatte zwei davon. Zwei Wendelsteine. Damals. Ob sie heute auch noch zwei Wendelsteine hat, das weiß er natürlich nicht. Vielleicht einen Tafelberg wie in Kapstadt. Also zwei Tafelberge. Wie der Tafelberg in Kapstadt ausschaut, das weiß der Bene natürlich auch nicht. Und das ist auch gut so.

Und so sitzt der Bene da in der Wiese und sitzt und sitzt und sitzt. Und wenn der Rudi nicht auf einmal hinter ihm auftauchen würde, dann würde er immer da sitzen, so wie dieser Münchner im Himmel, der gar nicht im Himmel ist, sondern im Hofbräuhaus und deshalb doch wieder im Himmel.

»Ja du Depp du Damischer. Woaßt du wie lang i dich scho such? Zuerst wart'n wir scho eine Viertelstunde in Haag auf di' und jetzt da auf dem Irschenberg über eine Stunde. Am liebsten dat ich dich ja einfach da lassen, aber wer beim Rudi im Bus sitzt, der wird auch ans Ziel gebracht. Da kommt keiner aus!«

Da hat er jetzt einfach Pech, der Bene, dass er mit dem Rudi gefahren ist. Sonst könnte er direkt zum Wendelstein. So aber muss er in dieses Scheißitalien.

8

Jetzt zeigt es der Rudi seinem Nepomuk, wer der Herr im Stall ist. Eineinhalb Stunden Verspätung. Die müssen ja irgendwie reingeholt werden.

Nachdem der Bene wieder unter Buhrufen in den Bus eingestiegen war, hat der Rudi alle anderen noch mal aussteigen lassen. Freiwillig! Weil jetzt sollte es etwa drei Stunden dahingehen. Ohne Pause. Mindestens bis Südtirol. Also alle lieber noch mal in das Häusl von der Kaffeerösterei. Alle Männer noch mal durchschütteln und alle Frauen ein bisserl hupfen, sonst müsse halt doch noch einer das Klo putzen. Alle sind sie noch mal ausgestiegen, ganz freiwillig. Nur halt der Bene nicht. Warum auch. Kein Weißbier. Prostata eins A.

Dann hatten sich alle Männer beim Einsteigen eine Flasche Mineralwasser vom Rudi gekauft und sie vor dem Bus aber gleich ausgeleert. In die grüne Wiese. Hat der Wiese gut getan.

Mit der leeren Flasche stiegen sie dann wieder in den Bus.

Später, als der Nepomuk mit dem Rudi und allen anderen schon auf der Autobahn Richtung Italien war, hat die Claudet, die den ersten Tag in der Kaffeerösterei arbeitete, ihre Kollegin, die Margit, gefragt, ob das öfter vorkomme da beim Verkauf, dass innerhalb von fünf Minuten zwölf Frauen einen Trichter kaufen wollen. Wenn das so sei, dann müsse man unbedingt welche ins Sortiment aufnehmen.

In Deutschland gibt der Nepomuk noch alles. Da lässt er es so richtig stauben, ganz fein lässt er es stauben. Da schaut er, sein Herr, der Rudi, wie fein sein Nepomuk stauben kann. In Österreich wird er dann ganz schön gedrosselt. Da darf er nicht so wie er könnte, der Nepomuk. Weil sein Herr, der Rudi, ganz genau weiß, dass die Österreicher Halsabschneider sind. Und ganz besonders die, die wo bei der Asfinag arbeiten. Da wenn du bloß um eins zu schnell bist, und eins ist nicht viel, dann ham sie dich schon, diese Hammeln. Der Rudi denkt sich, das ist so wie das bei seinem Vater gewesen sein muss. Der war auch Busfahrer. Sein Vater ist oft nach Berlin gefahren. Nach Westberlin. Durch die DDR. Transitzone. Und er hat ihm immer erzählt, wie froh er war, wenn er durch war bei diesen Autobahnpiraten, ohne dass sie ihm irgendwas anhängen hätten können. So geht es heute dem Rudi auch immer, wenn er durch diese österreichische Transitzone fährt. Alles wie damals, nur halt die andere Richtung. Immer wenn der Rudi da durch ist, dann macht er das, was die Fußballer, genauer gesagt die Auswechselspieler machen, wenn sie auf das Spielfeld gehen, nämlich das Kreuzzeichen. Obwohl er nicht gläubig ist. Aber Aberglaube hilft manchmal auch.

Jetzt ist es so weit. Rudi macht das Kreuzzeichen. Bene würde es auch machen, wenn er wüsste, dass er jetzt in diesem Italien, in diesem Scheißitalien ist. Aber wie sollte er das wissen. Der Rudi macht ja keine Durchsage. Bald nach dem Irschenberg waren sie nach Österreich gekommen und da hat es im Prinzip auch nicht anders ausgeschaut als in Bayern. Und dann nach Österreich sind sie direkt nach Italien gekommen und dort hat es wieder nicht anders ausgeschaut wie in Österreich. Und weil es in Italien nicht anders ausgeschaut hat wie in Österreich, hat es dort auch nicht anders ausgeschaut wie in Bayern. So einfach ist das. Wenn sich der Bene jetzt einmal umdrehen würde, ja dann könnte er ahnen, dass sie schon in Italien sind, weil die Gesichter seiner Mitreisenden schon wieder einen unentspannten Eindruck machen. Man könnte jetzt meinen, das kann doch nicht sein. Wenn, dann doch nur bei den Frauen, weil die Männer haben jetzt ja leere Mineralwasserflaschen. Da meint man falsch. Der Rudi ist nämlich nicht blöd. Der wusste genau, warum die Männer mit ihren leeren Flaschen einsteigen und hat sie ihnen gleich abgenommen. Eine Mineralwasserflasche hat eine kleine Öffnung und der deutsche Mann ist so zielgenau auch wieder nicht, selbst wenn er vom Freistaat kommt. Da müsste man schon oft üben bei den aufgemalten Fliegen in den Urinalen auf den Rasthöfen. Und so Spritzer auf den Sitzen, auf dem Boden oder auf den Armlehnen, das mag der Rudi nicht. Das mag nicht einmal ein Kaschmirlappen.

Zwei Stunden und sechsundfünfzig Minuten sind sie jetzt unterwegs seit der Rast auf dem Irschenberg. Der Bene weiß das nicht, weil er keine Uhr hat. Wenn er eine Uhr hätte, dann würde er ja nicht immer zu spät kommen.

Die Hermine hat schon eine Uhr, und zwar eine genaue Uhr. Funkuhr! Die weiß, dass man schon zwei Stunden und sechsundfünfzig Minuten unterwegs ist. Da hat sie genau aufgepasst. Das Pärchen da vorne links ist in dieser Zeit erst beim vierten Kuss angekommen. Abzüglich der kurzen

Verschnaufpausen dauerte jeder Kuss ziemlich genau zweiundfünfzig Minuten. Ein paar Sekunden hin oder her. Die müssen eine innere Uhr haben, anders gibt's das nicht. Der Hermine tut ihr Kiefer und ihre Zunge schon allein vom Zuschauen weh.

»Unglaublich, einfach unglaublich.«

»Was Mama?«

»Was Mama? Die Schmuserei halt.«

Der Mann hinter ihnen reicht Hermine einen Zettel und einen Bleistift.

»Was soll i damit?«

»Statistik führen. Wie viele Küsse führen nach Italien.«

Brigitte muss lachen.

»Des is mir doch völlig egal. De soll'n doch machen, was sie woll'n.«

»Also mir is des ned egal. I tät's ja selber machen, aber i seh von meinem Platz aus ned so gut hin wie du.«

»Waren wir zwei scho beim Saufen miteinander?«

»Na, warum?«

»Weil wir scheinbar per du san.«

»Da herin san alle per du, Mama. Hat der Busfahrer doch g'sagt.«

»Hab i gar ned mitkriegt.«

»Mei wenn ma so beschäftigt is, wia du, dann kriegt ma ned alles mit. I bin da Georg.«

Brigitte muss wieder lachen.

»I bin de Brigitte. Und des da is de Mama.«

»Hallo Mama.«

»Hermine hoaß i.«

»Schau moi, Vati. I glaub, wir san schon in Italien«, ereifert sich die Rosi.

»Hmmm mm.«

»Irgendwia nimmer so sauber wia bei uns, oder?«

»Hmmm mm.«

»Da.....Hast des g'sehn?«

»Hmmmmmm????«

»Ja de leere Colabixn da am Straßenrand. Italien. Ganz g'wieß! Wir san scho in Italien.«

»Hmmmm.«

»Da müsstest du mal runter mit deiner Mannschaft. Da dat des glei' ganz anders ausschaun, gell Vati. G'schleckt dat des ausschaun. Richtig g'schleckt.«

»Hmmmmhmmmm.«

»Warum Mama, schlecken die beim Papa in der Arbeit die Autobahnen?«

Paul hat sich inzwischen umgedreht und will sich an der Diskussion seiner Eltern beteiligen.

»A geh, Paul! Des sagt ma doch nur so, wenn was ganz sauber is. G'schleckt! Wia dat'st denn du da sag'n?«

»Ich würde sagen, bei uns ist alles pickobello.«

O Gott, denkt sich Rosi. Jetz redt der Bua ned nur preißisch. Naa, jetzt fangt er aa no italienisch o.

So eine rege Diskussion wie bei Rosi, Alois und zuletzt noch mit Paul gibt es auf der anderen Seite des Ganges nicht. Da hört man nur den Monolog des gelb behosten Buddhastaubsaugers, der jetzt mit etwas zurückgefahrener Lautstärke über den auf der anderen Seite des Ganges sitzenden Einzelgänger sinniert. Ganz sicher sei das ein Einzelgänger. Da kenne er sich aus. Den Kurs *Empathie* habe er nicht umsonst bei Hinterwerk besucht. Das braucht man in seinem Job. Vor allem wenn man zu Witwen nach Hause kommt. Ein bisschen Empathie ist schon der halbe Staubsauger. Viel Empathie der ganze. Manchmal sogar zwei, kommt auf die Witwe an. Einer für sie selbst, einer für die Schwiegertochter als Andenken an den Schwiegervater. Und der da drüben ist wirklich einsam. Witwen hat er oft, Witwer selten, weil fast immer die Männer als erste sterben wegen Stress. Der da drüben ist wahrscheinlich Witwer. Staubsauger wär bei dem überhaupt kein Problem. Einsam sei der vermutlich jetzt. Und der Reifen, den er dabei habe, sei ein Symbol. Das ist die Frau. Die Verstorbene. Ganz bestimmt sogar, vor allem auch weil der Reifen schwarz ist. Trauer! Und wie zärtlich dieser Einzelgänger mit dem Reifen umgeht. Das sei schon fast wieder romantisch. Aber das bekomme er schon noch raus, spätestens im Hotel. Dem Menschen da, dem müsse geholfen werden. Und da sei er prädestiniert dafür. Schon wegen seiner Ausbildung.

Der Hilde geht das alles bei dem einen Ohr rein und bei dem anderen wieder raus. Sie ist die ganze Zeit in ihre Vogue vertieft und hofft, dass sie bald einen Ausflug nach Portofino machen kann. Wegen Shoppen. Aber als der Werner dann vom Kümmern spricht, vom Kümmern um den Mann da drüben, da bleibt etwas zwischen ihren Ohren stecken. Etwas, das ihr Gehirn widerwillig verarbeitet. Das ihr Gehirn in ein bewusstes Hören umwandelt. Und wenn sie so was bewusst hört, dann hören alle anderen, die in der Nähe sind, auch etwas. Ein Zischen. Der Einzelgänger da drüben zieht seinen Reifen gleich ganz nah an sich. Ans Ohr. War das sein Reifen?

9

Jetzt ist es wieder so weit. Fünfzig Prozent der Businsassen machen den Michael Jackson. Das bedeutet, Rastplatz anfahren. Rudi kennt da einen schönen Platz. Geheimtipp. Nicht ganz an der Autobahn, zwanzig Meter weg, da ist es nicht so laut. Der Bus hat noch nicht gehalten, und schon stehen alle im Gang. So wie in einem Flugzeug, wenn das angedockt hat und jeder am liebsten über den anderen drüber springen würde, damit er ja als Erster auf seinen Koffer warten kann. Der Bus stoppt. Alle sofort raus. Sogar der Bene. Prostata? Weißbier? Egal, nach über fünf Stunden hat sich halt doch was angesammelt. Vielleicht Spucke, die er manchmal runterschluckte. Und da stehen sie dann sogleich alle in einer Reihe. Die Frauen hintereinander vor der Häusltür und die Männer nebeneinander in der Wiese. Der Rudi richtet inzwischen die versprochene Brotzeit her. Das kann der Rudi. Und zwar schnell. Tapeziertisch raus, weiße Tischdecke drauf, weil das Auge auch mitessen will, frische Brezen, Wasserkessel ans Gas angeschlossen, Wiener rein, Wurstplatten, Käseplatten auf den Tisch. War schon alles vorbereitet. Nur noch Zellophan runter. Fertig. Halt, Senf fehlt noch. Zwei Kuchen, Kaffee in drei Thermoskannen, drei Weißbiertragl für die Männer neben den Tapeziertisch und Prosecco für die Damen auf den Tapeziertisch. Mit Pappbechern. Die Durchsichtigen, weil das hat was. Der Rudi ist fertig. Drei Frauen kommen vom Häusl zurück. Die anderen sind noch brav in der Reihe. Die Männer sind schon alle da und haben eine Wiener in der Hand und zwar genau so wie sie vor fünf Minuten noch keine Wiener in der Hand hatten. Alle haben Hunger und hauen so richtig rein. Da freut sich der Rudi. Das Schmusepärchen schnappt sich ein Paar Wiener, zwei Brezen und zwei Becher Prosecco. Dann verschwindet es im angrenzenden Wäldchen, das auf dem italienischen Rastplatz direkt angrenzt, direkt heißt ohne Zaun.

»Siehst du des, Brigitte?«

»Ja Mama.«

»Und was sagst dazu?«

»I find des super. Eine tolle Brotzeit und der Prosecco is gar ned schlecht.« Gut gelaunt schwenkt sie ihren Becher. »Prost Mama, Prost Georg.«

»Des moan i doch gar ned. De zwei san jetzt direkt da in den Wald gangen!« Hermine ist entrüstet.

»Ja i hab mir auch schon überlegt, ob ich da reingeh«, frotzelt Georg. »Da gibt's bestimmt Schwammerl. Schwammerl zu den Wienern, des hätt was.«

Brigitte muss so lachen, dass sie ihren Prosecco verschüttet.

Schon ist Rudi da und schenkt nach. Rudi bewegt sich zwischen dem Brotzeittisch und den Fahrgästen wie ein Wirbelwind. Alle sollen satt werden und zufrieden. Vielleicht auch ein bisschen besoffen. Dann schlafen sie alle und merken nicht so schnell, wann wieder ein Rastplatz fällig ist.

»I möcht' ned wissen, was die da in dem Wald machen«, hakt Hermine jetzt noch mal nach, deren Becher jetzt auch wieder randvoll ist.

»Also, i tät schon wissen, was ich da in dem Wald machen würd, wenn ich so jung wär wie die zwei und so verliebt«, provoziert Georg.

Was meint dieser Georg jetzt? Meint er wirklich Schwammerl suchen oder doch was anderes? Küssen können sie auch im Bus, aber….? Hermine kann diesen Georg nicht einschätzen. Noch nicht. Soll sie noch mal fragen oder doch nicht? Eigentlich will sie schon wissen, wie er das meint, aber wenn sie jetzt fragt, dann gibt sie sich eine Blöße und bekommt womöglich eine blöde Antwort. Eine Antwort, mit der sie nichts anfangen kann, nichts Konkretes. Nichts Direktes. Nur so was zwischen den Zeilen. Nachfragen oder nicht nachfragen??? Lieber nicht. Aber die Neugierde siegt.

»Und was täten Sie?«

Mit so einer direkten, konkreten und wirklich knallharten Antwort rechnet man nicht.

»Schnaxeln.«

Brigitte hat gerade die Wiener im Mund und verschluckt sich, Georg eilt zu ihr und klopft ihr auf den Rücken, während Brigitte mit wässrigen Augen in seine Augen schaut. Wässrig, vom Verschlucken, vom unterdrückten Lachen, von der ungehörigen Antwort des Georg, von einem Heuschnupfen??? Warum wässrig? Diese Frage könnte nur Brigitte beantworten. Aber es fragt niemand. Georg genügt der Blick und Hermine schluckt den gefüllten Becher mit Prosecco in einem Zug runter. Als sie den Becher wieder absetzt, ist er schon wieder voll. Rudi möchte zufriedene Passagiere in seinem Nepomuk.

Den Paul kann jetzt nichts halten. Fast fünf Stunden war der eingeklemmt zwischen Reifen und Fenster. Jetzt braucht er Bewegung. Auf dem Rastplatz sind sie fast alleine, nur noch ein anderes Auto mit italienischer Nummer parkt da. Ist halt ein Geheimtipp und deshalb wird der hier auch nicht näher beschrieben, weil es sonst ja kein Geheimtipp mehr ist. Paul saust hin und her. Er ist das einzige Kind hier. Aber das macht ihm nichts aus. Er kann immer was mit sich anfangen.

»Paul, iss mal was!«, ruft ihm die Rosi nach. »Schau mal, der Papa und ich essen auch.«

Paul rennt vorbei, schnappt sich eine Wiener und weg ist er schon wieder.

»Ned nur eine Wurscht, auch eine Breze, Paul.«

Paul ist schon wieder da. Zack eine Breze und weg ist er.

»Und trinken sollst auch was! Schau mal, der Papa trinkt auch was.« Etwas leiser dann: »Trink ned so vui, Vati.«

»Warum des is doch erst de zwoate Halbe.«

»Ja eben. Ich hab auch erst den zwoaten Becher, aber da is ned so viel drin wie in einer Flasch'n.«

»Hmmmmm.«

»Was is'n des überhaupt für ein Rastplatz? Kein Zaun.«

»Hmmmmmm.«

»So was gäb's bei uns ned, oder?«

»Mmmm mmmm.«

»Italien halt. Schau hin. Da hinten liegt schon wieder was auf dem Boden. Da drüben is ein Abfalleimer, aber da muss ma was auf den Bod'n hinschmeißen. Paul, was liegt denn dort. Heb des mal auf.«

Paul, der gerade dort vorbeiläuft, wo etwas liegt, hebt es auf und bringt es zu seinen Eltern.

»Ja Pfui Deife, schmeiß es weg.«

Paul wirft es weg und Rosi schüttet ihren Becher Prosecco über die Hände von Paul.

Und so liegt es jetzt halt 10 Meter entfernt vom alten Standort, das Kondom und bleibt dort wahrscheinlich noch Jahre liegen, weil der Rastplatz ja ein Geheimtipp ist und die Verrottung eines Naturproduktes auch nicht von heute auf morgen geht.

»Was ist das Mama?«

»Nichts.«

»Nichts????? Warum musste ich dann ein Nichts von einem Ort zum anderen bringen. Liegt das Nichts hier bequemer?«

Ja auf den Mund ist der Paul nicht gefallen. Das hat er nicht von seinem Vater.

»Red ned immer so g'scheid daher, Paul.«

»Was ist das, Papa?«

»Hmmmmmm…«

»Sei staad Vati. Du musst ja auch ned überall deinen Senf dazu geb'n. Paul hol dir ein Limo und trink amal was. Du hast doch vor drei Stunden schon einen Durscht g'habt.«

Im Ablenken ist die Rosi gut und Rudi im Einschenken. Der Becher von der Rosi ist schon wieder voll.

Leer ist dagegen schon das zweite Weißbier vom Bene. Aber das dritte wird ihm sofort gereicht. Nicht vom Rudi, nein der kann sich ja nicht um alles kümmern. Der Rudi ist voll mit Prosecco beschäftigt und mit Wiener in das warme Wasser schmeißen. Das dritte Weißbier wird dem Bene genau so wie das erste und das zweite vom Wendelstein gereicht. Ja, der Bene muss schon wieder an den Wendelstein denken. Vor ein paar Stunden noch am Irschenberg, dort wo der Wendelstein so weit weg war, da hat ihn der Wendelstein an die Brüste seiner Vroni erinnert, jetzt ist es umgekehrt, jetzt erinnert ihn die Wampe im rosafarbenen T-Shirt an den Wendelstein und wenn der Bene an den Wendelstein denkt, dann fällt ihm unweigerlich wieder die Vroni ein, also eigentlich nicht die Vroni selbst, sondern die Brüste von der Vroni. Lange kann er nicht an diese zwei Wendelsteinchen denken, denn der Werner lenkt ihn die ganze Zeit ab.

Kaum war er nämlich ausgestiegen und hatte sich dann in die Reihe der Männer gestellt, da stand dieser Werner schon neben ihm. Während Bene schon beim Schütteln war, war dieser Werner immer noch beim Suchen. Ist ja auch nicht so einfach, wenn man nicht runtersieht. Bene stellte sich da gerade vor, wenn er jetzt in seinem Reifen stecken würde, dann würde er wahrscheinlich auch noch nicht beim Schütteln sein. Aber den Reifen hat er an einen Baum in Sichtweite gelehnt. Kaum war der Bene am Tapeziertisch und schaute sich an, was es da alles gibt, da war dieser Werner auch schon wieder da und reichte ihm eine Wiener. Wer jetzt meint, oh Gott ohne Händewaschen, der irrt, denn der Werner hatte die Wiener ja aus dem warmen

Wasser geangelt und da musste er doch in das Wasser greifen. Noch bevor Bene in die Wiener beißen konnte, hatte ihm dieser Werner schon eine Weißbierflasche in die andere Hand gesteckt. Nach der ersten Flasche Weißbier, da wusste er schon fast die ganze Lebensgeschichte dieses Werners. Und das erste Weißbier geht beim Bene sehr schnell.

Jetzt möchte dieser Werner aber ein bisschen was vom Bene erfahren, schließlich hatte er sich ja vorgenommen, sich um diesen einsamen Mann etwas zu kümmern.

»Und du kommst direkt aus Haag?«

»Ja.«

»Haag is schee. G'fällt mir. Schöna Biergarten.«

»Ja.«

»Fahrst du öfter mit dem Rudi mit?«

»Naa.«

»I bin aa des erste Mal dabei. Bist du öfter in Italien?«

»Naa.«

»Überhaupt scho moi in Italien g'wesen?«

»Naa.«

»Oh, da hast was versäumt. Italien is mei Lieblingsland, außer Deitschland natürlich. Dann wirst wahrscheinlich aa ned italienisch könna.«

»Naa.«

»Also, wenn du was ned verstehst oder was frag'n möchst, dann kommst zu mir. I kann italienisch. Und die da in der Cinque Terre, de können koa deitsch. Des is nimmer Südtirol, verstehst?«

»Ja.«

»Bist du verheiratet?«

Bene sagt nichts.

»Ja geht mi aa nix an. I bin verheiratet. Da drüben des is de meine. Wir machen Liebesurlaub. A bisserl eine Auffrischung, verstehst?«

»Naa.«

Werner sieht schon, er braucht ein anderes Thema.

»Des da drüben, is des ein LKW-Reifen? I moan ein Schlauch für den Reifen?«

»Ja.«

»I möcht ja ned neugierig sei. Kannst du vielleicht ned schwimmen?«

»Naa.«

»Du Schwimmen, des is ganz einfach. Da muss ma sich bloß trauen. I hab des schon als Kind g'lernt. Mit sechzehn war i Freisinger Stadtmeister. Jugend. Ja guad, i war scho immer ein Draufgänger. Soll i dir des Schwimmen lernen?«

»Naa.«

»Des wär aber koa Problem. I hab schon Hunderten des Schwimmen g'lernt. I bin bei der Wasserwacht. Ehrenamtlich. Hast Angst vorm Schwimmen?«

»Ja.«

Na endlich hat er was erfahren. Werners empathische Seele ist glücklich. Die Angst ist es also, was diesen Menschen so unglücklich macht.

»Du brauchst keine Angst ham. Nie und nimmer. Ned beim Schwimmen und auch sonst nicht. Pass auf, i sag dir jetzt was, einen Leitspruch. Den merkst du dir zumindest die ganze nächste Woche. Pass auf, der Leitspruch heißt: Nie verzagen, Werner fragen. Kannst du dir des merken?«

»Ja.«

»I kümmer mi schon um di. Keine Angst. Noch ein Weißbier?«

»Ja.«

Jetzt macht sich Werner aber doch Sorgen als er dem Bene das Weißbier reicht. Bis jetzt hat dieser Mensch nur mit *ja* und *naa* geantwortet. Das ist wahrscheinlich das Problem. Der kann nicht richtig sprechen. Oder Trauma. Trauma könnte es auch sein. Trauma, hervorgerufen durch Trauer. Werner ist stolz auf sich, wie genau er alles analysieren kann. Jetzt braucht er eine Frage, die dieser Mensch nicht mit *ja* oder *naa* beantworten kann. Dann sieht man weiter.

»Du, des mit dem Klo is ja eine Frechheit, was sagst du?«

»Mei?«

Jetzt ist Werner glücklich, denn jetzt weiß er, dieser Mensch kann doch richtig reden und er, Werner, hat das Trauma durchbrochen. Glücklich legt er dem Bene einen Arm um die Schulter. Lange ist Werner nicht glücklich, denn plötzlich zischt es hinter ihm. Nicht *misch di ned scho wieder ei*, sondern nur ein *Werner*. Ein lang gezogenes *Wääääärneeeeeeeer.* Es gibt ein lang gezogenes Werner und es gibt ein besonders lang gezogenes Werner. Dieses war besonders lang gezogen. Das bedeutet Gefahr im Verzug, wie der Jurist sagen würde. Werner ist kein Jurist, aber so viel juristisches Verständnis hat er. Schnell nimmt er den Arm wieder runter und trotzdem hallt das Zischen immer noch nach.

Dieses Zischen ist so laut, dass man ein anderes Zischen gar nicht mitbekommt. Das Zischen, für das nicht Hilde verantwortlich ist, sondern ein Lausbua. Und Paul ist ein regelrechter Lausbua, auch wenn er nicht bayerisch spricht. Dieser Rastplatz ist ein Eldorado für ihn. Da kann er seine ganze Power raus lassen.

Gerade hüpfte er noch in dem angrenzenden Wäldchen herum und hat sich gewundert, was Erwachsene für tolle Gymnastikübungen machen können und schon war er wieder auf der Wiese, machte Purzelbäume und schlug ein Rad nach dem anderen. Auuuu. Er hatte sich an dem Stecken, den er aus dem Wäldchen mitgebracht hatte, verletzt. Blut am Finger. Wo kommt das denn her. Da bemerkte er, der Stecken hat unten eine Dorne. Eine gefährliche Waffe hatte er jetzt in der Hand. Schade, dass seine Freunde nicht hier waren. Da könnte man Ritter spielen. *Ich bin der Ritter mit dem Dornenstab. Komm mir nicht zu nah, sonst stirbst du und ich werfe dich in den Burggraben. Dort kannst du dann verrotten. Mich besiegt keiner. Ich bin Paul, der goldene Ritter und du bist mein Feind, du bist der schwarze Ritter.*

Kaum hatte Paul das ausgesprochen, da sah er plötzlich wirklich seinen Feind, da sah er plötzlich diesen schwarzen Ritter, wie er ganz lässig an einem Baum lehnte. Dieser schwarze Ritter hatte ihn Stunden zuvor an das Fenster des Busses gedrückt. Der goldene Ritter war nicht mehr zu halten. Unerschrocken stürmte er auf seinen Feind zu. Der machte aber gar keine Anstalten, sich zu verteidigen. Er blieb einfach lässig angelehnt am Baum. Das machte den goldenen Ritter nur noch wütender. Entschlossen holte er aus mit seiner Lanze und traf den schwarzen Ritter mitten ins Herz.

Und so zischt er jetzt, aber das Zischen bleibt ungehört,

weil es eben von einem ganz anderen Zischen übertönt wird. Der schwarze Ritter ist besiegt. Langsam sinkt er in sich zusammen.

Der Prosecco läuft bei den Damen jetzt schon langsamer durch die Kehlen. Und so muss der Rudi jetzt nicht mehr um den Tapeziertisch wirbeln, sondern er kann sich auf den Bus konzentrieren. Er zieht einen neuen Kaschmirlappen heraus. Einen weißen. Wie ein Tornado legt er dann los zwischen den Sitzen. Da hat jedes Staubkörnchen verloren. Nach zehn Minuten glänzt Nepomuk wie die Wohnungen der deutschen Hausfrauen nach dem Frühjahrsputz. Obwohl, die glänzen eigentlich nicht mehr so gut wie früher, wie in der guten alten Zeit. Denn mittlerweile haben den Frühjahrsputz sehr oft schon die Männer übernommen. Emanzipation hat auch Schattenseiten.

Jetzt ist die Außenhaut von Nepomuk dran. Bürste mit den Haaren der Kaschmirziege von der Isle of Arran an den Schlauch gesteckt, Schlauch an den Wassertank angeschlossen und los geht's.

»Darf ich auch mal?«, will Paul von Rudi wissen.

»Konnst du des?«

»Klar kann ich das.«

Rudi gibt dem Paul nach eingehenden Unterweisungen die Teleskopstange mit der Kaschmirbürste in die Hand und lässt im Folgenden den Paul nicht aus den Augen. Aber der Paul macht das gut. Sehr gut sogar.

»Reschpeckt Bua. Host du des scho öfter g'macht?«

»Nö, ich mache das zum ersten Mal.«

»Dann bist du ein Naturtalent. Da wird sich da Nepomuk freu'n.«

»Wer ist Nepomuk?«

»Der Bursche da, den du grad so schee putzt.«

»Ich verstehe, du meinst den Bus.«

»A schlau's Bürscherl bist aa no. Des g'fällt mir.«

»Hast du noch einen Kaffee, Rudi?«, ruft in dem Augenblick die Brigitte herüber.

»Klar, da Rudi hat ois, Augenblick.«

Rudi springt schnell zum Tapeziertisch, um die vierte Kaffeekanne hervorzuholen, die unter dem Tisch steht. Der Rudi weiß da noch nicht, dass der Paul nicht nur ein schlaues Bürscherl ist, sondern eben auch ein Lausbua. Mit dem kann er auch nicht rechnen, wenn der norddeutsch spricht. Kaum ist Rudi weg, will der Paul nämlich wissen, wie das ist, wenn man die Kaschmirbürste abzieht und statt dessen die Spritzdüse benutzt. Ob man damit wohl weiter spritzen kann als er selbst beim Bieseln. Über das Mountainbike von seinem Freund Sebastian hat er es schon geschafft. Ohne dass auch nur ein Tropfen das Radl berührt hätte. Über den Nepomuk würde er es nicht schaffen. So realistisch ist er schon mit seinen zehn Jahren. Wäre er doppelt so alt, würde er bereits unter Realitätsverlust leiden.

Würde es die Spritzdüse schaffen? Tatsächlich, die schafft das. So ein schöner Bogen. Hoch hinaus. Drüber über den Nepomuk. Eine Freude. Eine Freude für den Paul. Eine Freude für den Nepomuk. Keine Freude für die Hilde. Die steht nämlich genau dort, wo der wunderschöne Bogen den Boden des Geheimtipps berühren würde. Hilde verhindert das.

Sie kommt auch nicht mehr zum Zischen, aus einem kurzen, angesetzten Schrei wird ganz schnell ein Gurgeln. Wie aber sollte man ein Gurgeln über den Nepomuk hinweg hören? Paul ist begeistert von dem schönen Bogen. Nicht begeistert ist der Rudi, der herbei eilt und dem nichtsahnenden Lausbuam den Schlauch aus der Hand reißt. Nicht begeistert ist auch das Designerkleid aus reiner Seide aus dem Hause Joop, das jetzt genauso geschleckt aussieht wie der Designer selbst.

»Mausi, wia schaust du denn aus?«

Werner hat inzwischen seine Gattin erreicht. Relativ schnell, angesichts seiner Konstitution und Kondition.

»Zieh mich sofort aus!«

Diese vier Worte bringen die Augen von Werner zum Leuchten. *Zieh mich sofort aus.* Wie lange hat er diese vier magischen Worte nicht mehr gehört. Werner wusste es schon daheim. Das wird ein Liebesurlaub. Ein Liebesurlaub, der sich gewaschen hat. Beim Waschen ist er schon.

Plötzlich ist Hilde verschwunden. Alle Zuschauer der Szene fragen sich, wo ist Hilde hin? Dabei ist die Antwort so einfach. Werner hat sie nur umarmt. Wegen dieser Worte. *Zieh mich sofort aus.* Da musste er sie doch umarmen. Als er sie wieder loslässt, ist sie wieder da. Werner, der Magier! Ein nasser Strich zieht sich jetzt über sein rosafarbenes T-Shirt.

»Du Depp, du sollst mi' ned umbringen, du sollst mi' ausziehn. Des Kleid muss gerettet werden.«

Werner macht sich sofort an die Ausführung der vier magischen Worte. Er zerrt an dem Kleid, das Kleid klebt an Hildes Haut, Werner zerrt noch mehr, das Kleid wehrt sich, es will da bleiben wo es ist. Aber Werner ist so euphorisch wegen dieser vier magischen Worte. Seine Phantasie geht mit ihm durch, eine Phantasie, die nicht einmal im einundzwanzigsten Jahrhundert in diesem Buch veröffentlicht werden darf und deshalb einfach in Werners Kopf bleiben muss. Aber diese Phantasie gibt ihm Kraft. Er zerrrrrrrrrrrrrrt. Und Werner liegt neben dem Nichts, das Paul vor zehn Minuten dort abgelegt hat. Das Kleidchen in der Hand. Besser gesagt, einen Fetzen von Kleidchen. Nur der Reißverschluss klebt noch an Hilde. Das kommt davon, wenn der Joop den Reißverschluss in Germany fertigen lässt und den Stoff in Bangladesch.

»Was hast du da g'macht????«

»Dich auszog'n! Du wilde Hilde!«

Ja es dauert halt einfach ein bisschen, bis man so eine Phantasie wieder aus dem Kopf raus hat.

»I brauch meinen Koffer und zwar sofort«, herrscht Hilde jetzt den Rudi an, der zwar nichts dafür kann, aber irgendwie doch Schuld hat. Hätte er den Schlauch nicht aus der Hand gegeben…

Und schon stolziert Hilde auf die andere Seite des Busses, damit der Rudi dort den Koffer rausholt. Das ist ein schönes Bild. Hilde in hochhackigen Schuhen von Valentino für 360 Euro, nicht das Paar, sondern das Stück, BH und Höschen von Dior. Am schönsten ist das Bild von hinten. Denn Dior hat auch fleischfarbene Stringtangas. Man sieht von hinten nur den horizontal verlaufenden BH-Träger und den vertikal verlaufenden Reißverschluss. Wie ein wandelndes Kreuz sieht die Hilde da aus. Die Italiener, die in ihrem Personenwagen sitzen, bekreuzigen sich. Italiener sind halt katholisch. Jeder Chirurg wäre bei diesem Anblick begeistert. Bandscheibenoperation? Reißverschluss auf, Bandscheibe abgehobelt, Reißverschluss zu, fertig!

»Gib mir sofort meinen Koffer?«

»Welchen Koffer?«, fragt Rudi zurecht. Denn Hilde hat nicht einen Koffer, sie hat drei. Einen großen, einen größeren und einen ganz großen. Sie fährt schließlich eine Woche nach Italien.

»Den kleinen«, sagt sie und meint damit den großen.

Der Bene hat das Ganze aus sicherer Entfernung beobachtet.

Waren seine letzten acht Jahre vielleicht doch bessere Jahre als er bisher dachte? Er vergleicht jetzt seine Vroni mit der Hilde. War seine Vroni auch so oder war die anders so? Sind die Frauen alle irgendwie so? Oder passen Männer und Frauen einfach von Haus aus nicht zusammen? Hätte man die gleichgeschlechtliche Heirat schon viel früher einführen sollen? Als die Augen des Bene dann auf den Werner fallen, verwirft er diesen Gedanken ganz schnell. Womöglich wäre er dann mit ihm verheiratet. Um Gottes Willen.

Aber wie er den Werner da so stehen sieht, jetzt so ganz allein, wie ein Häufchen Elend, den Seidenfetzen in der Hand, da tut er ihm irgendwie leid. Werners Empathie überträgt sich jetzt auf Bene. Wo kommt das auf einmal her? Diese Ader hatte Bene noch nie an sich gefunden. Auf einmal kommt so eine Ader daher. Ohne Vorwarnung. Der Mensch hat Adern, das glaubt man nicht. Verborgene Adern. Auf einmal findest du die oder jemand anders findet sie. Der Mensch ist schon ein eigenartiges Viech.

Bene muss den Werner jetzt irgendwie trösten und er weiß auch wie. In seinem Koffer hat er nämlich eine ganze Stange Presssack und Weißwürste. Da kannst du die Wiener von dem Rudi vergessen. Schnell eilt er zum Rudi, der sowieso gerade das Kofferfach auf hat und sagt:

»Rudi gib mir mein' Koffer aa moi raus.«

»Welchen Koffer?«

10

Mit *welchen Koffer,* meinte der Rudi nicht wie zuvor bei der Hilde, welchen der drei Koffer, sondern welchen Koffer überhaupt.

Denn dieser Koffer steht jetzt in Haag, dort wo der Nepomuk in der Frühe losgefahren ist. Am Rathausplatz. Direkt vor dem Rathaus. Als der Bene nämlich viel zu spät kam und der Nepomuk gerade am Abfahren war und als sich der Bene mit dem Reifenschlauch um den Bauch in den Bus quälen wollte, den Reifen dann abnahm, weil das mit dem Reifen um den Bauch nicht funktionierte und alle einschließlich dem Rudi schon so ungeduldig waren und buh riefen, da merkte es niemand, dass der grüne Koffer aus den 1970er Jahren einfach dort stehen geblieben war, wo ihn der Bene hingestellt hatte.

Normal hätte sich in Haag niemand etwas gedacht dabei, wenn da vor dem Rathaus ein grüner, schäbiger Koffer steht. In Haag lässt man öfter mal einen Koffer stehen.

Aber jetzt sind gerade keine normalen Zeiten, weil nämlich in Haag die Kläranlage marode ist. Man könnte nun denken, *Kläranlage marode* ist doch normal, das kommt immer mal vor, wenn so eine Kläranlage in die Jahre kommt. Aber der Bürgermeister hat angekündigt, dass sämtliche Kosten der Erneuerung auf die Gemeindebürger, sprich auf die Grundstücksbesitzer, umgelegt werden. Das hätte er mal lieber in der nichtöffentlichen Sitzung kundtun sollen. Aber der Bürgermeister wollte gleich mit offenen Karten spielen. Man muss wissen, der Bürgermeister ist nicht bei der CSU. Zwei Tage nach der Sitzung war eine Morddrohung auf seinem Schreibtisch. Morddrohung schön und gut, aber Ertränken in der Kläranlage ist nicht so lustig. Vor allem nicht in der alten, denn da gibt es Keime ohne Ende.

Und jetzt steht dieser grüne Koffer vor dem Rathaus. Hat sich der Briefschreiber eine andere Methode ausgedacht?

Der Bürgermeister steht am Fenster seines Amtszimmers und schaut besorgt auf diesen Koffer. Den Telefonhörer hat er noch in der Hand, da hört man schon die Sirene. Das geht ganz schnell in Haag. Sein Feuerwehrkommandant ist mit allen Wassern gewaschen, sonst wär er nicht Feuerwehrkommandant und schon gar nicht in Haag.

Zwei Minuten später fährt das Feuerwehrauto vor. Der Bürgermeister ist jetzt echt stolz, nicht auf die Feuerwehr, sondern auf sich selbst, weil er letztes Jahr in weiser Voraussicht ohne mit der Wimper zu zucken, das neue Feuerwehrauto bewilligt hatte. Hätte er das nicht gemacht, dann wär die Feuerwehr jetzt nicht da. Nicht, weil das alte Auto nicht genauso schnell gewesen wäre, sondern weil der Feuerwehrkommandant beleidigt gewesen wäre und erst gar keinen Alarm ausgelöst hätte. Als Bürgermeister muss man einfach immer wissen, was man zu tut hat und man muss seine Pappenheimer kennen.

Acht Feuerwehrleute springen aus dem Auto, allen voran der Kommandant. Zackige Befehle hallen durch den idyllischen Ort. Mit Flatterband wird alles um den Koffer großräumig abgesperrt. Auch die Durchgangsstraße. Alle Häuser ringsum werden evakuiert.

Die Schüler, die normal in die angrenzende Schule gehen, ärgern sich. Es sind Ferien und da bringt ihnen das gar nichts.

Die Rathausangestellten freuen sich. Sie dürfen heimgehen.

Der Biergartenbetreiber ärgert sich. Bürgermeister hin oder her, aber wer gleicht ihm den Umsatzverlust aus?

Der Bürgermeister freut sich, weil der ansässige Pressefritz auch schon da ist und ihn hinter der Fensterscheibe fotografiert. Man kann als Politiker nicht oft genug in der Zeitung sein.

Die Braut, die gerade zur Kirche rauffahren will, ärgert sich, weil die Hochzeit verzögert wird.

Der Bräutigam freut sich. Länger in Freiheit.

Der LKW-Fahrer, der nicht mehr durchkommt nach seiner Nachtschicht, ärgert sich.

Seine Ehefrau freut sich. Der Liebhaber kann länger bleiben.

Die Medaille hat halt immer zwei Seiten.

Alles abgesperrt. Notfallplan hat gut funktioniert. Acht Feuerwehrleute stehen vor dem Flatterband. Der Koffer in der Mitte. Der linke Feuerwehrmann fragt seinen rechten Nebenmann:

»Und jetzt?«

Der gibt die Frage wieder an seinen Nebenmann weiter und so fort. So wie man ganz früher, als es noch keine Feuerwehrautos gab, den Löscheimer weiterreichte.

Schließlich kommt die Frage beim Kommandanten an.

»Und jetzt?«

Der aber wäre kein Kommandant, wenn er nicht sofort eine Antwort wüsste.

»Ruhe bewahren!«

Diese Antwort verbreitet sich jetzt wie die Frage, nur halt in die andere Richtung.

Und so stehen sie erst mal ein paar Minuten und bewahren Ruhe. Dann zieht der Kommandant sein Handy. Aber nicht wie man ein Handy zieht, um schnell mal seine WhatsApp-Nachrichten zu checken, sondern so wie der Namenlose in *Spiel mir das Lied vom Tod* nicht seine Knarre zieht, sondern die Mundharmonika. Mit Andacht. Die Feuerwehrleute sehen andächtig zu. Dann tippt der Kommandant die Nummer. Die Nummer seines Spezls. Auch wieder mit Andacht. Und der Spezl ist bei der Bundespolizei am Flughafen. Ja da zahlt es sich wieder mal aus, dass man einen Flughafen hat.

»BP rückt an«, verkündet der Feuerwehrkommandant dann ganz feierlich. Niemand weiß, was BP ist, aber es fragt auch keiner nach. Eine Blöße will man sich nicht geben. Einer sagt dann:

»BP, gute Lösung, Kommandant.«

»Zwei Schritt zurück treten«, befiehlt der Feuerwehrkommandant, während der Bürgermeister immer noch am Fenster seines Amtszimmers steht und die Situation im Auge hat. Wer jetzt meint, der Bürgermeister dürfe doch gar nicht mehr in dem Gebäude sein, der kennt den Bürgermeister von Haag nicht. Der möchte nämlich immer alles im Auge haben. Nur so kommt ihm nichts aus. Da muss man dann halt auch mal der Gefahr ins Auge blicken. Das konnte der Bürgermeister immer schon. Von Anfang an. Als er Bürgermeister wurde, da hat der sofort der Opposition, also der Gefahr, ins Auge geblickt. Die konnte diesem Blick nicht standhalten. Und so gibt es in Haag heute keine Opposition mehr. Nur noch ein Oppositiönchen.

Wenn der Koffer zwei Augen hätte, dann würde der Bürgermeister auch da reinblicken. Dann wäre der Koffer von alleine zusammengebrochen. Aber so steht er immer noch da, der grüne Koffer, im Schutz der Haager Feuerwehr.

Und dann rückt sie an. Die Bundespolizei.

»Ahhhhhhh«, kommentieren die Feuerwehrleute das Geschehen begeistert, denn jetzt fällt es ihnen wie Schuppen von den Augen, was BP heißt. Die BP kommt mit zwei Beamten, Manfred und Tino. Der Manfred hat zwei lange Beine. Der Tino hat vier kurze Beine. Das ist nämlich ein Hund. Ein Sprengstoffhund.

Der Manfred und der Tino, die machen nicht lange rum. Die sind das vom Flughafen gewöhnt, nicht lange rumzumachen. Der Manfred gibt dem Tino ein Zeichen, dann springt der über das Flatterband. Klar, er hätte auch unten durchlaufen können. Aber so ist das spektakulärer. Das macht Eindruck. Die Feuerwehrleute reißen den Mund auf zu einem *Ohhhhhhhh.* Unisono. Der Feuerwehrkommandant gibt ein Zeichen, das *Ohhhhhhhh* einzustellen. Wie soll sich Tino sonst konzentrieren. Manfred wirft seinem Spezl einen anerkennenden und dankbaren Blick zu. Das ist Zusammenarbeit. Zusammenarbeit zwischen Institutionen.

Tino schlägt an. Wie wild springt er über den Koffer. Über die Längsseite, über die Breitseite und schließlich auch noch diagonal. Er schnüffelt dann alle Ränder ab. Erst die linke Seite des Koffers, dann die rechte Seite. Schließlich bellt er drauf los was das Zeug hält.

Manfred merkt, irgendetwas ist anders als sonst. Aber was? Er pfeift Tino zurück. Dann passiert etwas, was Manfred zu denken gibt. Tino gehorcht nicht. Er bleibt einfach neben dem Koffer sitzen. Die Schnauze leicht geöffnet. Sabber läuft heraus. Völlig ungewohnt bei Tino. Ist der krank? Manfred pfeift noch mal. Tino bleibt sitzen.

Da weiß Manfred plötzlich, was los ist. Er dreht sich um, muss ja niemand sehen, dass er grinst. Immer wenn Tino grinst, dann muss auch Manfred grinsen. Und Tino grinst. Nicht stark. Aber ein Grinsen halt. Man muss schon ein Hundekenner sein, um das zu sehen. Die Haager Feuerwehrleute sind keine Hundekenner.

Manfred geht zu seinem Einsatzfahrzeug und holt den Schutzanzug.

»Vermutlich kein Sprengstoff«, sagt er. »Aber ganz ausgeschlossen auch wieder ned. Der Tino hat angeschlagen, aber anders als bei Sprengstoff. I hab einen Schutzanzug dabei, der is relativ sicher. Wer schaut rein in den Koffer?«

»Du hättest eigentlich die meiste Erfahrung, Manfred«, meint der Feuerwehrkommandant.

»Des schon, aber für den Fall, dass doch was passiert, wir san nur zu zweit und des Einsatzfahrzeug muss am Abend wieder am Flughafen sein. Der Tino hat aber keinen Führerschein. Ein Freiwilliger?«

Niemand meldet sich. Wenn sich niemand meldet, dann muss der Feuerwehrkommandant ran. Da bleibt nix übrig. Also rein in den Schutzanzug. Der Manfred gibt ihm noch ein paar Anweisungen und dann nähert sich sein Spezl dem Koffer. Wie ein Astronaut. Schritt für Schritt. Ganz kleine Schritte. Ein außerhalb des Flatterbandes stehender Zaungast hat tatsächlich eine Mundharmonika dabei und spielt jetzt *Spiel mir das Lied vom Tod.* Nur noch ein Schritt bis zum Koffer. Vorsichtig beugt sich der Feuerwehrkommandant nach unten, öffnet ganz langsam den Verschluss des Koffers und zieht in gaaaaaanz langsam auf. Da macht Tino einen Satz und holt sich die Stange Presssack raus, läuft zum Einsatzfahrzeug, verstaut ihn dort und schon ist er zurück, um den großen Ring Weißwürste abzuholen. Schnapp, schnapp, und weg ist auch der.

Der Bürgermeister steht immer noch am Fenster und rätselt, ob das jetzt eine Warnung war an ihn.

Der Pressefritz eilt begeistert heim. So eine schöne Schlagzeile hatte er schon lange nicht mehr. *Hund bringt Feuerwehr um verdienten Lohn.*

Die Feuerwehrler sind erleichtert, dass nichts passiert ist, aber auch verärgert, weil Tino ihnen den schönen Presssack weggeschnappt hat, eine Spezialität des hiesigen Metzgers. Und dann auch noch die Weißwürste.

Manfred und Tino sind schon wieder auf dem Weg zum Flughafen, als der Feuerwehrkommandant dann im Koffer doch noch eine Weißwurst findet. Die hat Tino übersehen. Besser als gar nichts. Und die lassen sich die acht Feuerwehrleute dann so richtig schmecken.

Man möchte gar nicht glauben, wie eine Weißwurst für acht Personen Durst macht.

Am Abend lassen sie sich von ihren Ehefrauen abholen. Die haben eine Freude.

11

Ruhig ist es jetzt im Bus. Ein paar schnarchen, aber nicht schlimm, die andern fühlen sich wie im siebten Himmel. Das Weißbier und der Prosecco haben ihre Wirkung voll entfaltet. Das mag der Rudi, jetzt kann er Kilometer machen. Niemand stört ihn. Niemand hat irgendeine Frage, niemand will was zu trinken. Alle sind sie abgefüllt. Alle bis auf den Bene. Vier Weißbier machen den Bene so besoffen wie einen Elefanten ein halber Liter Radler. Das steckt der weg wie nichts. Jetzt ist er also in diesem Scheißitalien. Neugierig schaut er aus dem Fenster. Der Bene hat jetzt freie Sicht, weil der Lausbua, genauer gesagt der bissl Lausbua – aber dazu später mehr – quer über Mama und Papa liegt und ebenfalls schläft. Auch der LKW-Schlauch behindert ihn nicht. Der liegt auf seinem Schoß wie eine Dampfnudel, bei der man viel zu früh den Topfdeckel aufgemacht hat. Wenn er sich auf diese Dampfnudel stützt, dann macht sie noch ganz leise pf pf pf pf.

Die Landschaft irritiert den Bene. Er dachte immer, Italien sieht aus wie ein Stiefel. Wie ein Stiefel, der mit dürrem Stoppelgras übersäht ist. Von Stiefel ist nichts zu sehen. Eher von Bergen. Von grünen Bergen, kein Stoppelgras. Na ja, gar nicht so schlecht, aber nicht Bayern. Auf keinen Fall Bayern, da fehlt es schon ganz weit. Bayern hat schon ganz andere Häuser, grade in den Bergen. Mit vielen Blumen auf den Balkonen. Und alles herausgeputzt, dass es nur so strotzt. Das hier sind ja keine richtigen Häuser. Alles so farblos. Und die Kirchen erst. Die Kirchen sind nicht verputzt. Der blanke Stein schaut da raus. Naturstein zwar, aber Stein ist Stein. Haben die keine Maurer hier in diesem Scheißitalien? Oder ist das Geld ausgegangen? Da wenn du ein Maurer wärst, mein Lieber, da hättest du Arbeit. Und was ist das da direkt neben der Autobahn? Bäume? Obstbäume? Schaut aus wie Apfelbäume. Spalier. Hört gar nicht mehr auf. Direkt neben der Autobahn. Guten Appetit. Aber jetzt hätte er sogar gerne so einen unappetitlichen Apfel, der Bene. Weil gegessen hat er nur eine Wiener. In der ganzen Aufregung vorhin hatte er das Essen vergessen. Nichts hat er, keinen Presssack, keine Weißwürste, keinen Koffer, nichts. Scheißitalien. Schuld ist dieser Rotzlöffel, der da jetzt hinter ihm schläft. Der hat für diese Aufregung gesorgt. Aber lustig war es schon auch, wie der nasse Hadern da an dieser Bohnenstange dranhing, wie eine getaufte Maus hat sie ausgeschaut diese Bohnenstange, bis dann der Werner aus ihr eine nackte Bohnenstange machte.

Vielleicht ist dieser Rotzlöffel gar nicht so ein Rotzlöffel, wie er bisher immer dachte, vielleicht ist er sogar ein bissl ein Lausbua, auch wenn er nicht bayerisch spricht, deswegen aber halt nur ein bissl ein Lausbua.

Dieser bissl Lausbua, der jetzt kein Rotzlöffel mehr ist, der wurde nach diesem Spritzattentat ganz schön zusammengeschissen. Nicht vom Werner und auch nicht von der Bohnenstange. Der Werner hatte da gar keine Zeit dazu. Der musste sich um seine Gattin kümmern und außerdem seine Gehirnanhangdrüse in Schach halten, denn diese Drüse hatte von Werners Sehnerv schon lange keine Info mehr erhalten, wie die Bohnenstange nackt aussieht, oder fast nackt. Die Gehirnanhangdrüse musste sich schon lange mit dem *Playboy* begnügen. Auch von der Bohnenstange wurde der bissl Lausbua nicht zusammengeschissen, denn die musste sich erstmal ärgern wegen dem schönen Kleid, dann wegen dem Werner, weil der zu blöd ist, sie auszuziehen und schließlich wegen dem Joop, weil der so ein Glump macht. Dann war sie beschäftigt, sich ein passendes Kleid auszusuchen. Der bissl Lausbua wurde auch nicht von dem Rudi zusammengeschissen, denn der Rudi hat sich nur über sich selbst geärgert, weil er die Kaschmirbürste aus der Hand gab. So was hatte er noch nie gemacht und würde er auch nie mehr wieder tun. Aus Erfahrung lernt man. Da ist sie schon wieder, diese Medaille mit den zwei Seiten. Ja und dann war der Rudi mit der Bohnenstange beschäftigt. Lange beschäftigt, denn in dem kleinen Koffer, der eigentlich groß war, fand die Madame nicht das Passende, da mussten dann die beiden anderen Koffer auch noch raus. Zeitverlust zweiundfünfzig Minuten.

Diese zweiundfünfzig Minuten nutzte die Mutter des bissl Lausbua voll aus. Jede Sekunde nutzte sie aus und der Bub wurde so was von zusammengeschissen, dass bei dem ganzen Zusammenschiss kein einziges Komma und kein einziger Punkt dabei waren. Das war wie eine Lawine vom Wendelstein runter. Am Ende sagte sie:

»Vati sag du aa amoi was dazua!!!!!!«

Da sagte der:

»Paul, so was duat ma ned.«

Das war dann für den bissl Lausbua zu viel. So war er von seinem Vater in seinem ganzen Leben noch nicht zusammengeschissen worden. So was war er einfach nicht gewohnt. Schnell fiel er in einen verdienten Erschöpfungsschlaf.

Und jetzt passierte es schon wieder. Die neue Ader beim Bene machte sich bemerkbar. Armer Bub. Man muss doch für so ein Kind etwas Verständnis haben. Verständnis!!!! Der Bene! Ja was passiert da gerade?

Brigitte, die mit ihrer Mama und mit Georg aus sicherer Entfernung die Szene mit Hilde beobachtet hatte, konnte keine neue Ader an ihrer Mama entdecken. Im Gegenteil. Die Adern, die Brigitte an ihrer Mama schon von Kindheit an kannte, schwollen jetzt erst so richtig an.

Ihre Mama kannte Brigitte nur als Moralapostel. Von klein auf. Brigitte hat keine Geschwister, sie hat nicht mal einen Vater. Klar hat sie oft nach ihrem Vater gefragt, aber nie eine Antwort bekommen. Nur einmal, als sie neun war, da hat die Mama einmal geantwortet, weil sie einfach nicht aufhörte zu fragen. Sie hat gesagt:

»Es gibt keinen Vater.«

Das war zu der Zeit, als Brigitte gerade ihren Erstkommunionunterricht hatte. *Es gibt keinen Vater.* War ihre Mama wie Maria? Mama, die unbefleckte Empfängnis? Vor lauter Ehrfurcht fragte sie dann nicht mehr.

Alleinerziehend war in den 1970er Jahren nicht der Standard, dafür gab es damals noch keine Zertifizierung. Schon gar nicht auf dem Land und Nandlstadt war auf dem Land. Dagegen ist Nandlstadt heute eine Metropole. Da musste Brigitte natürlich von ihrer Mama behütet werden. Schließlich war Hermine Mama und Papa zugleich. Sie wurde zum Kindergarten gebracht, sie wurde vom Kindergarten abgeholt, sie wurde zur Schule gebracht, sie wurde von der Schule abgeholt, sie wurde zum Tanzunterricht gebracht und erst recht vom Tanzunterricht abgeholt, sie wurde in der Früh zum Doktor gebracht und am Abend vom Doktor wieder abgeholt. Mit knapp achtzehn Jahren war Brigitte dann ausgebildete Arzthelferin. Jetzt durfte sie den Führerschein machen. Mama brachte sie zur Fahrstunde und holte sie wieder von der Fahrstunde ab. Als Brigitte dann die Führerscheinprüfung bestanden hatte, kaufte ihre Mama ein Auto. Eine Ente. Den Autoschlüssel behielt die Mama. Und immer, wenn die Mama wo hinmusste, durfte die Brigitte sie dort hinbringen und dann von dort wieder abholen.

Manchmal brachte Brigitte einen Mann mit nach Hause. Zum Kaffeetrinken. Mama war immer dabei, das ließ sie sich nicht nehmen. Die Männer kamen alle nur einmal.

Brigitte kam auch einmal. Und zwar heftig. In der Arztpraxis ihres neuen Chefs, einem Frauenarzt in Freising. Der ließ sie aber nur einmal kommen, weil er verheiratet war. Sie kam deshalb nicht mehr, auch nicht mehr in die Praxis. Seit dem hatte sie abgeschlossen mit den Männern. Ging auch so ganz gut.

Ja, die Szene mit der nackten, oder der fast nackten Hilde, hatte die Hermine aufgewühlt. In aller Öffentlichkeit so herumzulaufen und in den Koffern zu wühlen in gebückter Haltung mit einem Höschen, das gar keines war, und die Sicht in alle erdenklichen oder besser gesagt in alle nicht erdenklichen Körperregionen zu ermöglichen, das sei eine Unverschämtheit.

Und zwar eine bodenlose auch noch. Man müsse sich nur mal die Männer ansehen, wie sie mit stierendem Blick in eine Richtung glotzten, während ihre Bierflaschen nicht leerer wurden, sondern voller vom herabtriefenden Sabber.

Zweiundfünfzig Minuten dauerte das Schauspiel und zweiundfünfzig Minuten dauerte auch die Moralpredigt der Hermine. Vor Erschöpfung und nach immerhin sieben durchsichtigen Pappbechern Prosecco quälte sie sich dann in den Nepomuk, legte sich quer auf ihren und Brigittes Sitz und schlief sofort ein. Nicht einmal das zurückgekehrte junge Pärchen bemerkte sie mehr, das sich sofort wieder ihrer Lieblingsbeschäftigung widmete. Brigitte blieb nichts anderes übrig als sich neben Georg zu setzen.

Hilde trägt jetzt ein rotes, ja ein fast schon ins Orange gehendes leichtes Kleidchen von Giorgio Armani. Wenn man schon in Italien ist, dann muss auch der Modedesigner passen. Vermutlich hat Giorgio nicht so ein Glump wie dieser Joop. Joop ist bei Hilde jetzt durch. Es hat sich ausgejoopt. Den übrig gebliebenen Joopfetzen hat sie dem Rudi geschenkt. Der wollte den unbedingt haben. Für die Felgen. Felgen mit Seide putzen, wäre das A und O.

Dieses Kleid jetzt aber, das fühlt sich an wie eine zweite Haut. Man spürt es gar nicht. Da macht den Italienern keiner was vor. Der Stoff eins a. So wie der Mozart mit Tönen Symphonien komponieren konnte, so kann das der Armani mit Stoffen. Und bei diesem Kleid ist ihm eine wunderbare Symphonie gelungen: siebenundsiebzig Prozent Viskose, Siebzehn Prozent Polyamid und sechs Prozent Elasthan. Ein Traum. V-Ausschnitt und zusätzlich gerafft. Diese Raffung verleiht der Körbchengröße C ein C plus, wenn nicht gar ein D minus.

Hilde ist wieder zufrieden, lässt sich das aber nicht anmerken. Wenn sie sauer ist, dann ist Werner nämlich still. Diese Stille tut jetzt gut. Am liebsten würde sie summen, aber dann würde Werner gleich merken, dass sie nicht sauer ist. Also summt sie in Gedanken. Einen Song von Eric Clapton, denn Armani und Clapton, das passt zusammen. *I shot the sheriff.* Und jetzt beginnt sie auch noch zu träumen. Sie träumt, Werner ist der Sheriff.

Werner träumt auch. Er spaziert mit Hilde eng umschlungen am einsamen Strand der italienischen Küste. Barfuss im Sand und mit nacktem Oberkörper. Eine warme Meeresbrise durchwühlt nicht nur seinen Haarkranz, sondern streift frivol seine Brustwarzen, was in ihm einen Schauer auslöst. Einen wohltuenden Schauer. Mit verklärtem Blick beobachtet er seine Hilde, die sich inzwischen aus der Umarmung gelöst hat und sich tänzelnd vor ihm bewegt, so wie die kleinen Schaumkronen der ankommenden Wellen. Dann wirft sich Hilde ins Wasser, springt lachend wieder auf. Das Kleid klebt an ihrem makellosen Körper, eine Brust ist herausgefallen aus dem Kleid, die andere noch verborgen von Armanis Kunstwerk. Nicht verbergen kann das Kunstwerk die Erregung der Brustwarzen. Dann zieht Hilde das nasse Etwas ganz langsam nach oben, bis dorthin, wo bei der Frau von gestern ein paar Haarspitzen hervorgelugt hätten, jetzt aber nicht mehr hervorlugen können, weil die Frau von gestern nicht mehr von gestern ist, sondern als Frau von heute diesem grässlichen Durcheinander den Garaus gemacht hat. Hilde haucht *Zieh mi sofort aus.*

»Ja Kreuzkruzifix!«

So abrupt ist Werner schon lange nicht mehr geweckt worden.

Nicht nur das Kreuzkruzifix hat ihn geweckt, sondern auch das Quietschen der Bremsen.

Auch Hilde ist wach. Sie hat noch den Geruch ihres Schusses aus der 357 Magnum in der Nase. Der Sheriff hatte Glück. Schuss ging knapp daneben.

Das junge Pärchen sieht aus, als ob es gerade aus Transsilvanien kommen würde. Das Blut läuft beiden aus den Mundwinkeln. Sie haben sich gegenseitig in die Zungen gebissen.

Brigitte springt auf und leistet ihnen erste Hilfe. Arzthelferin ist Arzthelferin.

Georg ist beeindruckt.

Hermine schreckt auf und befürchtet eine Orgie, an der ihre Tochter beteiligt ist.

Bene haut sich den Kopf an der Fensterscheibe an. Wäre nicht passiert, wenn sein LKW-Schlauch noch heil wäre. Scheißitalien.

Paul weint.

Alois sagt: »Öha!«

Und Rosi weiß sofort, was los ist:

»Vati, da stimmt was ned.«

12

»Kreuzkruzifix«, schreit Rudi, obwohl er gar nicht gläubig ist.

Gleichzeitig steigt er in die Bremsen, dass beim Nepomuk der Rauch aufsteigt. Nepomuk steht und Rudi schaut durch die Windschutzscheibe auf das große schwarze Loch vor sich. Ein großes schwarzes Loch, oben drüber mit einer Inschrift. Eine Inschrift, die es in sich hat. Rund ist diese Inschrift, mit rotem Rand und mit einem weißen Feld. Oben ein kleiner schwarzer Pfeil, der nach unten zeigt und unten ein kleiner schwarzer Pfeil, der nach oben zeigt. In der Mitte Zahlen. 3,0 steht da.

»Des darf doch ned wahr sei. Ja Kreuzkruzifix«, betet Rudi dann noch mal.

Sein Nepomuk ist dreimeterfünfundsechzig. Der passt nicht in dieses verdammte schwarze Loch.

»Luft ablassen.«

Werner hat da gleich eine praktische Lösung.

Rudi dreht sich um und schaut Werner an.

»Luft ablassen. Des dat dir auch nicht schaden, du G'scheidhaferl. Des bringt vielleicht fünf Zentimeter. Mehr ned.«

»Aber der Tunnel is bestimmt höher als drei Meter. De geben da immer was dazu.«

»Und wenn er's ned is? Wenn i stecken bleib da drin? Schiebst du mi dann wieder raus?«

Nichts hatte auf diese Höhenbegrenzung hingewiesen, als Rudi die Autobahnausfahrt nahm und über Deiva Marina nach Moneglia fahren wollte. Alles war so schön gelaufen. Fast alle hatten so schön geschlafen. Er hatte seine Ruhe. Und der Nepomuk schnurrte nur so dahin. Von Deiva Marina waren es noch vier Kilometer bis Moneglia und dann kam einen Kilometer später dieses verdammte schwarze Loch. Ohne Vorwarnung. Wie konnte so etwas passieren. Wie konnte ihm das passieren, dem Rudi, der alles immer bis auf das kleinste Detail vorplante. Erst schon die Sache mit der Kaschmirbürste und der nackten Bohnenstange und jetzt das. Heute war wohl nicht sein Glückstag.

Und jetzt passiert etwas, das er gar nicht kennt. Vor sich das schwarze Loch, links die unzugängliche Meeresklippe, rechts eine drei Meter hohe Baustelleneinzäunung und hinter sich die Straße, ein Kilometer bis nach Deiva Marina. Und dann dieser Drang, den er bisher in solchen Situationen noch nie verspürt hatte. So ein Druck im Bauch. Und so ein Rumoren. Furchtbar. Nicht auszuhalten. Jeden Muskel im unteren Bereich seines Körpers spürt er, der Rudi, vor lauter Zusammenpressen. Schweiß steht auf der Stirn. Und dann ist es so weit. Rudi stürmt nach hinten, hechtet über die gelbe Jogginghose, mit einem Ziel vor Augen. Ein Ziel, das er noch nie so klar vor Augen hatte. Der heilige Ort des Nepomuk: der Abort.

Als Rudi wieder herauskommt, ist das Klo von Nepomuk keine Jungfrau mehr. Jetzt gibt es kein Halten. Alle wollen da hinein. Die Jungfrau hat verspielt.

Werner wäre nicht Werner, wenn er so schnell aufgeben würde.

»Woaßt was Rudi? Wir fragen in dem Kaff da hinten, ob der Tunnel ned vielleicht doch höher is. Da werden doch schon mehr Busse durchg'fahren sein. I kann italienisch, i mach des.«

Werner ist schon draußen noch bevor Hilde auch nur einen Ansatz eines Zischens machen kann.

Was bleibt dem Rudi übrig? Gemeinsam geht er mit Werner das Stück zurück, während die anderen Passagiere in Ruhe die Entjungferte besuchen können. Ein Stundenhotel ist ein Dreck dagegen.

Rudi ist schnell, er will den Zeitverlust wieder aufholen. Werner bläst, lässt sich aber nicht hetzen. Der Rudi braucht ihn, ohne ihn ist er aufgeschmissen. Das weiß er.

So ein Glück. Gleich am Anfang des kleinen Küstenortes kommen sie an eine Osteria. Il Geco Lounge Bar. Nur zwei Menschen sind in dem Lokal. Ein Gast, der seinen Espresso trinkt, vermutlich der italienische Quotengast, den es in jeder italienischen Bar gibt, und ein braungebrannter Ober im schwarzen Muscle-Shirt mit schwarzer undurchsichtiger Sonnenbrille, die Haare nach hinten gegelt. Der Ober ist nicht nur Ober, der ist auch Schankkellner, Koch, Barista, Putzmann und Zuhörer. Die nächste halbe Stunde ist er hauptberuflich Zuhörer. Werner legt nämlich los. Rudi steht mit offenem Mund daneben und freut sich, dass er den Werner mitgenommen hat. Nicht freuen würde er sich, wenn er wüsste, dass der Ober nach einer Viertelstunde weiß, welche Vorzüge ein Hinterwerkstaubsauger in seinem Lokal hätte.

»Und was sagt er?«, kann er nach zwanzig Minuten schnell mal einwerfen.

»Noch nix, i muss ihm doch erst mal die Situation erklären.«

Nach weiteren zwanzig Minuten erläutert Werner, dass schon manchmal Busse durch den Tunnel fahren würden, aber der Ober habe noch nie nachgemessen, wie hoch diese Busse gewesen seien. Wahrscheinlich sei der Tunnel schon höher als drei Meter, aber genau wisse das niemand. Das was heute Straße sei, war früher mal Bahnstrecke und die alte Eisenbahn wäre ziemlich klein gewesen.

»Frag ihn mal, wie man dann ohne Probleme nach Moneglia kommt.«

»Er meint, mit einem kleineren Bus.«

»Sehr witzig. Soll i den Nepomuk in den Wäschetrockner tun?«

»Wir sollen von der anderen Seit'n nach Moneglia fahren. Über Sestri Levante. Da gibt's zwar auch Tunnel. Aber die sind bestimmt höher.«

»Was heißt bestimmt?«

»Bestimmt in dem Sinn von wahrscheinlich.«

»Dann san wir jetzt aa ned schlauer als vorher.«

Schlauer nicht, denkt sich Werner. Aber den Staubsauger hab i so gut wie sicher verkauft. Da eröffnet sich ja gerade ein ganz neuer Markt.

Von der anderen Seite nach Moneglia fahren bedeutet, zurück zur Autobahn und die Abfahrt nach Sestri Levante nehmen. Umkehren vor dem schwarzen Loch geht nicht. Das weiß Rudi. Also einen Kilometer rückwärts bis nach Deiva Marina? Rudis Bauch grummelt wieder und schon ist er im italienischen Klo. Dieses Klo ist alles andere als Jungfrau.

Zurück am Bus sind alle erleichtert. Auch weil der Rudi wieder da ist.

Rudi erklärt, dass er jetzt einen Kilometer rückwärts fahren müsse, weil das Umdrehen mit dem großen Bus hier nicht möglich sei. Da hat der Rudi nicht mit dem Alois gerechnet. Jetzt ist Alois an der Reihe.

»Umdreh'n? Warum umdreh'n? Schau moi den Bauzaun da o.

Den wenn wir abbauen, dann kannst da rückwärts einestoßen und scho' kannst vorwärts z'ruck.«

»Abbauen? Du kannst doch ned einfach den Zaun abbauen?«

»Weil des aa was is? Des bissl Zaun abbaun. Geht's weiter, du, du, du und du aa no, ihr helft's mir.«

Mit du, du, du und du aa no sind Bene, Werner, Georg und Rudi gemeint.

Alois ist in seinem Element. Solche Aufgaben gehören

zu seinen Routinearbeiten. Fachmännisch gibt er seine Anweisungen und Georg, Werner, Rudi, ja und sogar Bene spuren. Die einzelnen Elemente werden aus ihren Angeln gehoben und fein säuberlich in einer Ecke der Baustelle aufgerichtet. Nicht irgendwie aufgerichtet, sondern gerade aufgerichtet. Da braucht Alois keine Wasserwaage. So etwas hat er im Blut. Da ist Alois gefürchtet bei seinen Kollegen in der Autobahnmeisterei. Wenn das nicht alles gerade ist, was die machen, dann gibt's kein Feierabendbier. Also wird lieber gleich alles möglichst gerade gemacht, weil ein Feierabend ohne Feierabendbier ist kein Feierabend.

Stolz schaut ihm Rosi durch das Fenster zu.

»Schau moi Paul, wie der Papa auf Zack is. Wie der arbeitet.«

»Aber der arbeitet doch gar nicht. Der gibt doch nur Befehle.«

»Auch Befehle geb'n is eine Arbeit. Der is jetz der Chef.«

»Bist du auch ein Chef?«

»Wie kommst denn auf des?«

»Du gibst doch immer daheim die Befehle, also bist du der Chef.«

»Die Baustelle schaut gleich viel schöner aus, des ham diese Italiener dem Papa zu verdank'n«, weicht sie schnell aus.

»Kann eine Baustelle schön aussehen?«

»Ja klar, jetz scho. Aufg'räumt schaut's jetz aus.«

»Darf ich dem Papa ein bisschen helfen?«

»Untersteh dich. Du bringst doch nur ois durcheinander. So wie mit dem Wasserschlauch. Du bleibst schee da herin. So weit käm's no.«

Widerwillig presst Paul seine Nase weiter ans Fenster.

Nachdem der Bauzaun brav und gerade in einer Ecke aufgestapelt ist, wird eine Schneise von zehn Meter Länge und vier Meter Breite frei gelegt, indem die dort in einem absoluten Chaos lagernden Absperrgitter, Eimer, Gurte, Helme, Holzleisten, Kabel, Kanister, Kettensäge, Rohre, Schaufeln, Schubkarren, Seilwinde, Spaten, Vorschlaghammer, Zangen seitlich aufgereiht werden und zwar genau in dieser Reihenfolge, nämlich in der alphabetischen. Nur bei Eimer ist sich Alois nicht sicher. Wenn die Italiener zum Eimer Kübel sagen, dann ist wieder alles durcheinander. Aber damit müssen sie leben, die Italiener.

So, jetzt kann er rückwärts in diese Schneise stoßen, der Rudi mit seinem Nepomuk. Fachmännisch weist ihn Alois ein. Alles passt auf den Zentimeter. Ja, das hat er auch im Blut, der Alois. Dann wird der Bauzaun wieder aufgestellt, aber nicht in so einem Pissbogen, wie das vorher war, sondern in einer Linie, wie mit der Schnur gezogen. Da braucht der Alois keine Schnur. Schnur hat er auch im Blut.

Zu diesem Zeitpunkt ahnt niemand, dass die italienischen Bauarbeiter am nächsten Tag dreimal an der Baustelle vorbeifahren werden, weil sie sie nicht mehr erkennen. Erst mit den im Bauamt gespeicherten GPS-Daten werden sie fündig werden, dann Anzeige erstatten wegen der gestohlenen Werkzeuge und schließlich die Anzeige wieder zurücknehmen, weil irgendwie dann doch noch alles auftaucht. Den restlichen Tag werden sie damit verbringen, die Utensilien erneut in einem chaotischen System zu ordnen.

Als Alois wieder in den Bus steigt, applaudieren alle. Sogar einzelne Bravo-Rufe sind zu hören. Rosi ist stolz. Ihr Alois. Wenn's drauf ankommt, dann ist er da, der Alois. Oft kommt's daheim nicht auf ihn an, aber wenn, dann.

»Da kannst stolz sei', auf den Papa, Paul.«

»Das hast du gut gemacht, Papa.«

»Hmmm.«

»Schee hast des g'sagt Paul. Da freut sich da Papa. Hast des g'hört, wie er sich g'freut hat?«

»Nein, ich habe nichts gehört.«

»Freu di' halt nomoi, Vati. Da Paul hat's ned g'hört.«

»Hmmmmmmm.«

»Jetz Paul. Hast des g'hört?«

»Ja.«

»Ein braver Bua bist du. Machst dem Papa so eine Freude.«

Rosi will den Paul wieder aufrichten. Schließlich hatte der Alois ihn ein paar Stunden vorher doch ganz schön zusammengeschissen. Aber man soll nicht nachtragend sein. Der Alois ist nicht nachtragend, sie ist nicht nachtragend und der Bua soll auch nicht nachtragend sein. Es ist wichtig, solche Werte zu vermitteln. Das ist Erziehung. Das hat sie drauf, die Rosi.

Der Rudi ist mit seinem Nepomuk und den Passagieren jetzt wieder auf der Autobahn.

Vorher musste er noch mal an der Il Geco Lounge Bar halten. Der Werner wollte dort schnell hinein. Eine Viertelstunde dauerte das. Einen Prospekt kann man nicht einfach so hinknallen. Da muss man schon etwas erklären dazu.

Und was ist eine Viertelstunde in einem Menschenleben. Nichts.

Lange fährt der Rudi nicht auf der Autobahn, dann kommt schon die Abfahrt nach Sestri Levante. Na, jetzt kann es nicht mehr lange dauern bis zum Ziel, bis nach Moneglia. Sestri Levante ist erreicht. Dort ein Schild. Moneglia. Geht doch. Keine Beschränkung. Ein Kreisverkehr, noch ein Kreisverkehr und noch einer. Nein bitte, bitte nein. Was steht dort auf dem Schild? Hat er das richtig gelesen, der Rudi? Er fährt noch mal rum. Das ist das Gute an diesen Kreisverkehren, dass man einfach noch mal rumfahren kann, wenn man etwas nicht lesen kann. Blöd ist es nur, dass sich das Schild nicht ändert, wenn man was nicht lesen will. Da kannst du noch so oft rumfahren, das ändert sich nicht, es sei denn Bauarbeiter kommen in der Zwischenzeit und tauschen das Schild aus. Aber die kommen nicht. Dieses verdammte Schild unter dem Wegweiser nach Moneglia. Rund, roter Rand, weißes Feld, Pfeil nach unten, Pfeil nach oben und diese verdammte Zahl: 3,0. Bei der zwanzigsten Rundfahrt ruft Werner:

»Da drüben geht's auch nach Moneglia.«

Und tatsächlich, bei einer weiteren Kreisverkehrsausfahrt konnte man in dreißig Meter Entfernung noch mal ein Schild nach Moneglia sehen. Ein Schild ohne Begrenzung. Da sieht man mal, welche Scheuklappen der Mensch hat, wenn er sich nur auf einen Punkt konzentriert, so wie das der Rudi getan hatte. Manchmal im Leben ist es einfach gut, einen Werner zu haben. Ganz ehrlich, nur manchmal. Jetzt applaudieren alle dem Werner. Das kannte er nur bei Hinterwerk. Sogar der Hilde entkommt ein gnädiges Lächeln.

Das entgeht dem Werner nicht. Die Nacht ist gesichert. Da ist er sich sicher, der Werner. *Zieh mi sofort aus!*

Jetzt fährt der Rudi eine Bundesstraße entlang, die SS 1. Ab und zu ein Schild nach Moneglia. Aber es geht immer bergauf. Moneglia ist doch unten am Meer. Das Meer entgleitet allmählich. Ist das die Ebbe? Aus der Ferne schimmert es manchmal noch nach oben, das Meer. Immer weiter schlängelt sich die SS1 da rauf. Dann die Erlösung. Ein Schild. Rechts ab, da geht es jetzt nach Moneglia. Keine Beschränkung. Rudi biegt ab und denkt sich nichts dabei. Warum sollte er sich auch was denken. Na ja, breit ist sie nicht diese Straße, aber der Nepomuk hat Platz. Gegenverkehr bis jetzt nicht. Die fahren bestimmt alle die Küstenstraße. Für die PKWs sind die Tunnels ja kein Problem. Dann kommt die erste Rechtskurve. Rudi ist ein routinierter Fahrer. Achthunderttausend Buskilometer hat er schon auf dem Buckel, also eigentlich nicht auf dem Buckel, sondern unter der rechten Sohle. Gaspedal! Das Gaspedal kann er jetzt allerdings nicht gebrauchen. Jetzt ist wieder mal das Bremspedal gefragt. Und das Gebet. Rudi betet wieder. *Kreuzkruzifix* betet er. Rudi wird erhört. Die Kurve ist geschafft. Beten hilft scheinbar doch. Dann kommt die gleiche Kurve in grün. Also nicht in grün, sondern genau genommen links herum. Das hätte er auch geschafft, denn wenn man was rechts schafft, dann schafft man es auch links. Aber diese Linkskurve ist dann doch anders als die Rechtskurve vorher. Diese Linkskurve ist nämlich noch gar nicht zu Ende und da mündet sie schon wieder in eine Rechtskurve. Das gefällt dem Rudi nicht und dem Nepomuk schon gleich gar nicht. Nepomuk ist nämlich nicht nur hoch, sondern auch lang, vierzehn Meter und achtundneunzig Zentimeter, wer es genau wissen möchte. In dieser Kurve steht er jetzt, der Nepomuk. Aber nicht nur der Nepomuk, sondern auch die italienischen PKWs hinter ihm. Diese PKWs denken, mit Hupen könnten sie den Nepomuk vertreiben. Aber da haben die sich so was von getäuscht. Der Nepomuk kann stur sein. Und zwar so stur, dass diese PKWs rückwärts fahrend verschwinden, genau so wie die hupenden PKWs vor ihm. Jetzt kann der Nepomuk in aller Ruhe die Landschaft betrachten. Eine wirklich schöne Landschaft. Vor sich das in der untergehenden Sonne glänzende Mittelmeer, auf der linken Seite eine wunderschöne Felswand mit einem Warnschild wegen Steinschlaggefahr, auf der rechten Seite die freie Aussicht auf den weiteren kurvigen Streckenverlauf etwa zweihundert Meter tiefer. Aber nicht nur Nepomuk genießt diese Aussicht. Auch fünfzig kreidebleiche Gesichter sind fasziniert. Auch wenn es niemand glaubt, als erster findet Alois Worte:

»Jetz wär a Bauzaun recht.«

Aber den gibt es hier nicht. Dort wo man vor zwei Stunden noch einen Bauzaun abgebaut hatte, also auf der rechten Seite, dort gibt es nur einen Abgrund. Wenigstens ist eine Leitplanke da. Keine Leitplanke wie sie der Alois von den deutschen Autobahnen kennt, sondern eine aus Naturstein. Fünfzehn Zentimeter hoch. Immerhin. Besser als gar nichts.

Rudi ist froh, dass er nichts mehr im Darm hat. Er steigt aus und schaut sich die Situation aus der äußeren Perspektive an. Das Beten lässt er sein. Das bringt jetzt nichts mehr. Rückwärts? Unmöglich. Was tun?

»Des krieg'n wir hin. Scheiß da nix.«

Alois steht neben ihm. Solche Herausforderungen liebt Alois. Das ist sein täglich Brot. Da ist er hellwach. Nicht umsonst schläft er viel, damit er gerade in solchen Situationen hellwach sein kann. Die Natur weiß schon, was sie einem mitgibt.

»Hock di nei.«

Rudi setzt sich wie hypnotisiert auf den Fahrersitz.

»Und du kommst raus!«

Damit meint er den Bene. Schon bei der Baustellenaufräumaktion hatte der Alois gemerkt, dass Bene seine Sprache spricht, dass Bene seine Sprache versteht, dass Bene irgendwie so tickt wie er. So was merkt der Alois gleich. So was hat er einfach im Blut.

»Fenster runter drahn und genau zuahör'n«, weist der Alois den Rudi an.

»Und du gehst nach hinten und schaust und plärrst.«

Der Bene weiß sofort, wie das gemeint ist. Er geht nach hinten. Und dort wird er die nächsten zwölf Minuten schauen. Aber nicht die Landschaft anschauen, sondern so schauen, dass dem Nepomuk nichts passiert.

»Kann i aa was mach'n?«, bringt sich Werner ein.

Alois geht ans Fenster.

»Du kannst sogar viel macha.«

»Super, i bin dabei. Und des wär?«

»Einfach amoi de nächsten Minuten dei' Fotz'n halten. Und des gilt ned nur für di, sondern für alle da drin. Is des klar?«

Muckmäuschenstill ist es jetzt im Bus. Man hört nur den

schnurrenden Motor von Nepomuk und ein paar Vögel zwitschern.

»Wahnsinn. Des is eine Blaumerle«, entkommt es Georg ganz aufgeregt.

»Aha«, meint Brigitte.

»Wenn i sag' Fotz'n halten, dann moan i Fotz'n halten. Des gilt für alle.«

Alois ist da rigoros. Jetzt erklärt er Rudi seine Handzeichen. Zeigefinger rechts drehen und Zeigefinger links drehen. Das muss Rudi mit dem Lenkrad umsetzen. Mit dem Zeigefinger komm, komm machen ist vorwärts, mit der flachen Hand abstoßen heißt rückwärts. Beide Hände nach außen bedeutet stopp. Eine Warnung an den Rudi: Und alles ned gach macha. Alles ned gach macha bedeutet sachte, ganz sachte.

Alois steht vor dem Nepomuk. Wie ein Dirigent vor dem Konzert. Alois ist jetzt Karajan. Er hat vorne und seitlich alles im Auge. Hinten der Bene, ebenfalls alles im Auge. Gespenstische Ruhe. Nur diese Blaumerle fühlt sich als erste Geige, obwohl sie mehr flötet als geigt und meint direkt vor Beginn noch mal stimmen zu müssen. Dann hebt Alois die Arme. Das Konzert beginnt.

»Viere, viere,viiiiiiiere, drahn, drahn, drahn drahn draaaaaaaahn. Hoitttttt. Hintre und drahn, drahn, drahn. Piano, piano, hoittt.«

Jetzt ist Bene dran. Er beginnt mit einem tollen staccato:

»Kimm, kimm, kimm, kimm, kimm, kimm, kimm.«

Dieses staccato endet in einem wunderbaren crescendo:

»Hoooooooooooiiiiittttttt.«

Fortissimo. Nepomuk steht. Dann noch ein largo:

»No a Duttal, hoittt und nomoi a kloans Duttal, hoittt.«

A Duttal sind vier bis sechs Millimeter. A kloans Duttal sind zwei Millimeter. Das weiß der Rudi. Zwischen Nepomuk und Felswand passt jetzt nur noch ein Blatt Papier. Der rechte Kotflügel vorne schaut den Abgrund runter. Dreiundfünfzig Meter.

Der Rudi spielt virtuos auf seinen Pedalen. Er drückt sie nicht, nein, er streichelt sie. Da wäre jede Frau gerne Pedal beim Rudi. Aber dem Rudi genügt sein Nepomuk. Eine Frau hat da nicht mehr Platz in seinem Leben.

Jetzt ist wieder Alois dran. Bene und Alois arbeiten wie ein eingespieltes Dirigentenduo, Rudi streichelt die Instrumente. Die Passagiere hören andächtig zu. Sogar die Blaumerle ist offensichtlich so fasziniert, dass auch sie den Schnabel hält.

So geht das zwölfmal hin und her. Bene, Alois, Bene, Alois…..

Dann ist die Kurve geschafft. Die Blaumerle belohnt das mit einem sagenhaften Flötensolo.

Nach diesem Flötensolo hält es Georg nicht mehr in seinem Sitz. Er muss raus. Er muss diese Blaumerle sehen. Aber er kann sie nicht sehen. Es dämmert bereits. Fasziniert sitzt Georg am Straßenrand hinter Nepomuk und erfreut sich an diesem Gesang.

Nepomuk kämpft sich inzwischen langsam nach unten. Nicht alle Kurven sind so problematisch wie die letzte. Bei manchen kommt Nepomuk ohne Dirigenten rum, bei anderen wieder nur mit Taktstock.

Werner muss sich jetzt immer wieder artikulieren. Schließlich muss er das nachholen, was er während des Konzertes versäumt hat. Das kann Alois nicht brauchen. Er muss sich konzentrieren. Also schickt er ihn mit einer Taschenlampe voraus. Er soll die nach oben fahrenden Autofahrer warnen. Das wäre zwar nicht notwendig, denn Nepomuk hat seine Galabeleuchtung eingeschaltet. Aber so ist Werner aufgeräumt. Georg trabt hinter dem Nepomuk her und die Blaumerle fliegt mit, von Ast zu Ast. Wann hat man schon mal zwei Dirigenten.

Endlich haben die Kurven ein Ende. Moneglia liegt vor ihnen. Rudi schaut auf die Uhr. Es ist inzwischen einundzwanzig Uhr vier. Das bedeutet insgesamt sechseinhalb Stunden Verspätung und das ohne Stau.

Kreuzkruzifix.

13

»Madonna.«

Es ist einundzwanzig Uhr und vier Minuten. Valentina schaut auf die große Uhr in der Rezeption des Hotels Eva la Romantica. So zwischen fünfzehn und sechzehn Uhr war der Bus aus Deutschland angekündigt. Seit achtzehn Uhr rief sie alle halbe Stunde bei Rudis Reise Routen an. Immer war der Anrufbeantworter dran:

Sie haben richtig gewählt. Rudis Reise Routen ist die ultimative

Adresse für Reisen mit Pfffffffffffff – genau, für Reisen mit Pfiff. Leider können Sie uns gerade nicht erreichen, weil wir auf einer Reise mit Pffffffffffffff sind. Bei uns sind Sie aber immer richtig. Wir pfeifen nicht auf Sie. In dringenden Fälle erreichen Sie uns unter Null, Eins, Sieben, Drei, uuuuuuuuuuuuuuuuuuuuuuuuuuuuuuu, Vier. Wir freuen uns auf Sie. Pffffffffffffffffff.

Uuuuuuuuuuuuuuuuuuuu. Valentina kann nicht wissen, dass sich das Büro von Rudis Reise Routen genau in der Einflugschneise des Münchner Flughafens befindet. Als der Text für den Anrufbeantworter aufgenommen wurde, startete gerade eine TU 204 der Aeroflot. Es starten am Münchner Flughafen auch leisere Flugzeuge.

Warum hat sich Francesca nicht auch eine Handynummer geben lassen? Wenn ihr, der Valentina, das passiert wäre, dann gäbe es einen ordentlichen Rüffel. Aber die Chefin darf das. So ist es halt.

Um zwanzig Uhr verständigte Valentina dann die Polizia. Ist etwas bekannt, dass ein deutscher Reisebus verunglückt ist? Der Polizia war nichts bekannt.

Der Koch ging um zehn Minuten nach zwanzig Uhr heim. Das sei ihm jetzt zu blöd. Wer so spät kommt, bekommt halt keine pasta, basta.

Das Hotel ist leer. Alle Zimmer wurden von Rudis Reise Routen für eine Woche gebucht. So etwas gab es hier noch nie. Klar, das wollte sich Francesca natürlich nicht entgehen lassen. Das versteht Valentina. Aber ohne Vertrag? Nur telefonisch? Francesca ist da manchmal blauäugig. Vielleicht kam der Anruf gar nicht aus Deutschland. Vielleicht kam er von der Konkurrenz. In Moneglia gibt es einige Hotels. Da gibt es auch Neider, die wollen einem nicht immer etwas

Gutes. Vielleicht steckt auch die Mafia dahinter. Weiß man es? Madonna, Madonna, Madonna.

Plötzlich wird Valentina blass. Das kommt bei Valentina fast nie vor. Sie hat einen sehr dunklen Teint, so wie die Frauen ganz unten in Apulien eben aussehen. Dunkle braune Augen, die Haare halblang, schwarze Naturlocken. Nur die Farbe ist nicht Natur. Da hat sie schon ein bisschen nachhelfen müssen, denn grau steht ihr nicht. Schlank ist sie und groß. Ein Meter und einundachtzig. Schuhgröße zweiundvierzig. Ungewöhnlich für Italien und noch ungewöhnlicher für Apulien. Jetzt würden ihr graue Haar passen, denn wenn ein Gesicht plötzlich so blass ist, dann passen da auch graue Haare dazu.

Steckt vielleicht ihr Bruder dahinter? Dem Giovanni würde sie das zutrauen, wenn der wüsste, wo sie steckt. Hat er sie jetzt gefunden nach all den Jahren? Madonna, lass das nicht zu. Lass das bitte nicht zu.

Valentina ist aufgewachsen in Santa Maria di Leuca, ein kleines Dorf am Ende des Golfs von Tarent, an der Ferse des italienischen Stiefels. Diese Ferse hat die Menschen dort auch geprägt. Immer, wenn der Stiefel auftritt, dann mit der Ferse zuerst. Das drückt. Und so gedrückt sind auch die Menschen. Gedrückt und klein. Valentina war eine Ausnahme. Neunundfünfzig Zentimeter hatte sie schon bei der Geburt. Hausgeburt. Das sprach sich schnell rum. Alle Einwohner von Santa Maria di Leuca kamen und bestaunten das Baby. Mama und Papa waren so stolz. Nicht so stolz war Giovanni. Der war acht und das gefiel ihm gar nicht, dass so ein kleines Mädchen ihm plötzlich die Show stahl. Als Valentina mit sieben Jahren in die Schule kam, war sie nur noch fünf Zentimeter kleiner als Giovanni, der gerade eine Automechanikerlehre anfing. Drei Jahre später hatte Giovanni ausgelernt und Valentina überragte ihn um acht Zentimeter. Das wäre alles nicht so schlimm gewesen, wenn die Freunde von Giovanni, die ja auch nicht größer waren als er, ihn nicht ständig verspottet hätten.

»Giovanni, steigst du auf eine Leiter, wenn du mit deiner Schwester redest?«

»Giovanni, holt dir deine Schwester die Sterne vom Himmel?«

»Giovanni, warum bist du Automechaniker? Leuchtturmwärter würde doch besser zu dir passen.«

Giovanni ließ seinen Frust an Valentina aus. Valentina war zwar größer als er, aber sie war ein zartes Mädchen. Es kam öfter vor, dass sie von der Schule mit einer Platzwunde heim kam. Immer sagte sie, sie hätte sich an einem Baum gestoßen, weil sie so groß sei. Sie hat Giovanni nie verraten.

Der Vater von Giovanni und Valentina war Fischer, so wie fast alle Männer im Dorf, die Mutter Schneiderin. Viel gab es nicht zu schneidern in Santa Maria di Leuca.

Als Valentina zwölf Jahre, zwei Monate und zweiundzwanzig Tage alt war, erkrankte der zweite Mann auf dem Boot von Valentinas Vater. Die Mutter musste ihn ersetzen. In dieser Nacht gab es einen Sturm. Santa Maria hatte in dieser Gegend schon viele Schiffbrüchige gerettet. In dieser Nacht war sie offensichtlich im Urlaub. Vater und Mutter kamen nicht mehr zurück.

Giovanni erinnerte sich an die Worte seiner Freunde. Er wurde der Leuchtturmwärter von Valentina. Sie durfte keinen Beruf erlernen, denn sonst hätte sie aus Santa Maria di

Leuca fort müssen. Und dort konnten Frauen keinen Beruf erlernen. Valentina war schließlich seine Schwester, also hatte sie für ihn den Haushalt zu machen. Er war der Chef, sie die Untergebene. Da sie ihn überragte, konnte er sie immer sehen.

Am dreiunddreißigsten Geburtstag von Valentina kam ein Freund Giovannis zu ihm. Er hatte einen Getriebeschaden. Das Getriebe sollte Giovanni wechseln. Er musste sich lange unter das Auto legen. Wenn man lange unter einem Auto liegt, hat man nicht mehr alles im Auge, da kann man noch so überragt werden. An diesem dreiunddreißigsten Geburtstag von Valentina hatte sich zufällig auch der erste Tourist in Santa Maria di Leuca verirrt. Ein Schwede. Und so kam es, dass am südlichsten Punkt Apuliens ein Nordeuropäer als erster einen süditalienischen Leuchtturm bestieg. Das gab ein Leuchtfeuer, das sich gewaschen hatte. Zwölf Wochen später bemerkte Valentina, dass irgendetwas mit ihrem Körper nicht stimmte. Da war der Schwede schon lange wieder beim Langlaufen. Beim nächsten Getriebeschaden packte sie das Notwendigste samt Haushaltskasse zusammen und setzte sich in einen Zug Richtung Norden. In Moneglia stieg sie aus. Ligurien ist nicht Apulien, aber ein Meer haben sie auch.

Die Zeit bei Giovanni war für Valentina alles andere als leicht gewesen. Das, was jetzt folgte, war nicht leichter. Aber Valentina hatte gelernt sich durchzubeißen. Don Pietro, der Pfarrer von Moneglia, hatte ihr eine Haushälterstelle bei seinem Onkel Matteo in den Bergen nördlich von Monterosso vermittelt. Matteo baute dort Oliven und Wein an. Seine Frau Viola war bettlägrig. Niemand wusste so genau, was ihr fehlte, aber es ging ihr angeblich sehr schlecht. Wenn es ihr schon schlecht ging, dann sollte es den Bediensteten auch nicht gut gehen. Valentina war zunächst nur für den Haushalt zuständig. Das konnte sie sehr gut, schließlich hatte sie das so lange für Giovanni gemacht. Bald musste sie auch Viola pflegen. Diese hatte immer etwas auszusetzen, sie behandelte Valentina wie ein Stück Dreck, mehr hatte sie auch nicht verdient mit ihrem Bastard im Leib. Matteo war noch schlimmer, aber nur wenn Viola in Sicht- oder Hörweite war. Im Olivenhain, in den Valentina auch noch eingespannt wurde, da war er ganz anders. Da gab es nur Komplimente, anzügliche, auch wenn ihm Valentina vermutlich auszüglich lieber gewesen wäre. In dieser Zeit war die Affäre Bill Clintons mit Monica Lewinsky in aller Munde. Matteo wollte nicht in aller Munde sein, aber in dem von Valentina. Ihm war jedoch nicht klar, dass man mit einer Brechstange bei Valentina kein Verhältnis beginnen kann. Valentina platzte der Kragen schon vorher. Sie haute ihm mit voller Wucht ins Gesicht. In Italien muss eine Kündigung nicht immer schriftlich erfolgen.

Es platzte ihr aber nicht nur der Kragen, sondern gleichzeitig auch die Fruchtblase. Matteo ließ sie unter dem Olivenbaum liegen, unter dem sie ihre Tochter zur Welt brachte. Sie nannte sie Olivia.

Maria, die Haushälterin von Don Pietro, kümmerte sich von nun an um Olivia, denn Valentina hatte dafür keine Zeit. Sie musste Geld verdienen. Als Toilettenfrau nichtjungfräulicher Toiletten wurde sie von einem Hotel zum anderen gereicht. Bald wurde sie *angelo dei gabinetti*, Toilettenengel, genannt, was eigentlich gut gemeint war, ihrem

Namen aber nicht alle Ehre machte. Schnell erkannte Paolo, der Besitzer des Hotels Molto Carino, dass Valentina mehr Fähigkeiten hat als Toiletten zu putzen. Er setzte sie als Küchenhilfe ein und schließlich als Kellnerin. Von da an blieben die Gäste aus, denn niemand wollte sich von einem Toilettenengel bedienen lassen. Valentina widmete sich wieder den Toiletten.

Die jungen Männer von Moneglia gingen gerne auf die von Valentina geputzten Toiletten, nicht wegen der Sauberkeit, sondern um mit Valentina ins Gespräch zu kommen. Valentina war nämlich wie man in Bayern sagen würde, eine Granat'n. Eine überdimensionale Granat'n, da sie auch die Männer in Ligurien überragte, obwohl diese im Schnitt drei Zentimeter größer sind als die Apuliens. Ins Gespräch zu kommen, war für die jungen Männer aus Moneglia allerdings nur ein Vorwand. Das sagte man dort in dem Sinne, wie man früher in Bayern *die Briefmarkensammlung anschau'n* sagte, wenn man als Mann so richtig bremsig war. Allerdings blieb es immer nur beim reinen Gespräch. Valentina hatte da eine wirkungsvolle Abwehrstrategie entwickelt. Immer wenn einer zu aufdringlich wurde, benutzte sie die Toilettenbürste so wie Don Pietro den Weihwassersprengel zu Ostern in der Kirche San Giorgio. Das verstanden die jungen Männer nicht, denn es konnte doch nicht immer Ostern sein. Sie taten sich zusammen und lauerten Valentina auf dem Nachhauseweg in der Via Luca Cambiaso auf. Offensichtlich wollten sie ein Gespräch. Eine Massendiskussion. Die Diskussion war noch gar nicht richtig zu Stande gekommen, da wurde sie auch schon wieder beendet. Paolo war Valentina immer auf dem Nachhauseweg gefolgt, denn er wusste, was eines Tages passieren würde. Paolo besaß noch eine Beretta aus dem zweiten Weltkrieg. Mit der stand er im Schatten der dunklen Gasse, als sich aus dieser Beretta ein Schuss löste, was nicht nur die Tauben in hellen Aufruhr versetzte, sondern auch die jungen Männer. Die Tauben hatten es gut, die entleerten ihren Darm in der Luft, die jungen Männer hatten alle noch ihre Hosen an.

Paolo war vierundsiebzig. Seine Frau war vor fünf Jahren gestorben. Kinder hatten sie nicht. Was sollte aus dem Molto Carino werden. Er wusste, welches Potenzial in Valentina steckte. Warum sollte nicht sie eines Tages das Hotel übernehmen? Dazu brauchte sie aber eine Ausbildung als Hotelfachfrau, alles andere würde sich geben. So ließ Valentina die inzwischen fünfjährige Olivia zurück bei Maria und Don Pietro und ging drei Jahre nach Genua. Eine sehr schwere Zeit für Valentina, da sie ihre Tochter nur sehr selten sehen konnte. Paolo weihte Valentina in seine Pläne ein und half ihr so, durchzuhalten. Über die bestandene Prüfung konnte sich Paolo nicht mehr freuen. Am letzten Prüfungstag lag er bereits in der Leichenhalle. Paolo hatte alles so schön geplant. Mit seinem Tod hatte er allerdings nicht gerechnet. Und so gab es auch kein Testament. Das Molto Carino wurde von den Neffen und Nichten des Paolo verkauft und von den Käufern umgetauft in *Portafogli Pieno*.

So wie Valentina in Santa Maria di Leuca wegen ihrer Größe auffiel, erging es nun Olivia in Moneglia wegen ihrer blonden Haare und ihrer blauen Augen. Das fanden Maria und Don Pietro gar nicht gut. Sie meinten, Olivia wäre in einem Kloster gut aufgehoben. Das aber fand Valentina wieder nicht gut und Olivia mit ihren acht Jahren schon gar nicht. Also nahm Valentina Olivia zu sich. Valentina bekam eine Anstellung im Hotel Maggiore als Putzfrau ohne Toiletten und ein kleines Zimmer für sich und Olivia.

Valentina musste viel arbeiten und Olivia war oft allein, obwohl sie im selben Hotel wohnte. Das tat Valentina sehr weh. Olivia hätte einen Vater verdient. Mit den Männern in Moneglia konnte sie nichts anfangen. Die waren ihr einfach nicht gewachsen. Es gab in Moneglia aber keinen Arzt, der Valentina um zwanzig Zentimeter kleiner machen würde und schon gar keinen, der die Männer um zwanzig Zentimeter größer machen könnte. Sie hatte Affären mit Touristen, Schweden, Norwegern, Amerikanern, Deutschen und Österreichern. Aber das waren immer nur kurze Liaisons. Und meist waren diese Männer auch noch jünger als sie, denn die älteren waren alle verheiratet und nahmen ihre Frauen mit in den Urlaub.

Olivia war zwölf, also so alt wie Valentina, als sie ihre Eltern verlor, da bot Francesca der Valentina eine Stelle an der Rezeption des Eva La Romantica an. Außerdem eine kleine Wohnung in der Via Venino.

Heute ist Valentina im Eva la Romantica nicht mehr wegzudenken. Sie ist Mädchen für alles und verdient so viel, dass sie Olivia ein Medizinstudium ermöglichen kann.

Einundzwanzig Uhr siebzehn. Dreizehn Minuten noch, dann würde Valentina absperren und zur Sicherheit einen Zettel mit ihrer Handynummer an die Tür hängen. Sie macht schon mal im Speisesaal die Lichter aus. Dann in den Fluren und in der Toilette. Sie kommt zurück in die Rezeption. Was ist das für ein Geräusch da draußen? Ein Erdbeben? Ein Vulkanausbruch? Hier gibt es doch keinen Vulkan. Das Geräusch ist undefinierbar. Es wird immer lauter. Ein Bienenschwarm? Nein! Ein Hornissenschwarm? Nein. Das hier klingt viel bedrohlicher. Valentina greift zum Telefonhörer. Die Nummer der Polizia ist noch eingespeichert, aber Valentina schafft es nicht mehr die Taste zu drücken, denn in diesem Augenblick springt die Tür auf.

Madonna.

14

Bene ist mitten drin in dieser Traube, schnaufender, kreischender, stampfender und stinkender Menschen, die sich wie eine Walze vom Busparkplatz die dreihundert Meter zum Hotel hoch bewegt. Alle ausgerüstet mit Koffern, Taschen und Rucksäcken. Er selbst nur mit seiner zusammengefallenen, flunderartigen Dampfnudel. Nach dieser aufregenden Fahrt und dem noch aufregenderem Abschlusskonzert, bei dem alle so andächtig gelauscht hatten, muss sich nun die Meute Luft und Gehör verschaffen. Bene wird mitgetrieben wie im Strudel eines Gebirgsbaches während der Schneeschmelze. Diese dreihundert Meter bis zum Hotel geht alles so einigermaßen gut, aber dann kommt dieses verfluchte Nadelöhr. In einem Viersternehotel wäre der Eingang bestimmt vier Meter breit gewesen. Der Eingang des Eva la Romantica beträgt halt nur zwei Meter. Und so geht es drunter und drüber. Bene ist drunter. Nach fünf Minuten wird es um Bene stiller. Die Walze ist jetzt im Hotel. Er liegt noch am Boden, sein Trachtenhemd ist übersäht mit staubigen Fußabdrücken. Aber sein Trachtenhut passt jetzt wenigstens besser zur Dampfnudel. Als Bene im Nadelöhr steht, das für eine einzelne Person gar kein Nadelöhr mehr ist, schlägt ihm ein ohrenbetäubendes Gewitter entgegen. Die Traube hat sich vor einem Tresen versammelt, hinter der eine große hilflos erscheinende Person gestikulierend versucht, die Masse zu beruhigen. Es hört sich an wie bei einem Fußballspiel Deutschland gegen Italien, in dem ein Italiener mehr oder weniger absichtlich zu Fall gekommen ist und die italienischen Fans dies entsprechend quittieren. Aber eigenartig. Was Bene hören kann, sind keine italienischen Laute, das klingt eher bayerisch. Einzelheiten sind nicht herauszufiltern. Wenn das möglich wäre, dann würde er Folgendes hören:

»I möcht unbedingt ein Zimmer mit Meeresblick.«

»Ham die Zimmer in der Früh Sonne oder am Abend? Am besten wär beides.«

»Einzelbetten, was anderes kommt gar net in Frage.«

»I brauch a Doppelbett und zwar oans, des ned quietscht.«

»Nicht zur Straße, aber mit Balkon, aber einen g'scheiden Balkon und ned nur oan wia die Julia von dem Romeo g'habt hat.«

»Nicht Parterre. Weil bei euch steigen doch Ganoven ins Zimmer rein. Also mindestens zwoater Stock.«

»Badewanne und koa Dusche.«

»Habt's ihr eine Klimaanlage? De könnt's glei ausschalten, de vertrag i ned.«

»Schalt's glei mal die Klimaanlage ein. Da is ja sauwarm herin.«

»Wann gibt's Frühstück?«

»Is da Wein dabei oder muss ma den extra zahlen?«

»Sauna habt's ned, oder?«

»Wia kalt is'n des Meer? Kann ma da scho' reingeh'n?«

Die Person hinter dem Tresen hat irgendetwas in der Hand. Ein großes Bündel. Bene kann es aus seiner Position nicht erkennen. Plötzlich wirft sie es hoch. In der Luft verstreut sich das Bündel und landet wie ein Kugelhagel in der Meute. Das Geschrei wird jetzt noch lauter. Die Meute stürzt sich auf die Beute und baut sich dann auf wie eine Tsunamiwelle. Bene ist froh, dass er noch im Nadelöhr steht. Allmählich ebbt die Welle ab. Einzelne Meutemitglieder halten Trophäen in die Luft. Es sind Schlüssel. Dann ruft einer, dessen Stimme Bene vertraut ist:

»Leut, de kann ned deutsch. Wenn ihr Hilfe braucht's, dann kommt's zu mir. I kann italienisch. Nicht verzagen, Werner fragen.«

Nach dieser Stimme hört Bene ein beängstigendes Zischen. Werner zieht den Kopf ein.

Nachdem alle in den Gängen und Fluren und im Treppenhaus verschwunden sind, geht Bene endgültig durch das Nadelöhr. Auf dem Boden vor dem Tresen liegt einsam noch ein Schlüssel, den Bene an sich nimmt. Als er sich wieder erhebt, schaut er direkt in ein sehr dunkles Augenpaar. Ein Augenpaar, das genau auf seiner Augenhöhe angesiedelt ist. Das Gewitter von vorhin hat sich zwar verzogen, aber irgendwie trifft ihn ein Blitzschlag.

Er wartet auf den Donner, doch der bleibt aus.

Bene hält dem fremden Augenpaar den aufgelesenen Schlüssel entgegen.

»Meine Zimmer?«

Die schwarzen Augen werden größer.

»Boooooh.«

»Boooooh????«

»Boooooh!!!!«

An dem Schlüssel ist ein kleines Holzschild angebracht. Umrahmt von bunten Blumen steht eine vier darauf.

»Ah, Zimmer vier?«

»Boooooh.«

Aber wo ist dieses Zimmer vier? Bene deutet zum Treppenaufgang und fragt zur Sicherheit mal nach.

»Booooh, booh, boh, bo? Booh, booh?«

Dann kommen ihm plötzlich vertraute Töne entgegen. Sein Gesicht erhellt sich.

»Va bene.«

»Wa Bene? Naaa, ned ganz. Wa gner, Waaaa gner. Wagner Bene hoaß i.«

Als Bene die Treppe hochgeht, kommt ihm Werner entgegen.

Er holt gerade den dritten Koffer von Hilde.

»Bene, wo is dei' Zimmer?«

Bene hält ihm den Schlüssel entgegen.

»Alles klar. Bene, nicht verzagen, Werner fragen. Keine Angst, i kümmer mi um dich. In ein paar Minuten bin i da.«

Dann ist Werner schon weg und holt den schwersten Koffer der schweren Koffer. Er hat Mühe, ihn hochzuheben, denn die Tsunamiwelle hat die Rollen abgebrochen. Valentina erklärt ihm, dass das Hotel auch einen Aufzug hat.

»Aufzug schön und gut, Senora. Aber in einen Aufzug bringen Sie mich nicht rein. Platzangst.«

Wenn der Aufzug Werner mit seinem Koffer gesehen hätte, dann hätte vermutlich dieser Platzangst bekommen. Werner schleppt sich nach oben. Die euphorische Erwartung der bevorstehenden Nacht verleiht ihm Flügel, da braucht er keinen Energydrink.

Als Werner ins Zimmer kommt, hat Hilde ihre beiden anderen Koffer bereits ausgepackt und alles schön im Schrank verstaut. So ausgefüllt war dieser Schrank in seinem ganzen Leben noch nicht.

»Und wo soll ich jetz den Rest verstau'n?«

»Hilde tu's einfach in meinen Schrank rein. Mir macht des nix aus. Hauptsach' du fühlst di wohl.«

»Sehr witzig.«

Werner öffnet großzügig seinen Schrank. Aber da hängen bereits weitere Kleidungsstücke von Hilde. Zwei Kleiderbügel sind noch frei.

»Was hast denn da für ein Hotel ausg'sucht? Da bringt ma ja ned amoi des Notwendigste unter.«

»Hildemausi tu des noch vom Koffer raus, was du brauchst, i woaß schon, wo i den Rest unterbring. Nicht verzagen, Werner fragen.«

Hilde sagt nichts. Ein gutes Zeichen für Werner. Sie nimmt noch einen Hosenanzug und ein Abendkleid heraus. Ein durchsichtiges Nachthemdchen wirft sie auf ihr Bett. Ein wohltuender Schauer durchfährt den Körper Werners und bleibt in der Körpermitte stehen. Werner verschließt schnell den Koffer und schleppt ihn nach draußen. Seinen eigenen zieht er nach. Der hatte den Tsunami überstanden.

»Hildemausi mach di schon moi frisch, i bin glei' wieder daaaahaaaaa.«

Und weg ist er.

Hermine und Brigitte haben ihr Zimmer auch schon bezogen. Zum Schrecken von Hermine wohnt das junge Pärchen direkt im Zimmer nebenan.

»I hab's befürchtet, i hab's befürchtet. Und des bei diesen dünnen Wänden in Italien.«

»O Mama.«

»Ja is doch wahr.«

»Du warst doch auch amal jung.«

»Ja aber…ja stimmt.«

Häää? Was war das jetzt? *Ja stimmt.* Brigitte war jetzt siebenundvierzig, also fast achtundvierzig, aber so eine Reaktion von ihrer Mutter kannte sie nicht. *Ja stimmt.* Stimmt da was nicht mit ihrer Mutter? Sie widerspricht nicht. Die Klimaanlage im Bus hatte funktioniert, die Klimaanlage im Hotel läuft. Ein Hitzeschlag kann es nicht sein. Brigitte lässt sich nichts anmerken. Sie beobachtet ihre Mutter aus dem Augenwinkel. Hermine räumt ganz ruhig ihren Schrank ein. Es ist nichts Auffälliges zu beobachten. Brigitte geht auf den Balkon. Am Nebenbalkon steht das junge Pärchen und schmust was das Zeug hält. Plötzlich hört sie eine Stimme von oben. Es ist Georg.

»Heiß gell.«

»I find's gar ned so heiß.«

»Naa, da drüben mein i.«

»Ach so ja. De ham scho' recht. Mir tät der Kiefer weh.«

»Mia aa. Aber so a Jugend hat scho was, gell?«

»Also, i fühl mi auch no ned alt.«

»I aa ned.«

Aus dem Zimmer meldet sich Hermine.

»Mit wem redest du denn, Brigitte?«

»I hab nur g'sagt, der Mond scheint so schön.«

»Des is mir wurscht, I bin saumüd. Gut' Nacht.«

»Gut' Nacht, Mama.«

»Geh'n wir noch was trinken?«, meldet sich Georg noch mal.

»Du Mama, i muss mir noch a bissl meine Füß vertreten.«

»Mach des.«

Mach des. Komisch ist das schon.

Rosi steht auch auf ihrem Balkon. Sie atmet tief durch. Sie saugt sie auf, diese italienische Luft. Auch wenn die Autobahnen in Italien nicht das sind, was sie in Deutschland sind, das andere hat was. Irgendwas zumindest. Was genau, das weiß sie auch nicht. Aber irgendwas hat es. Unter ihr rechts den Hang rauf erkennt sie im Mondlicht ein paar Olivenbäume, so wie es aussieht, sind es alte Bäume mit knorrigen Stämmen. Auf der anderen Seite des Balkons der beleuchtete Kirchturm, genau darüber der Vollmond. Wenn sie direkt nach vorne sieht, dann erkennt man das Meer, etwas weiter weg sogar ein Fischerboot am Horizont. Und man hört es auch, dieses Meer, leise rauscht es vor sich hin, begleitet von einer schönen Melodie der Zikaden, die sich wahrscheinlich in den Olivenbäumen versteckt haben. Ein paar Vespas knattern dezent dazwischen. Aber auch sie haben irgendwie eine Melodie. Alles riecht so gut, ein bisschen nach Pizza, nach Pasta, aber vor allem nach Natur. Nach ungetrübter Natur. Ja, sie weiß, Italien hat schon was, aber was genau, das weiß sie auch nicht.

Nochmals atmet sie tief durch und hat dabei alles vor Augen, wie ihr Alois den Bus diesen steilen kurvigen Weg hinunterdirigiert hat. Keinen Kratzer hat das Fahrzeug abbekommen. Ja, da kann sie schon stolz sein auf ihren Alois. Als dann alles geschafft war und der Alois in den Bus stieg, da bekam der einen Applaus, davon könnte dieser Karajan nur träumen, wenn er noch träumen könnte. Aber der hat ja schon einige Jahre ausgeträumt. Auch der Paul hat große Augen gemacht, was sein Papa kann. Und dieser Bene scheint offensichtlich auch nicht so übel zu sein, wie sie am Anfang der Reise glaubte, denn der Alois hat nach dem Konzert zu diesem Bene *Reschbeggd* gesagt. *Reschbeggd* hat Alois noch nie zu jemanden gesagt, das weiß sie ganz genau. *Reschbeggd* sagt er nicht einmal zu seinem Chef, da sagt er immer Arschloch.

Als sie ins Zimmer zurückkommt, liegt Alois im Bett. Paul hat sich neben ihn geschmiegt. Beide schlafen tief. Rosa legt sich daneben und macht das Licht aus. Den blöden Koffer kann man morgen früh auch noch ausräumen.

Bene sitzt auf seinem Bett, vor sich die eingefallene Dampfnudel. Sonst nichts. Mehr hat er ja auch nicht dabei. Wenigstens hatte er seinen Geldbeutel in der Hosentasche und nicht im Koffer. Eine Woche. Was soll er eine Woche in diesem Scheißitalien machen, wo die Menschen so komisch sprechen. Booooh, booooh, boooh. Er könnte seine Stammtischfreunde verfluchen. Was würde er dafür geben, wenn er jetzt am Wendelstein sitzen könnte. Aber so sitzt er auf diesem Bett in einem Zimmer, das irgendwie nach Mottenkugeln riecht. Scheißitalien.

Da klopft es und schon steht Werner im Zimmer. So schnell kann das gehen. Gerade hatte Bene nur seine eingefallene Dampfnudel und schon hat er zwei Koffer. Die gehören ihm zwar nicht, aber das Zimmer erfährt eine ungemeine Aufwertung mit diesen zwei Koffern.

»Bene, du hast ja genügend Platz, de Koffer kann i doch bei dir lassen, oder?«

»Von mir aus.«

»Der große g'hört der Hilde und der andere is meiner. Da nimm i jetzt nur noch meinen Schlafanzug raus, obwoi, an Schlafanzug brauch i heid wahrscheinlich gar ned. Heid is die Nacht der Nächte, wenn du verstehst was i mein. Aber meinen Kulturbeutl muss i mitnehma, damit i mich noch frisch mach'n kann. De Busfahrt hat ja doch ganz schön lang gedauert, da is ma nimmer ganz frisch, verstehst? Tut mir leid, aber i hab jetz ned so vui Zeit, weil de Hilde is schon ganz ungeduldig, wenn'st verstehst, was i mein.«

Dem Bene ist das eigentlich scheißegal, was der Werner meint, Hauptsache er verschwindet bald.

»Pass auf Bene, mir pressiert's zwar, aber i hab dir versprochen, dass i mich um dich kümmer. Nie verzagen, Werner fragen, verstehst? Du hast jetzt natürlich kein Zahnbürstl dabei, aber der Werner, schau, der Werner, der hat zwei. I hab immer zwei dabei. Für alle Fälle. Des da kannst haben. Des hab i erst dreimal herg'nommen. Des is fast frisch. Da lasst du jetzt a heißes Wasser drüber. Dann passt des, wennst verstehst, was i mein. Und da hab i auch noch eine Tube Zahnpasta.«

Werner reicht ihm eine Zahnbürste, die mal eine Zahnbürste war, als sie ihre Borsten noch in eine Richtung stehen hatte. Die Tube Zahnpasta ist aufgerollt wie der Deckel einer Sardinenbüchse, aber für einmal könnte es noch reichen.

»Und da, schau, da hast du ein Rei in der Tube. Hab i auch immer dabei. Da kannst du dann jeden Tag deine Unterhose auswaschen. Dann brauchst du da herunten keine kauf'n. Unterhos'n in Italien, des sag i dir schon glei', Unterhosen in Italien san nicht billig. Lauter Modemarken. Da ham de eine Macke, de Italiener, wennst verstehst, was i mein.«

Bene nickt, auch wenn er nicht weiß, was er meint und nimmt die Tube in Empfang.

»Und mach dir keine Sorgen. Des krieg'n wir alles hin. Du woaßt ja, nicht verzagen, Werner fragen. So dann schlaf gut, auch wenn du allein schlaf'n musst. I geh jetzt. Mach mi nur noch frisch, duschen, woaßt schon, und dann geht's auf. Liebesurlaub, verstehst?«

Und draußen ist er bei der Tür. Bene lässt sich auf das Bett fallen, da springt die Tür wieder auf.

»Übrigens Bene, das Zahnbürstl, brauchst mir erst bei der Heimfahrt wieder geben, gell. Keines da kaufen, einfach meines hernehmen. Is überhaupt kein Problem. Jetz aber Gute Nacht.«

Die Tür fällt wieder zu. Bene steht ganz langsam auf, geht auf Zehenspitzen zur Tür und reißt sie mit einem Ruck auf. Werner ist tatsächlich weg.

Bene geht ins Bad. Er betrachtet sich im Spiegel. Seine Augen sind tief eingefallen und schauen ihn aus dem Spiegel müde an. Die Haut ist fahl, der Bart stoppelig und die Haare zerzaust. Er hat Hunger und Durst, aber er hat keinen Presssack, keine Weißwürste und kein Weißbier. Na wenigstens gibt es Seife. Er stellt sich in die Dusche und lässt das Wasser laufen. Das Wasser ist kalt, aber das merkt Bene gar nicht. Hauptsache Wasser. Das Handtuch ist schön weich und riecht so, wie die Handtücher gerochen hatten als Vroni noch da war. Dann presst er mit aller Gewalt den letzten Rest Zahnpasta aus der Tube und betrachtet angewidert die Bürste, bevor er sie in den Mülleimer wirft. Die Zahnpasta streicht er auf den rechten Zeigefinger. Geht doch auch. Jetzt ist die Unterhose dran. Wenigstens ist das Rei in der Tube noch reichhaltig da. Das Waschbecken ist voller Schaum. Bene schwenkt seine Schießer ripp hin und her und beriecht sie dann von hinten und von vorne, bevor er sie am Fenstergriff aufhängt. Nackt legt er sich ins Bett. Das hat er noch nie gemacht. Aber er war ja auch noch nie in diesem Scheißitalien. Als er die Augen schließt, sieht er den Wendelstein. Dann weiß er nichts mehr.

Der Rudi ist zum Bahnhof hochgefahren mit dem Nepomuk. Dort gibt es einen Parkplatz. Vor dem Hotel war alles zu eng und so eine Rangiererei wie auf dem Weg hierher wollte der Rudi dem Nepomuk nicht mehr zumuten und sich selbst auch nicht. Er war ja schon viel unterwegs gewesen, der Rudi, aber so was? Richtig kaputt ist er. Aber das kann ihn nicht aufhalten, seinen Nepomuk zu pflegen. Erstmal innen. Ein neuer Kaschmirlappen muss her, nach dem grünen und dem weißen nun ein roter. Schließlich ist man in Italien. Ein bisschen Stil muss schon sein. Der Rudi genießt das jetzt, mit diesem weichen Lappen alles zu säubern. Der Lappen selbst nicht, denn der muss jede Menge Angstschweiß in sich aufnehmen. Angstschweiß, den die Passagiere bei der wagemutigen Bergfahrt reichlich hier gelassen hatten. Bald blitzt wieder alles. Dann geht der Rudi ins Klo. So eine schöne Jungfrau war das mal. Oh je, oh je. Wie siehst du denn aus? Was hat man aus dir gemacht? Wie konnte es so weit kommen? Eine Dirne bist du jetzt. A Flitscherl. A billig's Flitscherl. Zwei Stunden steckt der Rudi nun hinein in dieses Klo. Alles holt er raus, was er dabei hat. Kaschmirlappen in jeder Farbe. Den letzten Schliff gibt er mit einem schwarzen, einem roten und einem goldfarbenen Lappen. Diese Farben haben die beste Qualität, da ist sich Rudi sicher. Aber zaubern kann er auch nicht, der Rudi. Nicht mal mit diesen Farben kann er zaubern. Da kann man noch so schminken. Einmal Flitscherl, immer Flitscherl. Dann geht's nach draußen. Schlauch an Wassertank, Kaschmirbürste an Schlauch, Wasser marsch, Kaschmirbürste an Nepomuk. Da strahlt er, der Nepomuk und der Rudi auch bald wieder. Nur die Felgen, ja die Felgen, die schaun nicht gut aus. Jede Menge Bremsstaub, Feinstaub wie man in Nepomuks Heimat sagen würde. Hier ist das wurscht, wie das heißt. In Italien gibt's andere Probleme. Jetzt ist es so weit. Rudi holt den Seidenfetzen von Hilde raus und poliert und poliert. Nach drei Stunden ist es geschafft. Nicht nur das Gesicht von Rudi erstrahlt, sondern auch das Bahnhofsgebäude. Das wird erleuchtet von Nepomuks Felgen. Der Vollmond hat ausgedient. Rudi ist zufrieden, aber nun kommt die Müdigkeit. Die erste Nacht will er seinen Nepomuk nicht allein lassen, nein, das kann er ihm nicht antun. Da will er bei ihm bleiben. Vor dem Einschlafen noch einmal aufs Klo, aber nicht auf das geschminkte, nein auf das Bahnhofsklo. Flitscherl is Flitscherl. Rudi Laufkundschaft.

Nachdem Werner das Zimmer von Bene endgültig verlassen hat, wird er die Treppen hochgetrieben. Immer gleich zwei Treppen auf einmal. Das würde man ihm gar nicht zutrauen. Aber in Werner steckt jetzt eine Rakete, mit der Energie dieser Trägerrakete könnte man einen Satelliten in Kourou ins All schießen. *Zieh mi sofort aus.* Des kannst du ham, baby.

Ja, er hatte alles richtig gemacht. Diese Reise hatte Werner gewonnen. Achtundvierzig Staubsauger in drei Tagen. Das hatte vor ihm noch niemand geschafft. So etwas wird belohnt. Da lässt sich Hinterwerk nicht lumpen. Hilde wollte ja zuerst gar nicht mit. Aber Werner hat sich den Mund fusselig geredet. Hilde wollte trotzdem nicht. Das hält aber einen Werner nicht auf. Werner hatte auch den Kurs *Wo kein Wille hilft die Brille* besucht. Jetzt packte er die Brille aus, die Brille, mit der er Hilde sichtbar machte, dass Portofino nicht all zu weit von der Cinque Terre entfernt ist, dass diese Reise auch einen Ausflug nach Portofino beinhalte und dass sich in Portofino schließlich die angesehensten Shops, die gleich nach Mailand kommen, befänden. Shops, bei denen sich alle Designer Italiens die Klinke in die Hand gäben. Hilde war sich dann sicher, dass sie schon immer mal in die Cinque Terre wollte.

Und jetzt auch noch dieser Liebesurlaub. *Zieh mi sofort aus.* So gut hat er sich schon lange nicht mehr gefühlt. Und dann sein Tatendrang. Ja, so ein Drang hat schon was.

Bevor er ins Zimmer geht, zieht er schon mal sein telekom-farbenes T-Shirt hoch. Er will kokett wirken. Den Bauch zieht er ein, so weit er kann. Weit kann er nicht. Aber immerhin. Hilde liegt bestimmt schon begierig in ihrem Hemdchen im Bettchen. Die Vorstellung treibt die Rakete eine Stufe weiter, er öffnet beherzt die Tür. Aber wo ist Hilde? Das Bett ist leer. Er will sich schon enttäuscht auf das Bett fallen lassen, da sieht er gerade noch einen Haarschopf unter der Decke hervorspitzen. Zum Glück von Hilde. Das hätte sie nämlich nicht überlebt. Vorsichtig zieht er die Decke ein wenig nach unten. Hilde schläft. Und wie sie schläft.

Super. Super Urlaub. Verdammte Scheiße.

Werner geht ins Bad und duscht eiskalt. Aber so kalt kann das Wasser in Italien gar nicht sein, dass man eine gezündete Rakete löschen könnte. Werner betrachtet seine Hand. Seine rechte Hand. Sie hat Schwielen. Und diese Schwielen kommen nicht vom Staubsaugerrohr.

15

Kein Italiener kann das verstehen, was diese Menschen aus Germania da zum Frühstück vertilgen. Wenn man am späten Abend gut isst, dann kann man doch nicht schon wieder in aller Frühe um neun Uhr seinen Magen belasten. Da reicht doch ein Espresso oder ein Cappuccino, begleitet von einem Cornetto. Jedem Italiener würde es jetzt den Magen umdrehen, wenn er das Frühstücksbuffet im Eva la Romantica sehen könnte. Allerdings könnten diese Italiener aber nicht wissen, dass diese Menschen aus Germania mit einem völlig leeren Magen ins Bett gegangen waren. Jetzt stehen sie vor diesem Buffet und häufen ihre Teller mit Müsli, Joghurt, Salami, Schinken, Mortadella, Käse, Butter, Marmelade, Honig, Speck, Eier, Tomaten, Oliven, Äpfeln, Pflaumen, Pfirsichen, Trauben, Kuchen und Weißbrot. Alles für sich alleine ginge ja noch. Aber die mischen das komplett im Teller. Dieser Germane, insalata mista frisst er.

So richtig Hunger hat auch Georg. Vier Eier hat er sich genommen vom Buffet. Die braucht er auch nach dieser Nacht. Er sitzt allein an einem kleinen Tischchen. Sein Tischnachbar ist Bene, aber der ist noch nicht da. Am Nebentisch lassen es sich Hermine und Brigitte gerade schmecken. Hermine sagt zu Brigitte:

»Hab i heut gut g'schlafn. Wie ein Murmeltier.«

Brigitte grinst und sieht zu Georg rüber.

Die wenn wüsste, diese Hermine, dass sich die Brigitte erst um sechs Uhr früh ins Zimmer geschlichen hatte. Georg hatte sie vorher nach Strich und Faden abgeschleppt. Obwohl? Abschleppen ist eigentlich, wenn ein Fahrzeug das andere, das nicht von alleine läuft, zieht. Wenn aber beide Fahrzeuge ziehen und zwar in dieselbe Richtung, ist das dann überhaupt Abschleppen? Das Füßevertreten von Brigitte und Georg führte sie direkt in die Bar Miramare. Zu Essen gab es da nichts mehr, außer Oliven und Nüssen. Aber einen guten Grappa hatten die. Und so ein Grappa hat schon auch eine Wirkung. Der wärmt, und zwar nicht nur den Körper, sondern auch die Gedanken. Wenn alles so warm ist, dann muss man sich auch abkühlen und so gingen die beiden an den Strand. Der Sand war jetzt in der Nacht richtig angenehm. Sie setzten sich dorthin, wo das Wasser gerade noch so ihre Füße berührte. Vor den Mond hatte sich jetzt ein kleines Wölkchen geschoben und verlieh ihm damit ein noch wärmeres Licht. Das Meer rauschte ganz leise und die Zikaden waren auch da.

Die sind einfach da, wenn man sie braucht und runden dann alles ab. Bei diesem Bild hätte sogar Rosamunde Pilcher feuchte Augen bekommen. Das war Natur pur. Georg ist ein Naturmensch und deshalb musste er Brigitte alles erzählen über die Rohrammer, über die Rohrweihe, über den Drosselrohrsänger, über den Schilfrohrsänger, über den Gartenrohrsänger, über den Dornrohrsänger, über den Strauchrohrsänger, über den Langschnabelrohrsänger, über den Sumpfrohrsänger, über den Buschrohrsänger, über...

Bei soviel Rohr hauchte Brigitte schließlich:

»Zieh mi sofort aus.«

Da hörte er sofort auf, ihr von den Vögeln zu erzählen und bald spürte Brigitte, er versteht auch etwas vom Verb.

Ja, diese vier Eier tun dem Georg jetzt so richtig gut. Vier Eier zum Frühstück, das ist sein Standard. Georg ist wissenschaftlicher Assistent an der Hochschule in Weihenstephan. Assistent des Professors Schüttkamp, den man den Bierpapst nennt. Er hat also in etwa so eine Funktion wie dieser Georg Gänswein beim Papst im Vatikan. Und so sieht er auch aus. Manche nennen ihn den George Clooney vom Nährberg. Nährberg wird in Freising liebevoll das Areal von Weihenstephan genannt. Viele Studenten gibt es in Weihenstephan, noch mehr Studentinnen. Die meisten studieren dort allerdings nicht wegen des Faches, sondern wegen des Clooneys. Alles, was dort bei drei nicht auf einem Baum ist, wird Beute von diesem Clooney. Man könnte auch sagen, die meisten können gar nicht bis drei zählen.

Und jetzt hat es der Georg alias Clooney plötzlich mit der Brigitte zu tun. Überhaupt nicht sein Beuteschema. Die ist etwa zehn Jahre älter als er. Er kennt sich selbst nicht mehr aus. Was hat diese Brigitte? Gut, Nachholbedarf allemal, das hat er schon gemerkt, aber das alleine ist es nicht. Georg steht auf und holt sich ein fünftes Ei, einfach mal vorsorglich. Am Buffet steht dieser Werner und füllt seinen Teller mit allem, was da ist. Dann taucht seine Gattin auf und jubelt:

»Hab i heut gut g'schlaf'n.«

»Schee für di«, antwortet Werner und löffelt Marmelade auf seine Salami im Teller. So einen kurzen Satz hat Georg ihn noch nie sprechen hören.

Auch das junge Liebespärchen steht gerade am Buffet. Georg ist beeindruckt. Der Bursche lädt sich sofort sechs Eier auf. Das Mädchen Pflaumen, Honig, Joghurt, Marmelade, Speck, Salami, Butter, drei Croissants und vier Stück Kuchen. Das Mädchen ist sehr schlank. Da kann man mal sehen, wie leicht sich Kalorien abarbeiten lassen. Das Pärchen verschwindet mit den beiden Tellern. Als Georg auf seinen Platz zurückkommt, hört er schon Hermine:

»Hast du des g'sehn, Brigitte? Wo essen die des?«

»Des is mir wurscht, Mama. Vielleicht am Strand oder im Zimmer.«

»Also i find des unmöglich. Die ham doch schon die ganze Nacht....«

»Hast du was g'hört, Mama?«

»Nein. Leider ned. Weil i de ganze Nacht so gut g'schlaf'n hab. Aber i bin mir sicher.....«

»I bin mir auch sicher«, mischt sich Georg ein.

»Sieh'st, Brigitte, der junge Mann is sich aa sicher. Der versteht was.«

»Schaut so aus, Mama«, sagt Georg.

»Hermine. I bin ned dei' Mama. Du isst aber ned viel. Ein Ei!«

»I hab scho vier g'habt. Des is aber nur die Vorspeise. De Hauptspeise kommt noch.« Dabei sieht er Brigitte vielsagend an.

»Setzt di doch zu uns. Oder hast du was dagegen, Mama?«

»Naa, natürlich ned. Er hat ja Manieren, so wie's ausschaut.«

Ich weiß gar nicht, was die Brigitte hat, denkt sich Georg. Die ist doch ganz zugänglich. Wie alt mag die sein. Brigitte schätzt er auf Anfang bis Mitte vierzig. Dann wird die Mama wohl so Mitte sechzig sein. Für ihr Alter noch ganz gut in Schuss. War bestimmt mal ein heißer Feger. Da kennt sich Georg aus. Schließlich ist er Frauenversteher, der Clooney vom Nährberg.

»Bist du verheiratet?«, will Hermine wissen.

»Mama!!!!!«

»Warum Brigitte, des is doch eine interessante Frage. Naa, bin i ned.«

»Du kommst mir bekannt vor. Irgendwo hab i dich scho mal g'sehn.«

Logisch. Der Papst hatte ja schon mal Freising besucht, aber da hatte die Hermine den Papst nicht gesehen, weil ihre Augen auf dem Gänswein waren.

»I hab ein Allerweltsg'sicht.«

»Nein, des hast du ned. Wenn dein G'sicht ein Allerweltsg'sicht wär, dann wär de Welt schöner.«

»Mama, jetzt reicht's!«

Was ist mit der Mama los?

Rosi, Alois und Paul stehen noch am Buffet. Sie sind ein bisschen später gekommen. Um diese Zeit ist Alois mit seinen Kollegen von der Autobahnmeisterei längst schon bei der Brotzeit. Entsprechend hat er jetzt auch Hunger. Wenn der Italiener staunt, was ein Germane alles auf seinem Frühstücksteller unterbringt, dann hat er den Bayer noch nicht gesehen und schon gar nicht den Bayer, der Hunger hat, um diese Zeit schon längst bei der Brotzeit wäre und bei dem auch noch das Abendessen am Vortag ausgefallen ist.

»Vati dua ned so viel auf den Teller nauf. Da muss ma sich ja schämen.«

Alois legt noch mal fünf Scheiben Mortadella drauf. Die gibt es bei der Brotzeit sonst nie.

»Und dann aa noch so eine fette Wurscht. Des is ned g'sund, Vati.«

»Hmmmm.«

Alois nimmt sich einen zweiten Teller. Beim ersten hat nichts mehr Platz. Schließlich hat er noch gar nichts vom Schinken und der schaut wirklich nicht schlecht aus.

»Jetzt langt's aber wirklich, Vati.«

»Aber.....«

»Musst du mir immer dazwischen reden? Was soll'n denn die andern von uns denk'n?«

Alois deutet auf einen Nebentisch, an dem die Teller zwar nicht ganz so voll sind, aber immerhin auch Russenniveau haben.

»Die andern geh'n uns nix an, Vati. Wir san kultiviert. Wir essen. Aber wir fressen ned. Fressen is der Sex des Alters und so weit san wir noch lang ned.«

»Was ist das, Sex, Mama?«

»Sei staad, Paul. Des is nix für di'.«

Paul ist inzwischen vier Meter weiter gegangen, dorthin wo der Kuchen auf ihn wartet. Entsprechend laut stellt er seine Frage.

»Macht der Papa jetzt Sex?«

In diesem Augenblick löst sich eine Stecknadel, mit der das weiße Tischtuch des Frühstücksbuffets zusammengehalten war und fällt zu Boden. Jeder im Frühstücksraum hört sie auf dem Fliesenboden aufschlagen. Ja, wenn man in einem Raum die richtigen Fragen stellt, kann man durchaus Aufmerksamkeit gewinnen. Alle Augenpaare sind auf Rosi gerichtet. Was hat diese arme Frau im Gesicht. Rosi ist nicht rosa, sondern eine Stufe weiter. Sie war doch erst in der Nacht in Italien angekommen. Jetzt aber hätte jeder Dermatologe in Rosis Gesicht sofort einen hochgradigen Sonnenbrand diagnostiziert. Alois handelt. Immer wenn es darauf ankommt, dann handelt Alois. Er ist schließlich Chef der Autobahnmeisterei. Er sagt:

»Hmmmmmmm.«

Alle widmen sich wieder ihrem Frühstück und der Geräuschpegel ist so hoch wie zehn Sekunden zuvor.

In diesem Augenblick kommt Valentina ans Buffet, um Wurst und Käse nachzulegen. Die kommt der Rosi jetzt gerade recht.

»Sie Fräulein«, winkt sie ihr mit dem Zeigefinger. Rosi redet so, wie man halt mit Ausländern redet.

»Passen Sie einmal auf, Fräulein. Wissen schon, alles gut hier. Keine Beschwerde. Kein Schimpfen. Möbel in Zimmer gut. Wasser nicht ganz warm, aber geht noch. Frühstück auch gut, noch nix probiert zwar, aber ausschauen gut. Müssen nicht meinen, dass ich eine bin, die wollen beschweren. Nein, bin ich nicht. Aber eines muss sagen. Matratze. Verstehen Matratze?«

»Boooooh.«

»Matratze nix gut. Matratze zu weich. Verstehen, weich?«

Rosi nimmt ein Stück Butter vom Buffet und hält es Valentina unter die Nase.

»Weich. Verstehen? Butter ist weich. Gut so. Butter hart nix gut. Butter weich gut. Aber Matratze weich nix gut. Verstehen?«

»Prego?????«

»Ich brauchen Matratze hart. Matratze weich, können gleich legen in Hängematte. Verstehen? Verstehen hart???«

Rosi nimmt ein hart gekochtes Ei und klopft mit einem Löffel drauf.

»Ei hart, Butter weich. Verstehen? Matratze weich. Brauchen Matratze wie Ei. Matratze haben Härtegrad eins. Brauchen aber drei. Verstehen drei. Haben kapiert?«

Rosi zeigt die Drei mit ihren Fingern.

»Aaaaaaah. Capisco. Tavolo tre. Si, si.«

Valentina winkt nun mit ihrem Zeigefinger und bringt die Familie an einen Tisch mit einem Schild. Eine Drei steht auf dem Tisch.

»Tavolo tre«, Valentina lächelt und geht.

»Wusste gar nicht, dass du so gut italienisch sprichst, Mama.«

»I red auf alle Fälle besser italienisch ois du bayerisch, des is moi klar.«

Dieser Morgen hat für Rosi nicht optimal begonnen.

Ganz optimal läuft es auch nicht für Bene. Als er aufwacht, scheint schon die Sonne in sein Zimmer. Er hatte wirklich gut geschlafen. Eigentlich so gut wie seit acht Jahren nicht mehr. Er kann sich gar nicht erklären, woran das liegt. Warum sollte man in diesem Scheißitalien besser schlafen als in Bayern. Das kann es nicht sein. Oder weil er nackt geschlafen hat? Kaum. Vielleicht, weil er hungrig ins Bett ging. Kein schwerer Magen. War es das? Wurscht. Bene greift zur Unterhose. Die ist noch nass. Warten bis sie trocken ist? Das kann noch dauern, auch wenn die Sonne schon reinschaut. Hunger. Nein, warten kommt nicht in Frage. Also so in die Lederhose geschlüpft. Ohne Unterhose. Muss auch mal gehen. Sein Trachtenhemd riecht ein bisschen. Das hat er gestern Abend vergessen zu waschen. Mit nacktem Oberkörper zum Frühstück? Er geht zum Spiegel und betrachtet sich. Sogar der Bene merkt, dass dieser Anblick nicht unbedingt für einen Frühstücksraum geeignet ist. Bene reibt sich die Hände mit Seife ein und schmiert das dann auf das Hemd, dort wo das Hemd seine Achselhöhle berührt. Besser? Na ja. Vorher hat es gerochen wie drei Tage Holzhacken, jetzt riecht es wie einen Tag Holz aufrichten. Drei Millimeter Zahnpasta bringt er noch heraus. Besser als nichts. Die Haar macht er mit den Händen nass und legt sie so einigermaßen zu Recht. Dann fragt er sich, was eigentlich los ist. Daheim hat er noch nie so ein Aufsehen wegen seines Aussehens gemacht. Was soll das?

Und dann geht's ab zum Frühstück.

Als er ans Buffet tritt, empfängt ihn schon Werner. Werner redet mit gedämpfter Stimme. Ungewöhnlich.

»Da bist du ja, Bene. I hab mir schon Sorgen g'macht um dich. Verstehst? Wie war die Nacht? Hast guad schlafen können?

Bei mir war's traumhaft. I sag nur Liebesurlaub. Da kriegst du einen Hunger. Schau moi, was da alles gibt.«

Bene schaut suchend auf das Buffet.

»Pass auf, Bene. Des da is eine Mortadella. Des gibt's bei uns auch, aber de italienische Mortadella, de kannst du ned mit der deutschen vergleichen. Des is ein Unterschied wia Wiener vom Metzger oder Wiener aus'n Glasl, wennst verstehst, was i moan. De musst du glei moi probier'n.«

Werner nimmt einen Teller und legt gleich mal zehn Scheiben Mortadella drauf.

»I tu dir mal noch nicht so viel drauf, weil du de andern Sachen ja aa no probier'n musst. Des da is eine Salami. Eine Italienische. Zwei Sorten. Die da is mit Knoblauch und Rum und die andere mit Rotwein. Kannst du ebenfalls ned mit unserer Salami vergleichen. Unterschied wia a Bier vom Augustiner oder a Bier vom Öttinger, wennst verstehst, was i moan.«

Je zweihundert Gramm der zwei Salamisorten wandern auf Benes Teller.

»Aha.«

Die Augen vom Bene wandern weiter über das Buffet.

»Des da is a Müsli, aber des wirst du ned mög'n. Mag i aa ned. Des is nur für Vegetarier, verstehst. Dann ham's da Oliven. Scho moi Oliven gessen? Is G'schmackssache. Aber musst probier'n. Probier'n geht über studier'n, sag i immer, wennst verstehst, was i moan.«

Zwanzig Oliven kommen auf den Teller. Na ja zum Probieren reicht das. Werner nimmt einen weiteren Teller.

»Da Käs is aa ned schlecht. Des da is ein Mascarpone, a Frischkaas. Da drüben a Mozzarella di Bufala, vom Wasserbüffel, woaßt scho. Hab i schon gessen. Da legst du los wie ein Büffel, wennst verstehst was i moan. Und der da is da Pecorino. Schaf oder Ziege. Muaß ma mög'n. I hau dir einfach mal von jedem a bissl was drauf.«

Der Teller ist jetzt schön gefüllt.

Die Augen von Bene suchen immer noch.

»Brot gibt's da hinten, des nimmst dir selber. Reicht des für's erste?«

»Ham die keine……«

»Doch ham die auch. Butter is gleich neben dem Brot. Schau da hinten.«

»Naa, i moan ham die keinen…«

»A versteh! Du bist ein Süßer. Marmelade, Honig, Kuchen dort. Sieh'st du's?«

»Naa, i möchte doch…«

Da kommt aus einer Ecke ein vertrautes Zischen.

»Misch di ned immer ei.«

Auf das *Werner* verzichtet Hilde. Hilde will kein Aufsehen erregen. Das ist auch gut so. Die Gefahr ist ohne *Werner* schon groß genug.

»Bene, meine Hilde braucht mi. Tut mir leid. Da muss i schnell hin. Liebesurlaub, verstehst? Jetzt kennst du dich ja schon aus.«

Bene versteht nicht und er kennt sich auch nicht aus, denn an diesem Buffet, da fehlt einfach was. Er geht mit seinen beiden gehäuften Tellern auf und ab. Das gibt's doch nicht. Da kommt Valentina.

»Buon cibo. Va bene.«

Bene schüttelt den Kopf

»Wa gner Bene.«

»Vagner Bene?«

»Genau. So ähnlich. Wagner.«

Bene stellt einen Teller ab und deutet auf das Buffet.

»Aaaaaah..... Aaaaaah, Hmmmm, Presssack?«

»Prego?«

»Press Sack. Presssack?«

»Non capisco.«

»Presssack.«

Bene stellt auch den anderen Teller ab und sagt:

»Press. Preeeeeeeeeeeeeeeeeeeeeeeeeessssss.«

Dabei macht er ein so gequältes Gesicht, dass die im Frühstücksraum anwesenden Mütter, die jetzt alle auf diese Szene am Buffet aufmerksam werden, sich sofort an ihre Schmerzen bei der Geburt ihrer ersten Kinder erinnern und wie ein Echo im Chor nachhallen:

»Preeeeeeeeeeeeeeeeeeeeeeeeeeeeeeeeeeeeeesssss.«

Dann macht Bene den Michael Jackson, was in einer Lederhose ohne Unterhose gar nicht so angenehm ist.

»Sackkkkkkkk!«

Daran können sich die Mütter nicht mehr erinnern.

»Presssack.«

»Non capisco.«

Na ja, dann halt nicht, denkt sich Bene, aber da war doch noch was.

»Wurscht! Weißwurscht??????«

»Häääääää?«, fragt Valentina, da Bene *non capisco* offensichtlich nicht versteht.

»Weiiiiiiiißwuuuuurscht.«

»Weiiiiiiwuuuuuurs???????«

»Naa, Weißwurscht. Weißwurscht zuzzeln.«

Valentina kann natürlich nicht wissen, dass der Originalbayer eine Weißwurst nicht mit Messer und Gabel isst, sondern mit der Hand. Da die Hülle der Weißwurst aus dem Darm des Schafes stammt, ist es Geschmackssache, diese mitzuessen oder eben nicht. In der Regel isst man sie nicht mit. Also zuzzelt man den Inhalt aus. Paul würde sagen, man saugt den Inhalt aus, aber Paul redet ja nicht wie ein Bayer, sondern wie ein Preiß. Bene merkt, dass Valentina zuzzeln nicht versteht. Also muss er es ihr anders erklären, mit Zeichensprache. Er formt die Finger seiner rechten Hand so, wie sie Werner formen würde, wenn er kein Staubsaugerrohr in der Hand hätte und führt die Hand zum Mund und wieder zurück und zum Mund und wieder zurück und zum Mund und wieder zurück.

Dabei kommentiert er ständig und das muss man doch kapieren:

»Zuzzeln, zuzzeln, zuzzeln.«

Bene kann natürlich nicht wissen, dass Valentina in diesem Augenblick nicht nur an einen ehemaligen Präsidenten der Vereinigten Staaten denkt, sondern auch an Matteo und so schafft Bene kein viertes Zuzzeln, denn jetzt landet die Hand von Valentina mit voller Hingabe in seinem Gesicht. Bene liegt vor dem Buffet, aber nicht irgendwie, sondern so, wie die Gegner von Cassius Clay am Boden lagen als dieser noch nicht der Muhammad war. Und dann passiert etwas, was eigentlich nur passiert, wenn Menschen schon mal an der Himmelspforte anklopfen und dort nicht aufgemacht wird. Es läuft ein Film ab, in dem Bene die Hauptrolle spielt:

Dunkel dunkel dunkel – warm warm warm – blubber blubber blubber – eng eng eng so eng - au au au – hell hell hell – Schlag auf Arsch – äääääääääääääh – weich weich weich – gluck gluck gluck – gut gut gut – Mama Mama Mama – Mann Mann Mann – Papa Papa Papa – ääääääääääääh – Schule Schule Schule – äääääääääääääääääääääääääh – lernen lernen lernen – äääääääääääääääääääääääääääh – Beruf Beruf Beruf – bääääääääääääääää – Bier Bier Bier – gluck gluck gluck – Bier Bier Bier – gluck gluck gluck – Landjugend Landjugend Landjugend – Polonaise Polonaise Polonaise – Barth Barth Barth – Sau Sau Sau – Haxn Haxn Haxn – festhalten festhalten festhalten – weich weich weich – hart hart hart – dunkel dunkel dunkel

Als Bene die Augen öffnet, schaut er in ein dunkles Augenpaar. So vertraut kommt ihm das alles vor. Ein Déjà-vu? Ohne zu überlegen kommt aus seinem Mund:

»Du hast so schöne warme Händ'.«

Der zu diesem Augenpaar gehörende Mund verbreitert sich ganz allmählich und fängt laut zu lachen an. Bene steht auf. Alle im Frühstückssaal lachen. Also lacht auch er. Dann kommt dieser eine Mund, der zu dem dunklen Augenpaar gehört, auf ihn zu. Ganz nah auf ihn. Zwei Hände nehmen sein Gesicht in Empfang und ziehen ihn hoch, zwei warme Hände. Bene spürt zwei Lippen auf seiner rechten Wange. Nicht weniger warm als die Hände. Und weich sind sie noch dazu. Alle klatschen, aber nicht ins Gesicht, sondern in die Hände.

16

»Wir nehmen uns keine Lieg'n, Brigitte.«

Hermine und Brigitte sind noch auf der Via Della Liberazione, aber man kann das Meer schon riechen. Gleich werden sie da sein.

»Warum, möchst du dich den ganzen Tag in den Sand reinleg'n, Mama?«

Da lag Brigitte schließlich schon die halbe Nacht drin, eine Liege ist bestimmt bequemer.

»Naa, wir geh'n nach links. Dort san im Meer so aufgeschüttete Felsen. Da hat man einen schönen Blick und du kannst träumen.«

»Träumen, aha.«

Jetzt noch über die Hauptstraße und sie stehen endlich vor diesem wunderschönen blauen Meer. Brigitte staunt.

»Mama, woher hast du g'wusst, dass da links am Strand Felsen aufg'schüttet sind?«

»Aaaaah, aaaah ja, des is doch immer so in Italien. Wegen den Wellen weißt schon. Wegen den Wellen halt. Und die Wellen kommen meistens von links.«

Eine eigenartige Logik hat sie schon, meine Mama, denkt Brigitte und geht weiter. Erst nach zwanzig Schritten merkt sie, dass die Mama nicht mehr neben ihr ist. Sie dreht sich um und da steht Hermine immer noch an derselben Stelle.

»Mama!«

Keine Reaktion. Wie eine Statue, eine Statue von Michelangelo, der man einen roten Sonnenhut aufgesetzt und ein gelbes Strandkleid übergezogen hat, steht sie da, die Mama.

»Mamaaaaaa!«

Hermine rührt sich nicht. Brigitte läuft panisch zu ihr und schüttelt sie.

»Mama, was is los? Was is los, Mama????«

»Man wird doch noch a bissl träumen dürf'n.«

Auch Hilde träumt, während sie im Liegestuhl mit ihrem in schwarz-blumig gehaltenem Triangelbikini von Marybloom liegt. Im Traum trägt sie ein Paillettenkleid von Bottega

Veneta in XS, dazu knallrote High Heel Sandaletten von Pura Lopez mit einem zweigliedrigen Schnallenverschluss um die Fußfesseln. Die Haare streng nach hinten gebunden kommt sie auf einer schneeweißen Yacht im Hafen von Portofino an.

Werner liegt neben der träumenden Hilde. Er selbst will jetzt lieber nicht träumen in seiner knappen schwarzen Badehose, die mit roten Herzen übersäht ist. Muss ja nicht jeder gleich sehen, wovon er träumt. Jetzt hätte er wenigstens Gelegenheit, sich um andere Menschen zu kümmern. Da kann sie ihm nicht dazwischen kommen. Wo ist nur der Bene. War der nicht auch zum Strand gegangen? Die Sonne ist heiß. Sie brennt so richtig runter vom Firmament. Aber auch ein Stück weiter am Strand ist ein gleißendes Licht. Ohne Sonnenbrille kann man kaum etwas erkennen, so gleißend ist dieses Licht. Wo ist nur die Sonnenbrille? Werner kramt in der Strandtasche von Hilde. Ganz vorsichtig. Er möchte sie nicht wecken. Ahh! Da ist sie ja. Werner setzt sie auf und schaut zu dem Licht, das in etwa fünfzig Metern Entfernung direkt vor dem Meer aufgebaut ist. Nein, das gibt es nicht. Ungläubig geht er in Richtung des Lichtes. Das ist Bene. Das ist tatsächlich Bene. Er trägt seine Lederhose und hat das Hemd ausgezogen. Sein Körper ist so weiß, dass der darauf scheinende Himmelsplanet das Licht widerspiegelt und so dem Strand eine zweite Sonne verleiht. Bene steht staunend vor dem Meer.

»Wahnsinn, da is ja da Schliersee a Drecklachan dageg'n.«

»Bene, bist du lebensmüde?«

»Warum?«

»Wie lang stehst du denn scho so da?«

»A Zeit lang.«

»Hast du koa Sonnencreme?«

»Für was?«

»Bleib steh und rühr di ned vom Fleck.«

Werner rennt zurück zu seiner Liege so schnell es sein Körperbau erlaubt. Zehn Meter vorher wird er langsamer, schleicht sich auf Zehenspitzen an, kramt ganz sacht in der Strandtasche, schleicht sich wieder auf Zehenspitzen davon und kommt dann in einem für Werner unglaublichen Affenzahn bei Bene an.

»Schau, des is Sonnencreme. Eine 50er. Da, schmier dich ein. Du vorn, ich hinten.«

Werner drückt eine Handvoll Creme in seine Hand, in die mit den Schwielen, also die rechte Hand und beginnt den Rücken von Bene zu bearbeiten. Bene weiß nicht so recht, wie ihm geschieht. So was Schmieriges hat seinen Körper noch nie berührt.

»Wie lang stehst du denn scho da?«, fragt Werner nochmal.

»A Zeit lang.«

»Was so lang scho? Los vorn aa. Oder möchst du einen Sonnenbrand kriegen?«

Werner drückt dem Bene die Creme gleich auf die Brust.

»Verschmieren kannst selber.«

Bene verschmiert dieses eklige Etwas.

»Pfui Deife.«

»Da musst durch Bene. Sonne in Italien gefährlich, verstehst? Wenigstens hast deinen Hut auf. Und jetzt noch deine Haxn.«

Widerwillig cremt Bene auch diese ein.

»Warst du schon im Wasser?«

»Naa, i hab ja keine Badehos'n.«

»Hab'n wir gleich.«

Werner rennt wieder zurück, zehn Meter vor Hilde schleicht er auf den Zehenspitzen, kramt in der Badetasche, zehn Meter wieder Schleichen und dann Rennen.

»Nicht verzagen, Werner fragen. Des is meine Ersatzbadehos'n. Die leih ich dir für den Urlaub. Dann brauchst du hier keine kauf'n. Die san alle sauteuer. Wie die Unterhos'n.«

»Aber….«

»Nix aber. Des kannst scho annehmen.«

»Aber….«

»Kommt gar nicht in Frage. Die leih ich dir. Weisst was, die schenk ich dir sogar. Die is mir eh a bissl zu klein. Weil i muss wahrscheinlich mehr unterbringen als du, wennst verstehst was i mein. De is fast neu. Drei Mal hab i die vielleicht ang'habt. Auch, wie i des erste Mal Wasserschi g'fahren bin. Des war eine Aufregung. Da hätt i beinah in die Hos'n g'schissn.«

»Aber ….«

»Keine Widerrede. I schau nur noch schnell zur Hilde, in der Zwischenzeit kannst du die Hos'n anziehen. Schau da hinter dem Holzkahn, da sieht di' keiner. Aber i komm wieder und dann gehen wir zwei ins Wasser.«

»Aber…..«

»Bis bald.«

Und weg ist er, der Werner. Erst im Laufschritt und dann auf Zehenspitzen.

Ihre Zehenspitzen in der Hand hat die Rosi. Sie streicht ihre Nägel an. Neon grass green steht auf dem Fläschchen, das ist zwar nicht die Farbe, auf die Rosi unbedingt steht, aber das Fläschchen hat nichts gekostet. Das hat ihr Alois von der Arbeit mitgebracht. Man glaubt nicht, was man in den Mülleimern der Autobahnraststätten alles findet. Das Fläschchen war noch in der Originalverpackung. Wär echt schade drum gewesen. Der große Zeh leuchtet schon mal in neon grass green. Rosi streckt den Fuß aus und hält ihn in Richtung des Meeres. Azur und neon grass green. Irgendwie hat das was. Man kann sich halt doch auf die Mitbringsel von Alois verlassen. Über ihren neon grass greenen Zeh entdeckt sie jetzt Paul, der im azuren Wasser spielt und die Wasserfarbe schon irgendwie angenommen hat.

»Paul geh mal vom Wasser raus. Du bist ja scho ganz blau.«

»Mama, das ist so schön hier. Und so warm. Komm doch auch rein.«

»Naa, geht ned, i streich grad meine Zeh'n o.«

Rosi stößt Alois an, der neben ihr in seinem Liegestuhl liegt und seiner Lieblingsbeschäftigung nachkommt. Alois träumt weiter. Rosi holt aus und klatscht ihm auf den Bauch.

»Hmmmmm????«

»Vati, der Paul is de ganze Zeit allein im Wasser. Geh du ein bissl zu ihm rein. Da freut er sich.«

»Aber…«

»Naa, kommt nicht in Frage. I geh da ned rein. De Italiener lassen doch da die ganzen Abwässer rein. Hab i erst im Fernseh g'sehn. Geh du allein, Vati.«

Alois schält sich aus dem Liegestuhl und geht Richtung Meer.

»Paul, da Papa kommt scho.«

Jetzt kann sie sich den anderen Zehen widmen.

»Endlich Ruhe.«

Noch schnell ein Schluck aus der Cola-Flasche. Cola gibt's daheim nicht, aber in Italien gehört das einfach dazu. Alois trinkt hier immer Erdinger Weißbier. Das gibt es Gott sei Dank überall auf der Welt. Sie stellt die Flasche zurück in den weichen Sand. Die Flasche fällt um, gerade noch erwischt sie die Flasche, bevor sie den Sand braun färbt. Rosi gräbt eine Mulde in den Sand, um die Flasche reinzustellen. Komisch, es ist doch noch gar nichts ausgelaufen. Warum ist dieser Sand so braun? Rosi hält plötzlich eine Windel in der Hand.

»Ja Pfui Deife. De Abwässer ins Meer und de voll g'schissnen Windeln in den Sand.«

Rosi desinfiziert ihre Hand mit dem Erdinger Weißbier vom Alois. Mit Erdinger Weißbier kannst du einfach alles desinfizieren. Jetzt sind aber endlich die anderen Zehen dran. In der Zwischenzeit haben sich ein paar italienische Kinder zusammengetan und spielen im Sand Fußball. Italienische Kinder spielen aber nicht nur mit dem Ball, sie kommentieren auch jeden Spielabschnitt. Da unterscheiden sie sich nicht von deutschen Kindern, nicht von französischen Kindern, nicht von englischen Kindern, nicht von griechischen Kindern, nicht von türkischen Kindern, nicht von afrikanischen Kindern, nicht.....

»Könnt's ihr vielleicht a bissl stiller sein?«, ruft Rosi in die Richtung der Kinder. Aber Kinder konzentrieren sich nicht auf zwei Dinge gleichzeitig: auf den Ball und auf Rosi. Die Konzentration liegt voll auf dem Erstgenannten.

»Silicium!!!!!!«

Das hat Rosi schon mal im Fernsehen gehört. Beeindrucken kann das die italienischen Kinder nicht. Beeindruckt hätte es sie nicht einmal, wenn sie Silencium rufen würde. Als Rosi gerade beim kleinen Zeh des rechten Fußes angelangt ist, landet der Ball auf ihrem Kopf. Das war ein Distanzschuss aus sechzehn Metern. Muss man erst mal hinbekommen. Der Kopfball von Rosi ist aber auch nicht von schlechten Eltern. Der steigt kerzengerade hoch, macht einen ganz kleinen Bogen und landet nur drei Meter neben ihr im Sand.

»No' einmal und i dreh euch den Kragen um.«

Die Kinder haben das nicht verstanden, aber Kinder können auch einen Tonfall deuten. Sie schicken den Kleinsten vor, um den Ball zu holen. Die Kleinsten haben immer auch die kleinste Angriffsfläche. Der geht erst ganz langsam auf Rosi und den Ball zu, so als ob nichts wäre. Den Kopf ein bisschen in die Luft und pfeifen kann er auch schon. Da er eine Badehose trägt, kann er die rechte Hand nicht in die Tasche stecken, denn dann hätte er schon wie ein erwachsener Italiener ausgeschaut. Rosi beobachtet ihn mit furchterregendem Blick. Noch zwei Meter bis zum Ball. Dann geht es ganz schnell. Der Kleine macht einen Satz, hat den Ball unter dem Arm und weg ist er. Da kann die Bewegung noch so geschmeidig italienisch sein, sie hinterlässt trotzdem Spuren. In diesem Fall nicht nur Spuren im Sand, sondern auch Sandspuren auf Rosis frisch bepinselten Zehennägeln. Neon grass green with a glitter of oceansand. Im

Nagelstudio würde man ein Vermögen dafür bezahlen. Rosi erkennt diesen bemerkenswerten Style nicht. Mit Kunst hat sie nichts am Hut.

»Vati, komm sofort raus. Da san lauter Ausländer!«

Brigitte schwimmt. Das Wasser ist ein Traum. Glasklar, genau die richtige Temperatur, so um die vierzundzwanzig Grad. Ganz leichter Wellengang. Sie legt sich auf den Rücken und lässt sich treiben. Sie fühlt sich heute so richtig gut. Ein feiner Mensch ist das, der Georg. Leider ist er nicht zum Baden mitgekommen. Er muss die Natur erkunden, hat er gesagt. Da gäbe es so viel zu entdecken. Sie hatte sofort einen Draht zu ihm gefunden. Da steht sie kurz vor dem Wechsel und dann kommt plötzlich so ein Mann daher. Jetzt mit fast achtundvierzig. Rentiert sich das überhaupt noch? Aber es wird wohl eh nur eine Urlaubsliebelei werden. Wie alt mag der sein? Wohl einiges jünger als sie. Schade. Und wie der das mit der Mama kann. Selbst die fährt auf ihn ab. Das hat Brigitte noch nie erlebt. Sie kann sich nicht erinnern, dass die Mama irgendwann mal einen Mann mit nach Hause gebracht hätte. Männer waren kein Thema für sie, ja und dann halt für Brigitte auch nicht mehr, nachdem Mama immer dazwischen gegangen war. Wenigstens hatte ihr Chef damals, der Herr Gynäkologe, dafür gesorgt, dass sie einmal nicht als Jungfrau in die ewigen Jagdgründe gehen müsse. Gott sei Dank. Was hätte Georg von ihr gedacht, wenn da unten noch alles intakt gewesen wäre. Au, was ist das? Die Strömung hat sie an einen Felsen getrieben. Selbst schuld, wenn man so in den Tag hinein träumt. Da ganz oben sitzt die Mama. Brigitte ist jetzt hinter ihr im Wasser und kann sie unbemerkt beobachten. Ganz still sitzt sie da. So ähnlich wie diese Jungfrau in Kopenhagen, nur halt nicht nackt, sondern im Badeanzug. Nackt hatte Brigitte ihre Mama noch nie gesehen. Ganz still sitzt sie da oben. Mama, Mama, was ist mit dir? Brigitte klettert hoch. Obwohl sie von hinten auf sie zukommt, scheint die Mama zu wissen, dass sie da ist.

»Is' da ned schön? Viel ruhiger als am Strand. Nur des leise Rauschen vom Meer.«

Brigitte setzt sich neben sie.

»Und de Steine. Leg mal deine Händ' auf diese Steine, Brigitte. Da wird's dir ganz warm im Körper. Spürst du des?«

»Ja scho'. Aber …«

»Und die Luft. Der Wind! Da hast du des G'fühl, der trägt di' mit. Du bist schwerelos. Und du schaust runter auf die Erde, auf des Meer und alles is so klein und so friedlich.«

»Mama?????«

»Und dann der leichte Salzg'schmack auf den Lippen. Ned viel, nur a bissl. Nur so a kleine Prise. Du lässt di' einfach tragen, tragen, immer weiter tragen und weiter und weiter….«

Brigitte schüttelt die Mama.

»Mama, was is los? Geht's dir ned gut.«

»Mir is scho' lang nimmer so gut gangen, scho' ganz lange nimmer, Schatz.«

Schatz hatte sie noch nie zu ihr gesagt.

»Schatz«, haucht Werner. »Schläfst du noch?«

Hilde rührt sich nicht. Werner bläst sie ein bisschen an.

So ein ganz leichtes Blasen seitlich in den Nacken ist das. Hilde hat weiter die Augen geschlossen. Dann lässt er seinen Zeigefinger und den Mittelfinger der rechten Hand auf ihrem linken Arm hochklettern bis zur Schulter, von da über den Hals ans Ohr und streichelt ganz sacht das Ohrläppchen. Hilde rührt sich nicht. Den Zeigefinger ein ganz klein wenig in den Gehörgang, nur ganz, ganz wenig. Hilde streichelt den Finger. Ganz sacht streichelt sie den Finger. Werner glüht innerlich. Jetzt nichts überstürzen. Werner wartet. Warten, das kann Werner. Er denkt an den Kurs *Auch Warten ist eine Strategie.* Aber irgendwann hat jede Strategie ein Ende. Werner beugt sich über Hilde. Zeigefinger und Mittelfinger seiner linken Hand wandern langsam über Hildes rechten Arm, über die Schulter, über den Hals ans Ohrläppchen. Ein sachtes Streicheln und dann wieder der Vorstoß in den Gehörgang. Hilde sagt wieder nichts, streichelt aber erneut seinen Finger. Das ist kein gutes Zeichen, nein, das ist ein sehr gutes Zeichen. Ein zärtliches Streicheln von Hilde. Kein Zischen. Augen weiter geschlossen. Hilde genießt. Da ist sich Werner ganz sicher. Jetzt kommt es zum Abschluss. Kurs: *Wie mache ich den Sack zu?* Werner legt seine rechte Hand auf den linken Oberschenkel von Hilde. Keine Reaktion. Super. Der Plan geht auf. Die Hand wandert. Sie wandert nach oben. Ganz langsam. Man glaubt gar nicht, wie langsam so eine Hand wandern kann. Drei Zentimeter noch bis zum Ort der Begierde. Werner könnte nicht mehr aufstehen. Die Herzen seiner Badehose sind jetzt die Herzen von Elefanten. Noch zwei Zentimeter. Werner beobachtet Hildes Gesicht. Ihre Zunge wandert über ihre Lippen. Werner hat jetzt ein bisschen

Angst, wird die Badehose halten? Seine Augen gehen zur Badehose.

Werner kann natürlich nicht wissen, dass Hilde träumt. Sie träumt, sie wäre backstage, backstage auf einem Konzert von Eric Clapton, der ihr ganz sachte Ohropax in den Gehörgang steckt, sie dann auf die Bühne trägt und auf seinen Verstärker legt, einen Fender Tweed-Amp. Die Beine von Hilde sind jetzt Claptons Gibson. Langsam, ganz langsam gehen seine Finger am Gitarrenhals nach oben. Bund für Bund. Erst ganz hohe Töne, dann immer tiefer. Doch was ist das? Etwas kratzt. Das fühlt sich so gar nicht nach Eric Clapton an. Hilde öffnet ihre Augen. Tatsächlich, das ist nicht Mr. Slowhand, das ist Werners Hand. Werners Schwielenhand.

»Weeeeeerneeeeeeeer!«

»Ja??????«

»Tu dei' Hand weg.«

»Warum?????? Schatz.«

»Weil i braun werd'n möcht. Und keinen weißen Fleck am Oberschenkel hab'n will.«

»Super. Echt Super. Super Urlaub.«

Das wär jetzt was für einen Kardiologen. Unglaublich, wie schnell sich vergrößerte Herzen wieder verkleinern können.

Der Nobelpreis wäre sicher.

Ärgerlich springt Werner hoch. Gar nicht mal so ärgerlich wegen Hilde, sondern wegen den drei Frauen aus dem Bus, die da ein paar Meter neben ihnen liegen und die Situation beobachtet hatten und jetzt fürchterlich lachen. Werner baut sich vor diesen Grazien auf.

»Schön, dass ihr so lach'n könnt's. Soll ich euch einen Witz erzählen?«

»Ja klar«, ertönt es einstimmig.

»Passt's auf. Ich erzähl' euch jetzt einen Witz, der is so lustig, so wahnsinnig lustig, sag ich euch. Aber der is auch gefährlich. Denn da müsst's ihr so lachen, dass ihr womöglich vom Lachen einen Hängebusen kriegts.«

Dann mustert Werner die drei von oben bis unten und sagt:

»Ach so, Entschuldigung, ihr kennt den Witz schon.«

Als Werner den Bene erreicht, steht dieser in der Ersatzbadehose von Werner am Wasser und lässt seine Füße vom Meer umspülen.

»Na ja, ein weng ausg'leiert schaut's schon aus, die Hos'n. Aber dir passt's. Bene.«

Gut, dass in die Badehose oben am Bund eine Schnur eingezogen war, die Bene zusammenziehen und so ein Herabgleiten verhindern konnte.

»Auf geht's Bene. Jetzt geh'n wir ins Wasser. I brauch eine Abkühlung.«

»I bin doch schon drin.«

»Ja mit de' Füß'. Ganz rein. Los.«

»Aber i kann doch ned schwimmen, des weißt doch. Und mein Schwimmreifen hat a Loch.«

»Des Schwimmen lern i dir jetz'. Komm.«

»Nix da. Ohne Reifen geh i da ned rein.«

»Pass auf Bene. Morgen such'n wir ein Radlg'schäft und

da hol'n wir uns ein Flickzeug. Des machen wir selber. Weil der Italiener, der brazzelt dich bloß.«

»I hätt dahoam bleiben soll'n. Scheißitalien.«

»Aber da is' doch schön. Schau bloß mal des schöne Meer an.«

»Da Schliersee is aa schön.«

»Und schau mal, die Berg' da hinten, des hat doch aa was.«

»Des san keine bayerischen Berg'.«

»Des is doch wurscht. Berg is Berg. Berg is für mi sowieso immer anstrengend. In Italien oder bei uns, egal.«

»Dahoam is so schee. I möcht wieder hoam.«

»Dahoam, dahoam. Dahoam is nix los. Aber da im Urlaub da brummt der Bär, verstehst? Woaßt, warum i da bin? Liebesauffrischung. Dahoam tote Hos'n. Aber da, mein Lieber. Da blüh'n die Weiber auf. Jede Nacht sag i dir, jede Nacht.«

Kurs: *Immer selbst dran glauben.*

»Aber du kannst di wenigstens verständigen. Mi' versteht doch da keine alte Sau.«

»Nicht verzagen, Werner fragen und jetzt, Bene, jetzt sag i dir was. Italienisch is leichter als man denkt. De meisten Wörter klingen wie bei uns. Man muss hinten nur ein o dranhäng'n. Zum Beispiel Telefon. Telefon heißt telefono. Sag mal telefono!«

»Telefono.«

»Super, ohne Akzent. Theater is teatro. Sag's.«

»Teatro.«

»Genau. Und jetzt Tabak: tabacco.

»Tabacco.«

»Sympathisch: Sympatico.«

»Sympatico.«

»Sieg'st Bene. So einfach is italienisch. Einfach ein o dranhängen. I hab no ein altes Wörterbuch. Des bring i dir heid abend zum Essen mit. Du wirst seh'n, der Urlaub wird eine Schau, wenn'st verstehst was i moan.«

So richtig angekratzt ist die Mama. Paul hat sie ja schon öfter schimpfen hören. Das ist meist ein langer Monolog. Zweiundfünfzig Minuten waren das auf dem Parkplatz gestern bei der Herfahrt. Hat zumindest der Rudi gesagt. Jetzt ist es schon viel länger. Mama kann das und zwar gekonnt. So gekonnt, dass sie am Ende wieder zum Anfang zurückfindet. Mit dem Papa fängt sie an. Der sei schuld, weil der mit ihm, dem Paul, im Wasser war und nicht auf die Mama aufgepasst hat, dann er selbst, weil er viel zu lange im Wasser gewesen sei und der Papa gar nicht ins Wasser gehen hätte müssen, wenn er schon früher rausgekommen wäre, dann die jungen italienischen Mütter, weil die einfach Windeln vergraben würden, dann die italienischen Väter, weil es gar keine Windeln bräuchte, wenn die nicht so liebestoll wären, dann die italienischen Strandarbeiter, weil die so was doch sehen müssten, dann die Ball spielenden italienischen Schratzen, weil die mit dem Ball nicht umgehen könnten, dann der verfluchte Nagellack, weil der so langsam trocknet und schließlich wieder der Papa, weil der den überhaupt mit nach Haus gebracht hatte. Der Papa kann die Mama offensichtlich gut verstehen, denn der sagt fünfmal *Hmmmmm*. Das ist echt oft. Der Paul kennt die Mama gar nicht anders. Die war schon immer so. Wenn die so richtig loslegt, dann wird ihr bayerischer Dialekt immer breiter. Als Paul noch ganz klein war, dachte er, immer wenn man bayerisch spricht, dann schimpft man, weil die Mama eigentlich immer geschimpft hat. Und immer, wenn man noch bayerischer spricht, dann schimpft man noch mehr. Dann hat er sich entschlossen, hochdeutsch zu sprechen, denn schimpfen war nicht so sein Ding. Beim Papa dachte er immer, der sei von einem anderen Stamm, denn der sagte immer nur *Hmmmmm*. Das klang gar nicht nach schimpfen. Eher das Gegenteil war der Fall. Das war immer irgendwie warmherzig. Papa konnte mit *Hmmmm* so viel ausdrücken. Paul verstand alles. Erst später, als er schon größer war, hat er dann gemerkt, dass viele Menschen bayerisch sprechen, obwohl sie gar nicht schimpfen. Aber sein Hochdeutsch wollte er dann nicht mehr umstellen. Man muss als Mensch eben auch seine Prinzipien haben.

»So, jetz geh'n wir zum Hotel und beschweren uns.«

Mama kramt alles zusammen: Handtücher, Sonnencremes, Hut, Zeitschriften, Colaflasche.

»Vati, hilf mir gefälligst und du aa Paul.«

In ein paar Minuten haben sie alles verstaut und stapfen durch den Sand Richtung Hotel. Als sie an einem alten Holzkahn vorbeikommen, sitzt da dieser Bene und schaut ins Meer.

»Mama, darf ich noch ein bisschen hier bleiben. Es ist noch so schön.«

»Was möchst denn da noch machen?«

»Ein bisschen mit dem Bene plaudern.«

»Frag den Papa.«

»Darf ich Papa?«

»Hmmmm.«

»Danke Papa.«

»Bene, du hast jetz die Verantwortung. Du passt auf den Bub'n auf, klar?«, gibt ihm Rosi zu verstehen.

Rosi und Alois gehen weiter und Paul setzt sich neben Bene auf den Kahn. Lange sagen beide nichts. Paul fängt an.

»Bene ist aber ein lustiger Name.«

»Des is nur a Abkürzung. Benedikt hoaß i wirklich. Du darfst aber scho Bene sag'n. Des sag'n alle.«

»Benedikt, so wie der frühere deutsche Papst?«

»Genau a so.«

»Warum gehst du nicht ins Wasser, Bene? Das ist schön.«

»Weil i ned schwimmen kann und mein Schwimmreifen a Loch hat.«

Jetzt bekommt der Paul ein furchtbar schlechtes Gewissen.

»Ich heiße Paul.«

»Aha. So wia der Apostel.«

»Ja, so wie der. Nur ich bin nicht ganz so brav. Das tut mir Leid mit deinem Schwimmreifen.«

»Da kannst doch du nix dafür. Der war wahrscheinlich zu fest aufblas'n.«

»Soll ich dir das Schwimmen lernen? Das ist gar nicht schwer.«

»In meinem Alter kann ma des nimmer lerna, Paul.«

»Aber du bist doch noch gar nicht alt. Zumindest siehst du noch ganz gut aus für dein Alter.«

Bene lacht, wie er schon seit mindestens acht Jahren nicht mehr gelacht hat.

»Du bist ein verreckter Hund, weißt du des?«

»Was hast du gesagt?«, fragt Paul und grinst von einem Ohr zum anderen.

»I hab g'sagt, Schwimmen lern i wahrscheinlich nimmer, aber wenn, dann eher als du bayerisch lernst.«

Da streckt ihm Paul die Hand entgegen und sagt:

»Die Wette gilt!«

»Mensch war'n die Spaghetti gut, Brigitte. Diese Soß' bring i daheim ned hin. Da frag'n wir morgen nach dem Rezept.«

»Mir hat der Fisch noch besser g'schmeckt. Und die Scampi, die war'n sagenhaft.«

»Kochen ham die schon immer können, die Italiener. Des muss ma ihnen lassen.«

»Und es liegt ned so schwer im Mag'n wia bei uns daheim.«

»Stimmt. Bei uns könnt i um neune auf d'Nacht nix mehr essen. Da könnt i de ganze Nacht abschreiben.«

»Möchst no a bissl spazier'n gehen, Mama?«

»Naa, des war ein langer Tag. I lies noch a bissl und dann schlaf i.«

»Magst ned no wenigstens a wen'g auf den Balkon mit rauskommen? Es is so a schöne Luft.«

»Naa, i geh schon mal ins Bad.«

»Ja die Luft is wirklich gut«, kommt es da von oben.

Brigitte beugt sich über das Balkongeländer und schaut rauf.

»Hallo Georg. I hab gar ned g'merkt, dass du da oben stehst.«

»Ich hab g'hofft, dass du da unten stehst.«

»Wirklich?«

»Wirklich. Wie war's am Strand?«

»Traumhaft. Des Wasser glasklar, warm. Einfach richtig entspannend.«

»Wie war's bei dir?«

»Auch traumhaft. I war in den Bergen unterwegs. Sagenhafte Natur, sag i dir. Pflanzen, Blumen. Des find'st du bei uns alles gar nimmer.«

»Auch Vögel?«

»Ja. Stell dir vor, i hab eine Singdrossel g'hört.«

»Is des was Besonderes?«

»Klar! Ganz besonders in Italien.«

»Hast Rohrvögel auch g'hört?«

»Wie meinst des? Komm halt morgen mit.«

»I weiß ned. Mei Mama….«

»Kommt die alleine nimmer zu Recht, oder was?«

»Naa des ned. Aber de is' irgendwie so sonderbar worn.«

»I gib dir gleich sonderbar worn«, meldet sich da die Mama hinter ihr. »I möcht' morgen mal meine Ruhe ham. Geh du mit deinem Georg ruhig mit.«

So bequem war es dann letzte Nacht doch nicht für den Rudi im Nepomuk. Und eine kurze Nacht war es auch noch. Schließlich hatte das Putzen ja doch eine ganze Zeit gedauert. Aber dem Nepomuk hat es gut getan. Er strahlt jetzt so richtig. Das hatte man dann am Morgen gleich gemerkt, als die Sonne rauskam. Einen schönen Menschenauflauf gab das am Bahnhof. Einige hatten sogar ihren Zug versäumt. So einen herausgeputzten Bus hatten die Menschen in Ligurien noch nie gesehen. Fabrikneu sah der im

Sonnenlicht aus. Manche glaubten gar, man würde jetzt gleich um die Ecke Busse produzieren. Eine Maßnahme gegen die Arbeitslosigkeit. Rudi führte den Interessierten alles vor. Sie durften sogar in den Nepomuk hineinsteigen. Die Schuhe mussten aber alle ausziehen. Ja da war der Rudi schon stolz und der Nepomuk auch. Es hatten sich dann auch gleich ein paar Einheimische gefunden, die den Nepomuk hier bewachen würden für wenig Geld. Das war dem Rudi schon recht. Dann konnte er nämlich ins Hotel gehen und dort schlafen. Nepomuk ist ja schön und gut, aber zum Schlafen halt doch nicht so optimal geeignet. Der Luca machte da einen ganz seriösen Eindruck. Er wohne auch gleich um die Ecke, hatte er ihm erzählt. Rudi ließ sich das Haus zeigen. Sicher ist sicher. Wenn er schon zahlt, dann möchte der Rudi auch wissen, an wen er zahlt.

Jetzt liegt der Rudi im Bett. Bequem, aber er hatte sich das dann doch ein bisschen anders vorgestellt. Einzelzimmer gab es nicht mehr. Also musste er sich das Zimmer teilen.

Neben ihm liegt nun der Bene. Das ginge ja noch, aber der ist pudelnackt im Bett und es gibt nur eine gemeinsame Bettdecke. Rudi hat nichts übrig für Frauen, aber für Männer schon gleich gar nicht. Also nur rein sexuell gesehen. Der Bene schläft schon. Wenigstens schnarcht er nicht. Trotzdem nervt den Rudi dieses Geräusch. Pling, pling, pling, pling. Ganz gleichmäßig. Pling, pling, pling. Wie soll man da schlafen können. Was ist das? Das ist nicht laut, aber in der Nacht, wenn es keine anderen Geräusche gibt außer den Zikaden, dann ist das so laut wie ein Pistolenschuss. Pling, pling, pling. Rudi steht auf. Das kommt irgendwie vom Fenster. Pling, pling, pling. Da, das ist es. Es ist

Benes Unterhose, die stetig tropft. Sie tropft auf das Fensterbrett. Pling, pling, pling. Rudi legt ein Handtuch drunter. Besser. Wie eine Pistole mit Schalldämpfer. Rudi legt sich wieder zu Bene. Ganz außen an die Kante des Bettes. So wie Bene an der anderen Kante liegt. Zwischen den beiden könnte man noch eine ganze Familie unterbringen.

Rudi war heute beim Abendessen neben Bene gesessen. Im Bus hatte er ja noch gedacht, um Gottes Willen, was haben sie mir denn da für einen Typen mitgegeben. Aber irgendwie scheint er gar nicht so unrecht zu sein. Auch wenn er sich beim Essen ganz schön angestellt hat. Das war ein Kampf mit den Spaghettis. Das hat der bestimmt das erste Mal in seinem Leben gegessen. Spaghetti mit einer Länge von 50 Zentimetern. Irgendwann hat er dann die Hand genommen. Gut, dass der so lange Arme hat. Und dann ist auch noch der Ober gekommen und hat dem Paul eine Schere in die Hand gedrückt und ihm etwas ins Ohr geflüstert. Als dann Bene seinen Arm mit der Handvoll Spaghettis wieder hochstreckte, kam der Paul und schnitt sie durch. Der ganze Saal hat gelacht. Und der Bene hat auch gelacht. Richtig herzhaft gelacht hat der. Die Kapern hat er alle im Teller gelassen. Die hat er, der Rudi, dann gegessen. Echt gute Kapern. Wie kann man die nicht mögen. Die hat der nicht einmal probiert. Der Fisch hat ihm scheinbar geschmeckt. Den hat er aufgegessen. Aber die guten Scampis, die sind dann auch wieder dem Rudi geblieben. So was gäbe es in Bayern nicht, dass die Würmer, mit denen der Fisch gefangen worden sei, auch auf dem Teller landen, hat er gesagt. Den Tischwein hat der Rudi auch alleine ausgetrunken. Morgen muss er ja nicht fahren.

Der Bene wollte keinen Wein. Der hat Weißbier bestellt. Fünf Flaschen. Erdinger. Besser als gar keins, hat er gesagt. Nach der dritten Halbe hat er sogar zwei Witze erzählt. Alte. Aber immerhin. Und dauernd hat er was gesucht. Kaum war der Ober da, hat er fragend geschaut, wenn der Ober weg war, hat er ihm wieder fragend nachgeschaut. Als der Rudi ihn dann fragte, was er denn die ganze Zeit suche, meinte er, zwei dunkle Augen.

Zwei dunkle Augen? Muss wohl eine Spezialität aus Haag sein. Zwei dunkle Augen hatte der Rudi noch nie gegessen.

17

Als Werner am nächsten Morgen allein zum Frühstück kommt, wird er gleich von Rosi abgefangen.

»Was hast du denn mit deiner Hand g'macht? Warum is'n die eingebunden?«

»Sehnenscheidenentzündung.«

»Ja gut, mit der Hand musst du ja ned reden. Du kannst doch italienisch, oder?«

»Ja klar, hab i doch g'sagt. Wo i helfen kann, da helf i. Nicht verzagen, Werner fragen.«

»Dann geh glei' mal mit. Die an der Rezeption, die kann kein deutsch. Warum lernen die des ned da herunten? Da kommst nach Italien und dann kannst dich ned einmal beschweren, weil die kein deutsch können. Des mach'n die absichtlich. Garantiert.«

Alois will sich mit Paul in den Frühstücksraum schleichen. Aber der Rosi entgeht nicht so leicht was.

»Vati, du gehst mit mir mit, verstanden? Und du Paul, du isst was Gescheid's, ned lauter Nutella, klar?«

»Klar Mama.«

Als Rosi, Alois und Werner bei Valentina ankommen, werden sie mit einem Lächeln empfangen. So etwas kann eine Rosi nicht besänftigen.

»Jetzt lacht uns de aa no aus!«

»Bon giorno.«

Rosi versucht nun, möglichst hochdeutsch zu sprechen, damit sich Werner leichter mit der Übersetzung tut.

»Übersetz ihr mal Folgendes: Mein Mann, der is ja wirklich einiges g'wohnt. Gewöhnt. Er arbeitet nämlich in der Autobahnmeisterei. Wiss'ns was des hoaßt. Wissen Sie das, was das heißt?«

Werner übersetzt, Valentina schüttelt den Kopf.

»Sie wissen das nicht, dann sag ich Ihnen das. Autobahnmeisterei heißt den ganzen Tag snnnnnn, snnnnnn, snnnnnn, snnnnnn, snnnnnn. Übersetzen!«

Werner übersetzt wortwörtlich:

»Snnnnnn, snnnnn, snnnnnn, snnnnnn.«

»Den gaaanzen Tag geht das so bei der Autobahnmeisterei. Snnnnn, snnnnn, snnnnn. Aber das da, da herunten, das ist eine Zumutung. Eine Zumutung ist das. Den ganz'n Dog, also den ganzen Tag das Plärren von diesen Schratzen.«

»Italien is famliengerecht, moant sie.«

»Familiengerecht, familiengerecht. Schee und guad familiengerecht. Alles gut. Aber des heißt doch no' lang ned, dass jeder Italiener drei oder vier von seinen Schratzen, von seinen Kindern, dabei hab'n muss. Was zuviel is, is zuviel. Da hat euch der Chines' was voraus. Da gibt's nur eins. Dann wird da unten ein Schloss hingemacht und eine Ruhe ist. Überall lieg'n die vollg'schissnen, ich mein, diese befüllten Windeln umeinander.«

Werner fasst zusammen. Kurs: *In der Kürze liegt die Würze.* Auch wenn es um Windeln geht.

»Sie sagt, wennst oben ein gutes Essen reinschaufelst, dann muss es halt unten irgendwann wieder raus.«

»Unten wieder raus, unten wieder raus! So einfach kann ma sich des ned machen. Typisch italienisch. Dann soll'ns halt daheim bleiben, da können's von mir aus den ganzen Tag unten wieder alles rauslassen. Keine Minute hast du eine Ruhe auf diesem Strand. Dauernd segelt irgendwas daher. A Ball, eine Freezbe-Scheib'n oder ein Eisboi'n, wenn's vorbei lauf'n. Eine Eiskugel, eine runde mein ich.«

Nachdem Werner getreu seinem Kurs alles knapp übersetzt hat, teilt er Rosi wieder Valentinas Antwort mit.

»Sie moant, jetz san halt Ferien. Wann soll'n die Familen Urlaub machen, wenn ned jetz?«

»Da hab' i ja nix dagegen, wenn die Ferien mach'n. Alles schön und gut. Aber wissen Sie, was des Schlimmste is? Wissen Sie des? Fragen's mal meinen Mann, wenn Sie ned wissen, was des Schlimmste is. Vati, sag's ihr mal!«

Alois sieht sie fragend an.

»Hmmmm??????«

»Ahhhhh! Das Schlimmste is, dass diese Kinder nur italienisch plärren. Da verstehst du ja ned einmal was. Des is ein einziger Geräuschpegel. Mei Mo, also mein Mann, der sagt, des is schlimmer als wie auf der Autobahn. Snnnnn,

snnnnn, snnnnn. Denn auf der Autobahn, da versteht mein Mann nämlich alles. Da hört er am Geräusch, ist das ein Opel, ist das ein Mercedes oder ist das ein BMW. Gell Vati?«

Alois nickt. Valentina nickt, Werner nickt und übersetzt nicht, denn Rosi redet schon wieder weiter.

»Müss'n de Italiener da, also ich mein hier, Urlaub mach'n? Die können doch auch woanders hinfahren. Des mach'n wir doch auch. Soll'ns halt nach Deutschland fahr'n, da störn's niemand, weil da nämlich alle furt san, also weg sind.«

Weil das jetzt sogar dem Werner peinlich ist, gibt er gleich die Antwort für Valentina.

»Der Italiener liebt das Meer und in Deutschland ist nur Regen.«

»Acccchhhhh! Des Meer hat er doch des ganze Jahr, der Italiener. Sie bei uns is fei aa schee. Deutschland auch schön! Alles grün. Ned so dadürrt wia da. Nicht so ausgetrocknet mein ich, wie hier. Der Regen hat schon auch was Gutes, verstehen? Deswegen alles so grün bei uns. Und die Luft, die Luft sag ich Ihnen. Viel sauberer als hier. Da kannst du durchschnaufen. Alles so klar, ned so ein Flirren in der Luft, dass dir gleich schwindlig wird. Gell Vati.«

Alois geht aus sich raus.

»Ja scho'.«

»Da, mein Mann sagt des auch. Und der sagt nicht leicht was! Und die Autobahnen, sag ich Ihnen, die Autobahnen bei uns. Ganz was anderes. Da können Sie so schnell fahren, wie Sie wollen. Da könnt's ihr sie dann mal so richtig ausfahren, eure…Fiats.«

»Fiats?????«, fragt Valentina.

»Ja Fiats.«

Rosi lässt sich nicht aufhalten. Wenn Rosi mal in Fahrt ist, dann ist sie in Fahrt. Dann fährt sie bestimmt keinen Fiat.

»Und noch was! De Autobahnen bei uns san so was von gepflegt. So was von gepflegt, sag ich Ihnen. Da sorgt schon mein Alois dafür. Da könnt's ihr euch eine Scheibe abschneiden. Auf unseren Autobahnen, da könntets ihr euren Mozzarella direkt von der Straße weg essen. So schaut des aus. Übersetzen!«

Da bleibt Werner jetzt nichts anders übrig. Valentina verdreht die Augen und sagt nicht viel.

»Sie meint, dann wär sie nicht mehr lang am Leben, wenn sie den Mozzarella von der Autobahn essen würd.«

»Warum? Is er gepanscht der Mozzarella? Oder warten's, i woaß. Ich weiß, ich weiß, was sie meint. Der Holländer! Genau, der Holländer würd sie zusammenfahr'n, wenn sie auf unserer Autobahn einen Mozzarella essen würd. Vati, erzähl mal dieser Frau da, wie viele Holländer du einmal in einer oanzigen, in einer einzigen Stund auf deiner Autobahn gezählt hast.«

»Hmmmmm, ja, hmmmm….«

»Da! Haben Sie das gehört? Stellen Sie sich das einmal vor. Nein, stellen Sie sich das einmal nicht vor. Das kann man sich gar nicht vorstellen, weil das glaubt nämlich gar keiner. Ich hab's am Anfang auch nicht glauben können, aber es stimmt, gell Vati?«

»Hmmmm. Ja.«

»Und wissen Sie, warum so viele Holländer auf unseren Autobahnen sind? Wissen Sie das? Weil die auch in den Urlaub fahren! Die ham recht. Die machen des richtig. Nur ihr Italiener müsst alle daheim bleiben. Könnt so schön sein bei euch.«

Jetzt läutet das Telefon. Man könnte jetzt meinen, das ist ein Glück für die Valentina. Aber das meinen nur die, die Italien nicht kennen. In Italien kommt das Glück nämlich auch nicht immer von alleine. Aber dort kann man das Glück einfach mal kommen lassen. Die Francesca hat das in der Küche alles mitbekommen, denn Rosi kann vieles, aber nicht flüstern. Und Francesca und Valentina sind ein eingespieltes Team. So ein Glück.

»Pronto????«

Wenn ein Italiener telefoniert, dann bleibt es nicht beim Pronto. Und schon gar nicht, wenn zwei Italienerinnen miteinander telefonieren. Aber das ist in Deutschland ganz sicher auch nicht anders. Da wird die deutsche Frau plötzlich zur Italienerin.

»Der hast du's jetzt aber gegeb'n«, sagt der Werner, als er mit den beiden in den Frühstücksraum geht.

»Is doch wahr. Des hat jetz mal sein müssen! Paaaaaauuuul!«

»Was ist denn, Mama?«

Paul sitzt bei Bene am Tisch und lächelt seine Eltern mit schokoladeverschmiertem Mund an.

»I hab doch g'sagt, kein Nutella.«

»Der hat doch gar kein Nutella gessen«, hilft ihm Bene.

»Du i sag dir oans. Verarschen brauchst du mi ned. Des siehg i doch am verschmierten Mund von meinem Bub'n, dass der Nutella gessen hat.«

»Auf der Büchs'n steht aber Nocciolata drauf. Von Nutella kann i da nix les'n.«

»Des is doch aa nix anders.«

»Des is scho was anders, des is nämlich ohne Palmöl«, widerspricht Bene schon wieder.

»Des is wurscht, Nutella is Nutella. Paul, aufsteh! Mitkommen.«

»Mama, du solltest dich eben genauer ausdrücken. Du hättest sagen müssen, keine Schokoladencreme, egal von welcher Sorte. Aber so etwas funktioniert eben nur auf hochdeutsch. Auch wenn das etwas länger dauert.«

Jetzt ist Rosi tatsächlich sprachlos. Das ist ihr noch nie passiert. Aber dann fällt ihr doch noch was ein. Sie sagt:

»Hmmmmmm.«

Rosi kann nicht sehen, wie sich Paul und Bene zuzwinkern als Paul aufsteht und sich an den Tisch seiner Eltern setzt. Sie ist jetzt ein bisschen durcheinander und denkt sich nichts dabei, als sie noch hört, wie Werner zum Tisch von Bene geht und sagt:

»Bene pass auf. I hab die Valentina g'fragt, wo da ein Radlg'schäft is. Des is gar nicht weit weg. I frühstück' jetzt und dann geh'n wir gemeinsam dorthin und hol'n uns ein Flickzeug. Dann wird dein Reifen repariert.«

Rosi kann nicht wissen, dass Werner fast nichts übersetzte, sondern sich hauptsächlich mit Valentina unterhielt, wo denn hier ein gutes Fahrradgeschäft sei.

Der Kaffee ist gar nicht mal so schlecht, denkt sich Bene. Für Italien geht er schon. Der Rudi sitzt jetzt bei ihm am Tisch und schenkt sich und ihm, dem Bene, gerade noch eine Tasse ein. Als Rudi die Kanne zurückstellt, sagt er zu Bene:

»I glaub, de meint di'.«

Rudi deutet in Richtung Rezeption. Als Bene dorthin schaut, wird es ihm irgendwie warm. Das dunkle Augenpaar blickt ihn direkt an. Bene starrt zurück. Dann sieht er erst, dass die dem Augenpaar zugehörige rechte Hand mit dem Zeigefinger winkt. Komm, komm, komm. Er trinkt schnell seine Tasse Kaffee aus, denn wenn man im Bierglas schon nichts drin lässt, dann macht man das bei einem Kaffee auch nicht. Da gibt's keinen Unterschied, denkt er sich. Aber es gibt doch einen Unterschied. Das Bier ist nicht so heiß wie eine frisch eingeschenkte Tasse Kaffee. Gerade war es ihm noch warm, jetzt ist es ihm heiß. Aber Bene lässt sich nichts anmerken. Er will sich gerade am Tisch von Werner und Hilde vorbeischleichen, da bricht Werner das eiserne Schweigen am Tisch:

»Bene, wart an der Rezeption, i komm glei'.«

Dann wieder Schweigen am Tisch. Nicht einmal ein Zischen.

Bene erreicht das Augenpaar. Der eine Arm des Augenpaars hat sich seinen ausgezuzzelten Schwimmreifen geschnappt, den Bene schon an der Rezeption deponiert hatte, der andere Arm hakt sich bei ihm ein und zieht ihn hinaus in die italienische Morgenluft.

»Andiamo.«

Bene antwortet italienisch.

»Boooooh.«

Was geschieht da gerade mit ihm? Wie hypnotisiert lässt er sich lenken. Er hat sich doch noch nie lenken lassen, nicht einmal von einer Vroni. Wo kommen nur diese Adern alle her? Als Erstes wird ihm gezeigt, dass man hier nicht einen großen Schritt an den anderen reiht, sondern einen kleinen an den anderen kleinen. Er weiß gar nicht, wie man das nennt. Vermutlich schleichen. Wenn Paul jetzt hier wäre, der könnte ihm das passendere Wort sagen: schlendern. Aber Paul ist nicht hier. Der wäre jetzt auch fehl am Platz.

Es ist schon ein ungewöhnliches Bild, das den Einwohnern Moneglias da geboten wird. Zwei lange Säulen, jede um die ein Meter neunzig schlendern durch die Gassen. Eine Säule ist ganz stumm, aus der anderen sprudelt es wie aus einem italienischen Radio. Die stumme Säule steckt in zwei tellerartigen Fußbekleidungen, die das Wort Schuhe nicht verdient haben, in einer kurzen Hose aus Leder, einem rot karierten Hemd und einem ausgebeulten Hut. Die sprudelnde Säule trägt pastellblaue Riemensandaletten mit einem acht Zentimeter hohen Absatz, ein knielanges blau-weiß gestreiftes Spaghettiträgerkleid und einen ausgelutschten Schwimmreifen am Arm.

Bene hört andächtig zu. Er ist sich nicht sicher, spricht diese Frau oder singt sie. Alles ist so melodiös. Klingt zwar nicht ganz so schön wie bayerisch, aber immerhin. Besser als preußisch. Als sie den Corso Libero Longhi erreicht haben, wird Bene in ein Geschäft gedrängt, in dem es aussieht wie bei der Bäckerei Ulla aus Haag in den 1970er Jahren. Dort hat es damals alles gegeben. Vom frischen Brot über Schnürsenkel, Nähmaschinenöl bis hin zum Brühpech für die Schweineschlachtung. Auch hier gibt es alles. Und so riecht es auch. Die Frau an seiner Seite redet jetzt viel bestimmter als vorher mit einem kleinen, glatzköpfigen, älteren Mann. Der redet genauso bestimmt zurück, nimmt die eingefallene Dampfnudel, verschwindet mit ihr in einer

Tür und kommt ein paar Minuten später zurück. In diesen paar Minuten hat der aus der Dampfnudel einen Schwimmreifen gemacht. Einen prallen Schwimmreifen. Der Mann strahlt, die Frau sagt va bene und Bene berichtigt: Wagner Bene. Als Bene seinen Geldbeutel zückt und zahlen will, wird er barsch abgewiesen.

»No, no, no, no! Servizio. Tutto bene. Basta, Ciao.«

Die sprudelnde Säule zieht die andere Säule, die jetzt in einem riesigen schwarzen Reifen steckt, ein paar Treppen hinab und dann stehen beide vor dem Meer. Da der Morgen noch sehr jung ist, ist der Strand fast leer. Die sprudelnde Säule zieht ihre Sandaletten aus. Beide setzen sich nebeneinander auf einen Liegestuhl und sehen hinaus auf die Weite des Ozeans. Es ist jetzt ganz still, nur das Rauschen des Meeres ist zu hören und ein paar Möwen müssen ihren Senf dazugeben. Da deutet die eine Säule auf sich und sagt ganz weich:

»Valentina.«

Bene wiederholt das so weich wie es mit einer verbrannten Zunge geht:

»Valentina.«

»Si.«

Dann deutet Bene auf sich und sagt:

»Bene.«

»Bene. Si, si. Va Bene.«

»Naa, Waaagner Bene. Halt. Ned Wagner Bene. Wagnero Bene. Verstehen? Wagnero Bene.«

»Si, Wanero Bene.«

Valentina lacht. Dann deutet Valentina aufs Meer.

»Mare.«

»Mare???????«

»Mare.«

»Da mein i täuscht du di. Des hoaßt ned mare, des hoaßt meero. Meero. Verstehen? Meero.«

»No! Mare!«

»Meeee ro.«

»Maaaa-re!«

Valentina zieht ihr Kleid aus und läuft im dunkelblauen Bikini zum Wasser. Das geht so schnell, dass Bene gar nicht mit dem Schauen mitkommt. Dann ruft sie:

»Andiamo. Maaaare.«

»Mare, mare, mare«, spricht Bene zu sich selbst. »Mare hat mei' Großmutter g'hoaß'n. Des heißt Meero. Was hat denn de für einen Dialekt?«

Bene zieht seine Haferlschuhe aus, streift seine Lederhose ab, unter der er die Badehose von Werner trägt, dann das Hemd. Den Hut lässt er auf. Im riesigen schwarzen Schwimmreifen kommt er auf Valentina zu. Als diese die in den Gummireifen verpackte weiße Salzsäule mit dem Deckel oben drauf betrachtet, kann sie sich nicht mehr halten. Sie lacht, dass die über der Szenerie kreisenden Möwen erschrocken das Weite suchen. Auch Bene strahlt.

»Du lachst so schee. I hab gar ned g'wusst, dass ma' auf italienisch so schee lach'n kann.«

Als Bene vorsichtig einen Schritt nach dem anderen bis zu den Knien ins Wasser steigt, bespritzt ihn Valentina von oben nach unten und kann mit ihrem fröhlichen Lachen gar nicht mehr aufhören. Auch Bene lacht aus vollem Herzen. Hat er überhaupt schon einmal in seinem Leben so gelacht?

Wo war all die Jahre diese Lachader? Als er vor lauter Lachen den Mund gar nicht mehr zubekommt, trifft ein Wasserschwall auf seine verbrannte Zunge. Da die Verbrennung nur ersten Grades ist, zeigt sie ihm durchaus noch den Salzgehalt des Mittelmeeres an.

»Ja Pfui Deife. Pfui Deife! Habt's ihr da de Salzbüchsl'n von alle Hotels reing'schüttet?«

Seinem fröhlichen Lachen folgt jetzt ein Hustenanfall. Der Barth hätte da seine Freude dran gehabt. Nicht die Valentina. Sie kommt sorgenvoll zu ihm und klopft auf seinen Rücken bis der Husten nachlässt. Dann sagt sie:

»Mare, si, si, mare«, und lacht wieder.

Dann schaut sie auf ihre Uhr und erschrickt offensichtlich. Es folgt ein gewaltiger Wortschwall, aus dem Bene nur die Worte Francesca und tempo heraufiltern kann. Valentina ist da schon wieder am Ufer und streift sich das Kleid über. Dabei scheint die Morgensonne im selben Winkel auf ihre Brüste, wie vor ein paar Tagen am Irschenberg auf den Wendelstein. Das ist nur ein Bruchteil einer Sekunde, aber in diesem Bruchteil treffen auch die Augen von Bene auf diese zwei Wendelsteine, die in ihrer Form nicht nur dem Original sehr ähnlich sind, sondern auch denen von Vroni. Als Valentina schon lange weg ist, steht Bene immer noch wie angewurzelt im Wasser, eingehüllt von seinem Schwimmreifen und behütet von seinem Trachtenhut. Und dann spürt er schon wieder diesen Salzgeschmack, dieses Mal auf seiner Unterlippe. Ein Tropfen hat sich dort verirrt. Der kam aber nicht vom Meero, der kam aus seinem rechten Auge.

Nicht nur im rechten Auge, sondern in beiden Augen hat

Georg bei seinem Spaziergang mit Brigitte die Vegetation des Monte Moneglia. Er war noch nie in dieser Gegend Italiens, aber die Flora und die Fauna überwältigen ihn an diesem sonnigen Morgen. Die Steineichen geben immer wieder den ungetrübten Blick frei auf die blau glänzende Rivieraküste. Sie bleiben dann in stillem Einvernehmen stehen und lassen alles auf sich einwirken. Keiner spricht ein Wort. Die Sinne allein bestimmen ihr Tun. Das hat Georg noch nie erlebt mit seinen jungen Studentinnen. Die würden das hier alles kommentieren mit nett, schön, super, cool, geil, mega, abgefackt, abgefahren, crazy, ultra, krass oder voll der Hammer. Brigitte schweigt einfach und genießt. So wie er. Ohne Absprache gehen sie weiter durch die würzige Mittelmeermacchia. Wie auf einer Wellenlänge. Hand in Hand. Nur manchmal treffen sich ihre Blicke und beide lächeln dann. Plötzlich bleibt Brigitte stehen. Sie ist panisch, traut sich aber nicht, die schönen Geräusche der Natur durch einen lauten Aufschrei zu durchschneiden. Ihr Körper ist jetzt stocksteif. Georg beruhigt sie und flüstert:

»Keine Angst. Einfach ruhig steh' bleiben. Dann tut sie nix.«

»I kann gar net hinschaun'n. I mag's net sehn.«

Brigitte hat die Augen geschlossen und hält sich an Georg krampfhaft fest.

»Die is wunderschön.«

»Des is mir egal. Du sagst mir, wenn sie weg is.«

Gefühlte fünf Minuten stehen die beiden in der Macchia, so als ob sie dort hingehörten. Dann ein Rascheln.

»Du kannst die Augen wieder auf mach'n.«

Vorsichtig blinselt Brigitte durch ihre Augenlider.

»Is sie sicher weg?«

»Ganz sicher Brigitte. Des war eine gelbgrüne Zornnatter. Völlig harmlos.«

»Hört sich aber ned so an.«

»Ungiftig. Die beißt nur, wenn man sie fangen würd.«

»I mag wirklich alle Viecher. Aber keine Schlangen. Bei Schlangen bin i kurz vor dem Herzstillstand. Gibt's da viele?«

»Des is relativ. Wenn man fest auftritt, dann vibriert der Bod'n und dann haun die gleich ab, bevor du sie siehst. Vielleicht san wir zu leise gegang'n.«

»Dann gehen wir jetzt bitte lauter und du erzählst mir was von den Pflanzen und von den Tieren da.«

Keine von Georgs Studentinnen mit einer Schlangenphobie wäre auf die Idee gekommen, weiterzugehen. Die wären für einen sofortigen Abgang aus der Zombiearea gewesen. Keine hätte auch etwas über die Natur hier wissen wollen. Wenn die etwas wissen wollten, dann die Prüfungsfragen der bevorstehenden Klausuren. Und so ist es jetzt ein Bild, das der Macchia entgangen wäre, wenn an Stelle Brigittes eine junge Studentin an dieser Exkursion teilgenommen hätte. Georg stampft voran und Brigitte hinterher. Wie schnell sich ein Bild in der Natur verändern kann. Lange dauert dieser Gänsemarsch nicht. Sie kommen an eine Lichtung, an deren Rand eine riesige Stieleiche steht und setzen sich unter ihren Schatten auf eine von Georg ausgebreitete Decke, nachdem er vorher die Umgebung abgetrampelt hat. Er erklärt ihr die umstehenden Pflanzen, eine rote Spornblume, Wolfsmilch, Myrthe, Thymian, Lavendel und Rosmarin. Dann sind sie wieder still und lassen ihre

Sinne wirken. Wie prächtig das alles aussieht, wie würzig das alles riecht, wie melodiös die Vögel zwitschern, während der Wind leise durch die Eiche bläst, wie weich sich das Moos neben der Decke anfühlt. Schließlich steht Georg auf und pflückt eine Frucht eines nahe stehenden Erdbeerbaumes. Denn schmecken gehört ja auch noch zu ihren Sinnen.

»Und, wie schmeckt die?«

»Fad.«

»Stimmt.«

Das kann man ändern. Georg küsst Brigitte, erst ganz sacht und dann leidenschaftlich.

»Und des?«

»Scho besser.«

Wenig später traut sich keine Schlange mehr in ihre Nähe, denn die Erde vibriert. Lange liegen sie noch eng umschlungen unter der Eiche. Georg lächelt und sieht Brigitte in die Augen.

»Was is?«

»Des mit der Schlangenphobie kriegen wir hin.«

»Und wie?«

»Des war doch grad ein kleiner Schritt gegen die Phobie, aber ein großer Schritt für unsere Beziehung.«

In diesem Augenblick setzt sich ein weißer Falter mit schwarzen und roten Punkten auf das Knie von Brigitte.

»Was is des für ein Schmetterling?«

»Ein Falter. Ein Apollofalter.«

»Was kostet so ein Falter?«, will Hermine wissen.

»Das könne äh nichte pauschale beantworte«, meint der

etwas deutsch sprechende Angestellte in dem neu eröffneten Tattoostudio Moneglias.

»Das äh hängen ab von de Stelle von Korper und äh von de Große von de Faltere und äh Colore, Senora.«

»Ich überlege mir das noch. Ciao.«

»Ciao Bella.«

Hermine geht wieder. Sie ist sich noch unschlüssig. *Jimmy for ever* ist so einsam eingebrannt in ihrem Körper. Der hat doch Gesellschaft verdient. Etwas Fröhliches, etwas Buntes. Ein Schmetterling wäre vielleicht das Richtige. Ist sie selbst nicht auch ein Schmetterling?

Früher, ja früher, da war sie ein Schmetterling und jetzt? Was ist sie jetzt? Sie hat sich abgekapselt. Der Schmetterling hat sich in eine Puppe verwandelt. Ist das normalerweise nicht andersrum? Warum ist das bei ihr so gelaufen? Sie war doch ein so bunter Schmetterling, der nicht lange gefackelt hat, ein Schmetterling, der sich auf die Blüten setzte, der gaukelte von einer Blüte zur anderen. Ein Schmetterling, der das Leben genoß. Das Leben in seiner Vielfalt, in seiner Unbeschwertheit, in seiner Großartigkeit. Und dann kam dieser andere Schmetterling, ein Schmetterling, der noch bunter war als sie, der das Leben in noch größeren Zügen genoß und der sie von der Blüte, auf der sie glaubte sich festgesetzt zu haben, einfach vertrieb. Die Blüte hat nichts unternommen, im Gegenteil, die ließ sich einfach einnehmen von diesem neuen Schmetterling und war ganz gefangen, was ihr da alles geboten wurde. Hatte sie selbst nicht genug geboten? Sie hatte doch genug Erfahrung gesammelt auf den anderen Blüten. Einmal muss doch Schluss sein mit den Erfahrungen. Irgendwann muss man sich doch verankern. Verankern dürfen.

Was hat das aus Hermine gemacht, weil sie sich nicht verankern durfte, weil sie von dem sicher geglaubten Ankerplatz vertrieben wurde? Es machte aus ihr eine junge, gekränkte Frau, eine Frau, die sich zurückzog, ohne Willen zum Kampf. Sie fuhr wieder heim nach Deutschland, dorthin, wo sie hergekommen war. Dort wo sie sich jetzt wie eine Fremde vorkam. Dort wo es keine Plätze gab für bunte Schmetterlinge. Dort wo man wieder zur Puppe werden musste. Diese Puppe gebar dann bald ein Püppchen, das ihr die nicht mehr erreichbare Blüte geschenkt hatte und dieses Püppchen musste behütet werden. Aus diesem Püppchen sollte kein Schmetterling werden, der von einer Blüte zur anderen gaukelt. Wie auch, wenn es hier kaum Blüten gab, die diesen Schmetterling verdient hätten? Und so wurde aus dem Püppchen eine fast achtundvierzigjährige Puppe, aus der jetzt hier in Moneglia erst der Schmetterling schlüpft, was Hermine noch nicht weiß, aber ahnt.

Hermine schlendert vom Tattoo-Studio zur Piazza Fabio Marengo, setzt sich unter einen Sonnenschirm der Antica Osteria und bestellt einen Espresso. Nachdem sich die drei Tütchen Zucker aufgelöst haben, nippt sie an der kleinen Tasse. Ja, das Leben kann süß sein, wenn man es zulässt.

Nach Deutschland zurückgekehrt, ließ Hermine keinen Mann mehr an sich ran. Wie auch? Sie musste sich doch Tag und Nacht um das Püppchen kümmern. Vor fünf Jahren sah sie dann einen Reisebericht über die Cinque Terre in irgendeinem dritten Programm. Sie wollte gerade wegschalten, denn es tat irgendwie weh, da sah sie plötzlich diesen Typen mit den langen Haaren. Vielleicht zwei Sekunden und nur von hinten. Aber sie war sich sicher, denn wie ein Blitz durchfuhr es ihren Körper. Das war Jimmy. Diese Nacht tat sie kein Auge zu. Am nächsten Tag war sie im Tattoo-Studio. Wenn sie schon nicht bei Jimmy sein konnte, dann sollte er bei ihr sein. Und zwar hinten, denn er ging ihr doch am Arsch vorbei. Dachte sie. Sie dachte falsch, denn seit diesem Tag war er beim Aufwachen in ihrem Kopf und beim Einschlafen ebenso. Nur zugestehen wollte sie sich das nicht. Nicht zugestehen hatte sie gelernt in diesen neunundvierzig Jahren.

Als ihr Brigitte vor zwei Wochen zu ihrem Geburtstag diese Busreise nach Moneglia schenkte, konnte sie sich nicht freuen. Sie wollte schon eine Krankheit vortäuschen, brachte es dann aber nicht übers Herz, denn Brigitte war so euphorisch. Ist manchmal im Leben doch etwas vorbestimmt? Sollte sie ihre Tochter wieder enttäuschen, wie sie es schon so oft getan hatte? Sie stieg mit einer solchen Angst in diesen Bus, ließ sich aber nichts anmerken. Sie wollte sein wie immer und das war ihr auch gelungen. Lange war ihr das gelungen auf dieser Fahrt. Aber je näher sie ans Ziel kamen, desto gelöster wurde sie. Was macht dieses Italien, was macht dieses Moneglia da mit mir, dachte sie.

Als Hermine dem Ober winkt, um zu zahlen, kommt das junge Pärchen vom Bus und fragt, ob man sich zu ihr setzen dürfe.

»Ja gerne.«

Hermine bestellt noch einen Espresso. Mit vier Tütchen Zucker.

So weiß wie Zucker ist Bene nicht mehr. Er sitzt auf seinem Schwimmreifen und schaut hinaus auf das Meer, während sich seine Haut allmählich verfärbt. In seinen Gedanken ist er hin- und hergerissen. Er mag diese Italiener doch gar nicht. Diese fußballspielenden Schauspieler. Einer von diesen hat sich nun auch noch seine Vroni geangelt. Wie konnte sie ihm das antun? Die Frauen sind ja einigermaßen erträglich. Also zumindest eine. Na ja, die spielt ja auch nicht Fußball. Aber mit der Vroni kann die sowieso nicht mithalten. Denn, denn, denn,…ja warum denn? Genau, weil die kein bayerisch kann und das konnte die Vroni. Jetzt hat er die Begründung. Geht doch. Da kommt Paul.

»Bene, wie siehst du denn aus?«

»Warum, wia schau i denn aus?«

»Wie ein Krebs.«

»Wia schaut denn a Krebs aus?«

»Na so wie du jetzt. So rötlich.«

»I schau doch aus, wia immer.«

»Geh lieber mit mir ins Wasser. Im Wasser kann dir die Sonne nichts anhaben.«

»Wenn du moanst, Paul, dann geh'n wir halt.«

»Cool, dann lerne ich dir schwimmen.«

Das kühle Wasser tut der Haut von Bene gut. Er fühlt sich wohl in seinem Schwimmreifen. Paul umrundet ihn laufend.

»Schau mal, Bene, wie ich mich bewege. Das ist ganz einfach. Das kannst du auch. Du musst das so machen wie ein Frosch.«

»Aha.«

»Versuchs doch mal.«

Bene ahmt die Fußbewegung von Paul nach so gut er kann. Mit den Armen geht das nicht, die halten sich am Reifen fest.

»Bene, das sieht schon mal gar nicht so übel aus. Ich denke, du bist lernfähig.«

»Schau ma moi, wia lernfähig dass du bist.«

»Und jetzt versuche das mal ohne Reifen.«

»Des geht ja gar ned. Ohne Reifen geh i unter wia a Brootz.«

»Wie was bitte?«

»Ja a Brootz halt. A Brootz is a Frosch, bloß fetter.«

»Ah, ich verstehe, du meinst eine Kröte.«

»So kann ma aa sag'n, wenn ma ned bayerisch kann.«

»Pass auf, ich kann das. Ein Protz.«

»Brootz, Paul, Brootz. Des lernst du nie!«

»Wetten, ich kann schneller bayerisch als du schwimmen.«

»Wir ham doch scho' g'wettet. Pass auf, wenn du bayerisch kannst, dann kriegst du von mir einen Eisbecher, so groß wia…..«

»Wie der Mt. Everest?«

»Größer, so groß wia da Wendelstein.«

Werner liegt neben Hilde auf seinem Liegestuhl im Schatten und beobachtet den Schwimmunterricht. Ja er hat Bene auch beobachtet, als der allein am Strand auf seinem prall gefüllten Reifen in der ebenso prallen Sonne saß. Das geschieht diesem Bene jetzt gerade recht. Das ist die Rache. Die Sonne rächt ihn, da muss er sich selbst gar nicht drum kümmern. Einmal nicht kümmern. Hat ja auch was. Er hat sich nämlich über den Bene geärgert, denn schließlich sah er das als seine Aufgabe an, für die Befüllung dieses Reifens zu sorgen. Er hatte ja auch schon alles in die Wege geleitet und dann ist der Bene einfach weg. Durchgebrannt mit dieser Valentina. Das alleine würde schon reichen sich zu ärgern. Aber dann auch noch diese blöde Sehnenscheidenentzündung. Die macht ihm ganz schön zu schaffen. Was ist, wenn ihn heute seine Hilde wieder abweist. Die treibt ihn noch dazu, Linkshänder zu werden.

Den ganzen Tag ist schon Funkstille. Mit Funkstille wird das natürlich nichts. Die muss beendet werden. Aber wer beginnt? Natürlich er. Kurs: *Im Anfang liegt die Kraft.*

»Verstehst, i organisier des mit dem Flicken von dem Schlauch und dann geh'n de allein hin und mich lassen's einfach stehen.«

»Misch di halt ned überall ein, Werner.«

»Des is doch kein Einmischen.«

»Doch des ist es. Vielleicht wollten die zwei allein sein.«

»Allein sei? Wia soll denn des geh, Hilde? Er versteht kein italienisch und sie kein deutsch. De können doch gar ned miteinander red'n.«

»Manche versteh'n sich, ohne zu reden.«

Hoffnung keimt auf in Werner. Jetzt nichts falsch machen.

»Geh'n wir auf's Zimmer, Hilde? Vielleicht versteh'n wir uns aa, ohne zu reden.«

»Naa. I mag jetz am Strand bleiben. Wenn wir scho' Urlaub hab'n, dann möcht' i auch was hab'n davon.«

»Dann geht's dir ja genau so wie mir. I geh jetz in eine Bar, i möcht' auch was hab'n vom Urlaub.«

Werner dampft beleidigt ab. *Im Anfang liegt die Kraft.* Ein Scheißkurs war das!

18

Es ist viertel vor zehn des nächsten Tages. Also für Italien sehr früh am Morgen. Trotzdem liegen die ersten Badegäste schon am Strand und freuen sich auf die Sonne, das Meer, den Cappuccino, die Frauen auf den spannenden Krimi zum Lesen und die Männer auf die hübschen italienischen Senorinas in ihren knappen Bikinis, die man hinter der Sonnenbrille so wunderbar ungestört beobachten kann. Alle blicken sie natürlich in Richtung Meer. Wenn sie sich umdrehen würden, so in Richtung Piazza Garibaldi, dann würden sie ein Schauspiel ganz anderer Art erleben. Da wandert nämlich eine Bürste in Richtung des nach Sestri Levante führenden Tunnels. Wie von Geisterhand wandert sie von Ost nach West. Was man vom Strand aus nicht sehen könnte, falls sich jemand zufällig doch umdrehen würde, ist der Rudi. Der hält nämlich die Teleskopstange, auf der diese Bürste befestigt ist, ganz unten fest. Auf dreimeterundfünfundsechzig hat er diese Teleskopstange ausgefahren.

Seit seiner Ankunft in Moneglia trieb den Rudi schon die Sorge um, wie er denn mit dem Nepomuk nach Portofino kommen solle, was schließlich Teil des Programms war. Über die Berge zurück auf die Autobahn, das wollte er sich nicht unbedingt nochmal antun. Da war einfach guter Rat teuer. Letzte Nacht kam ihm dann die Idee. Er lag fast die ganze Zeit wach, konnte nicht schlafen. Es war zu heiß. Das Zimmer hatte sich schon den ganzen Tag von der Sonne aufgewärmt und dann lag auch noch dieser nackte Bene neben ihm. Nicht dass ihn seine Nacktheit heiß gemacht hätte. Gott bewahre, selbst für einen ungläubigen Menschen. Aber dieser Bene war von einer weißen Neonröhre zu einer roten Glühlampe mit mindestens tausend Watt geworden. An Schlaf war da nicht mehr zu denken. So stand er schon um sieben auf, war der erste und um diese Zeit einzige beim Frühstück und machte sich dann auf den Weg zu Nepomuk. Der stand friedlich und glänzend in der Morgensonne. Vom Bewacher keine Spur. Hatte er ihm zu wenig bezahlt? Aber Nepomuk war heil. Rudi holte die Teleskopstange mit der aufgesteckten Kaschmirbürste heraus und lehnte sie an den Nepomuk. Dann stellte er das Teleskop genau auf die Höhe von Nepomuk ein. Dreimeterfünfundsechzig. Und so marschierte er dann los. Vom Bahnhof über die Via Antonio Caveri in Richtung Piazza Garibaldi, dorthin, wo dieser verdammte Tunnel mit der Höhenangabe von drei Metern seinen Anfang nimmt. Vielleicht stimmt diese Angabe ja nicht. In Italien kann man sich schon mal um den einen Meter hin oder her verschätzen.

Die Ampel steht noch auf rot. Punkt viertel vor zehn schaltet sie auf grün. Dieser Tunnel ist nämlich nur einspurig zu befahren. Die Autos vor Rudi fahren los, Rudi lässt sie alle durch. Dann ist er an der Reihe und geht mit dem aufgestellten Teleskopstab an dessen Spitze die wunderbare Kaschmirbürste steckt, los. Rudi denkt sich da überhaupt nichts dabei. Luigi, der Carabiniere von Moneglia, der gerade auf seinem Motorrad an der Piazza Garibaldi lehnt und eine Zigarette durchzieht, schon. Das ist doch typisch. Die Kollegen von der vorgesetzten Dienststelle in Sestri Levante haben ihn mal wieder nicht informiert, dass da Reinigungsarbeiten im Tunnel sind. Auf die kann man sich einfach nicht verlassen. Wenn der Tunnel in Moneglia jetzt auf grün steht, wird er in ein paar Minuten wieder rot sein und in Sestri Levante dann auf grün umschalten. Das muss er verhindern. Muss man denn alles alleine machen? Luigi tritt seine Zigarette aus. Schade drum. Gerade mal zu einem Drittel geraucht. Aber Dienst ist Dienst. Wenn man diesen Beruf wählt, dann mit Hingabe. Er schwingt sich auf sein Motorrad, hält am Eingang kurz an, schiebt die bereitstehende Barriere vor den Tunnel und springt wieder aufs Motorrad. Dann geht es mit einhundertfünfzig Sachen durch den Tunnel. Wann hat man dazu schon mal Gelegenheit. Rudi spürt nur den Luftzug. Was war das für ein blaues Licht? In Sestri Levante kommt Luigi ein paar Minuten später an. Gerade noch rechtzeitig. Jetzt stellt er auch hier die Straßenabsperrung auf. Da kann die Ampel noch so oft auf grün springen. Absperrung ist Absperrung. Die wird jetzt auch noch von Luigi bewacht. Da kommt erst wieder jemand durch, wenn er es sagt. In der Zwischenzeit spaziert Rudi gemütlich durch den Tunnel. Er hatte sich das schwieriger vorgestellt, hatte die Befürchtung, dass er ständig an den Rand ausweichen müsse wegen des Verkehrs. Aber hier ist es echt ruhig. Kein Auto, kein Motorrad, nur er mit der Bürste. Bald merkt Rudi, dass die Bürste um so eher die Tunneldecke berührt, je weiter er sich an den Rand begibt. In der Mitte ist Luft nach oben. Nicht viel, vielleicht so dreißig Zentimeter, doch das würde ja reichen. Aber ist diese Tunnelhöhe gleichbleibend oder ändert sie sich? Na ja, bei dem wenigen Verkehr kann er weiter marschieren. Ab und zu öffnet sich der Tunnel ein paar Meter, aber dann geht es gleich wieder ab in die Dunkelheit. Um zwanzig Minuten nach zwölf kommt Rudi in Sestri Levante an. Was ist denn hier los? Ein Polizist auf einem Motorrad mit Blaulicht und dahinter Autos ohne Ende. Rudi schiebt die Teleskopstange zusammen und stellt sich auf die Seite. Der Polizist kommt auf ihn zu und murmelt etwas wie *finito?* Rudi nickt. Nicken ist immer gut. Dann schiebt der Polizist eine Absperrung auf die Seite und deutet auf den Soziussitz. Rudi setzt sich drauf und dann geht es mit Blaulicht und einer sagenhaften Geschwindigkeit durch den Tunnel. Auf der anderen Seite stehen wieder Autos ohne Ende. Auch hier wird die Barriere abmontiert. Die Ampel schaltet auf grün. Die Autoschlange hört gar nicht mehr auf. Da denkt sich der Rudi:

Genau den richtigen Zeitraum erwischt. Jetzt möchte er nicht im Tunnel sein. Tunnel passt. Portofino, wir kommen.

Nicht gekommen ist letzte Nacht der Werner. Als Hilde aufwachte, war sein Bett leer. Auch nicht schlecht, dachte sie, dann kann er wenigstens nicht lästig sein. Das kam öfter mal vor, dass Werner eine Nacht wegblieb. Dann, wenn er beleidigt war. Die letzten Jahre war er immer öfter beleidigt. Hilde wusste auch warum. Ja sie hielt ihn schon kurz. Aber beide gehen auf die fünfzig zu, da muss das doch nicht mehr sein. Das muss er doch selbst auch mal einsehen. Aber offensichtlich steigt mit seinem Leibesumfang auch die Testosteronproduktion. Ihr gibt das nichts mehr ab. Na ja, eigentlich hat es ihr noch nie viel bedeutet. Ein bisschen hin- und her springen, ein bisschen keuchen, fertig. Das gehört wohl zu einer Ehe. Aber doch jetzt nicht mehr.

Und dieses ewige Gequatsche von Werner, dann auch noch seine Einmischerei in die Angelegenheiten aller möglichen Leute. Ja sie gibt es zu, er nervt sie. Aber Werner hat auch seine Vorzüge. Das ist auch klar. Ohne seinen Verdienst bei den Staubsaugerfritzen könnte sie sich ihren Lebensstil und vor allem ihre Kleidung nicht leisten. Also ab und zu ein bisschen Zischen, dann ist wieder mal einige Zeit Ruhe. Und wenn es gar nicht anders geht, gut, dann wird halt mal wieder ein bisschen gekeucht. Geht ja schnell vorüber.

Hilde liegt jetzt in ihrem Liegestuhl am Strand in einem schlichten, schwarzen Badeanzug mit Nietenbesatz von Norma Kamali. Ihre Augen schützt eine Sonnenbrille von Prada vor der gleißenden Sonne, so dass sie ihre Vogue in Ruhe lesen kann. Sie freut sich schon auf Portofino. Übermorgen soll es dorthin gehen. Vielleicht findet sie dort endlich ihre Traumtasche und sie kann dann endlich auch ihre alten Sachen in die Kleidersammlung geben. Schließlich hat sie das meiste schon fünf, sechs Mal getragen. Da muss wieder was Neues her. So wie diese Rosi ein paar Meter neben ihr möchte sie nicht daherkommen. Den Badeanzug hat die wahrscheinlich bei C&A gekauft. Jeder halt wie er kann. Was ist der Mann von der noch mal? Irgendwas mit Straßenkehrer. Dann bleibt wohl nur C&A. Na ja, da ist sie mit ihrem Staubsaugervertreter direkt gut dran. Und dann auch noch der Junge von dem Straßenkehrer. So ein Kind verbraucht ja auch allerhand Geld. Und Energie. Sie wusste schon, warum sie keine Kinder wollte, auch wenn das Werner nie verstand. Aber ein Mann muss sie ja auch nicht auf die Welt bringen. Sie möchte sich gar nicht vorstellen, wie ihre Figur jetzt aussehen würde, wenn sie ein Kind bekommen hätte. Größe vierunddreißig könnte man da vergessen. Wahrscheinlich sechsunddreißig oder gar achtunddreißig. Oder wenn es ganz schlecht gelaufen wäre, vierzig, so wie diese Rosi da drüben. Nein danke. Dann schon lieber glücklich im Badeanzug von Norma Kamali, Größe vierunddreißig ohne Kind und ohne Werner hier am Strand liegen und in der Vogue blättern. Alles richtig gemacht. Gott sei Dank. Nein falsch. Spirale sei Dank.

Bei C&A hat Rosi ihren Badeanzug natürlich nicht gekauft. Nein, das ist nicht ihr Laden. K&L hat da gute Sachen, vor allem fällt bei denen alles ein bisschen größer aus. Normal hat sie tatsächlich Größe vierzig, aber der rote Badeanzug, den sie heute trägt, hat in achtunddreißig ganz gut gepasst. Achtunddreißig steht zumindest auf dem Etikett und das ist es, was zählt. Diese Hilde da neben ihr, die brezelt sich jeden Tag auf, da fragt man sich schon, wozu denn. Sie ist doch schon verheiratet, da muss man doch nicht immer aussehen, als ob man auf Männerfang gehen würde. Was diese Kleidung von Hilde alles kostet, das möchte Rosi gar nicht wissen. Aber die haben ja auch kein Kind. Dann schon lieber ein bisschen sparsamer leben und dafür ein Kind haben. Vor allem so eines wie Paul. So klug, so aufgeweckt und so schlagfertig. Ganz die Mama. Von Alois hat er da wenig. Gott sei Dank. Nein, ihren Genen sei Dank. Alois ist halt der Ruhepol in der Familie. Einerseits ganz gut, aber so ruhig wie der, das passt ihr auch nicht. Und zwar schon gleich gar nicht. Ja, das nervt sie sogar und gewaltig auch noch. Andererseits, wenn er so wäre wie dieser Werner, das wäre noch schlimmer. Den hätte sie schon längst zum Mond geschossen. Wo ist der denn überhaupt? Den hat sie den ganzen Tag noch nicht gesehen, auch gestern beim Abendessen nicht und beim Frühstück heute war er auch nicht da. Da muss sie heute Abend mal aufpassen, wenn der Mond aufgeht, ob da ein Mann im Mond ist. Dann kann das nur der Werner sein. Alois nicht, der liegt ja neben ihr und schläft, was auch sonst.

»Mama, gehst du mit mir ins Wasser?«

»Paul, du woaßt doch ganz genau, dass i da in Italien ned ins Wasser geh.«

»Warum fährst du dann überhaupt nach Italien?«

»Ja wegen dir und wegen dem Papa halt.«

»Wegen mir musst du nicht hierherfahren, Mama. Ich gehe genau so gerne zum Baggerweiher. Und wegen Papa auch nicht. Der schläft daheim genau so gut. Ihr seid echt langweilig.«

Echt langweilig. Also das ist ja ein starkes Stück. Rosi klatscht einen ihrer Badepantoffeln mit voller Wucht auf den Bauch von Alois, der erschreckt hochfährt.

»Vati, du bist echt langweilig. Des sagt sogar der Paul. Los, geh sofort mit ihm ins Wasser.«

»Aber…«

»Keine Widerrede. Wo is denn der Bene, Paul?«

»Der hat gesagt, er könne heute keinesfalls am Strand liegen.«

Das könnte der Bene heute tatsächlich nicht. Es sei denn, er wäre schmerzunempfindlich und lebensmüde. Das ist der Bene nicht. Liegen war die ganze Nacht schon eine Qual. Deife, Deife, des brennt ja wie in der Hölle. Da war er zwar noch nicht, aber so könnte es sein. Bene wusste gar nicht, dass er so viel Haut hat. Als er heute früh aus dem Bett kroch, stand eine Tube auf seinem Nachtkästchen. Soventol steht auf dieser Tube und auf dem Zettel daneben *Dick auftragen und heut nicht in die Sonne gehen, Rudi.*

Bene hat dann erst geduscht. Kalt. Er hat trotzdem gedampft. Abtrocknen war schon wieder die Hölle. Das hat er schnell aufgegeben. Er war auch so gleich trocken und dann hat er die Salbe auf alle roten Stellen aufgetragen, also auf das Gesicht, auf den gesamten Oberkörper und auf die Arme und die Beine. Schließlich hat er sich ganz vorsichtig angezogen. Die Unterhose war heute total trocken. Beim Frühstück war keine Valentina zu sehen. Schade. Keine Valentina, kein Baden, keine Sonne! Was soll man da den ganzen Tag machen? Vielleicht ein bisschen das Städtchen anschauen. Mit Haag wird es nicht mithalten können, aber blöd rumsitzen wollte er auch nicht.

Und so ist Bene jetzt in Moneglia unterwegs. Über die Via Dell'Oratorio kommt er zur Via Vittorio Emanuele, ein enges Gässchen mit bunten Häusern und kleinen Geschäften. Wenigstens sind diese Häuser verputzt, nur an ein paar Stellen schauen die Natursteine heraus. Aber komisch angestrichen, meist gelb oder so ein ins braun gehender Ton, erdfarben. Oft blättert die Farbe auch schon ab. Haben die auch keine Maler, wenn sie schon keine Maurer haben in diesem Scheißitalien? Oder sind die Farben hier zu teuer? Die müssten mal die weißen Häuser in Haag sehen. Aber schöne Blumen, das muss er zugeben, schöne Blumen haben sie. Oleander oder wie das alles heißt? Da ist er sich nicht ganz sicher. Blumen hat immer die Vroni gemacht. Jedenfalls sind es keine Geranien. Das weiß er. Von Rollos haben sie auch noch nichts gehört, diese Italiener. Fensterläden haben die! Hölzerne. Grün angestrichen. Schön altmodisch. Mittelalter. Und an die Wäscheleinen quer über die Gasse hängen sie ihre Unterhosen. Von wegen teures Zeug, wie der Werner sagte. Ausgeleierte Fetzen sind das. Wie kann man die einfach so aufhängen? Haben die keinen Wäschetrockner oder keinen Garten mit Wäscheleine? Wie kommen die überhaupt an die Wäscheleine ran? Mit einer Leiter? Ein komisches Volk ist das schon hier. Aber unfreundlich sind sie nicht. Das muss er schon zugeben, der Bene. Überall, wo er aufkreuzt mit seiner Lederhose, den Haferlschuhen, dem Trachtenhemd und seinem Hut, da lächeln sie. Und sie schauen ihm auch nach. Aber das würde er nur sehen, wenn er sich umdrehen würde. Das tut er aber nicht. Was riecht da auf einmal so gut? Das ist irgendwie ein vertrauter Geruch. Kommt von da vorne. Ist das eine Bäckerei? Nein kann nicht sein, dann würde ja Bäckerei draufstehen, da steht aber Panetteria drauf. Was ist das im Fenster? Das sind Kuchen. Tatsächlich. Die schauen gar nicht mal so schlecht aus. Und der Geruch? Woher kennt er diesen Geruch? Irgendwie ein vertrauter Geruch. Das muss er jetzt wissen, der Bene. Er geht rein. Eine Verkäuferin, dunkelhaarig, Mitte vierzig, lächelt ihn an.

»Bon giorno.«

»Aaaah. Hier riechen gut. Kuchen?«

»Boooh?«

Klar, er muss ja italienisch sprechen, sonst versteht ihn doch niemand.

»Kucheno?«

»Boooh?«

»Kucheno.«

Die Verkäuferin versteht ihn wohl trotzdem nicht. Sie hebt die Schultern. Vermutlich kann sie nicht italienisch. Gastarbeiterin.

Und dann sieht Bene endlich diesen Kuchen, von dem der Geruch, der ihm das Herz irgendwie warm werden lässt, kommt. Hinter der Glastheke steht ein ganzes Blech davon. Das sind doch… Linzer Schnitten. Linzer Schnitten in Italien? Na ja, warum nicht. Die gab es ja in Haag auch, als die Vroni noch da war. Und Haag hat auch nichts mit Österreich zu tun. Der beste Kuchen, den die Vroni machte. Benes Lieblingskuchen. Acht Jahre hat er diesen nicht mehr gegessen. Da muss man nach Italien fahren, um wieder mal an Linzer Schnitten ranzukommen. Bene grinst von einem Ohr zum anderen. Das ist ansteckend. Die Verkäuferin tut es ihm nach. Bene legt seinen Zeigefinger auf die frisch geputze Scheibe und deutet auf die Schnitten.

»Kucheno.«

»Questo????«

»Ja, questo. Wenn der bei euch questo hoaßt, dann halt questo.«

»Va Bene.«

Wahnsinn. Jetzt kennt ihn diese Verkäuferin auch noch. Er war doch noch nie in diesem Ort. Das gibt es doch nicht. Nur Wagner, Wagner können sie scheinbar nicht aussprechen. Oder die kürzen alles ab.

»Wagner Bene. Naa ned Wagner Bene, Wagnero Bene.«

Die Verkäuferin lächelt wieder und holt das Blech hervor.

»Uno???«

»Naaa, uno spielen wir bei uns ned. Schafkopfen!«

»Non capisco.«

Sie zeigt mit dem Daumen die Eins an.

Bene nickt. Dann packt sie die Schnitte ein und legt sie auf den Tresen. Bene legt mal fünf Euro hin und bekommt vier zurück. Na ja, teuer san sie nicht hier. Des Stückerl ist ja gar nicht so klein. Ein Euro. Kann man nix sagen.

»Danko.«

»Ciao.«

Tatsächlich. So schwer is dieses italienisch gar nicht. Der Werner hatte Recht.

Den Kuchen hält Bene in seinen Händen wie eine Kostbarkeit. Vorsichtig führt er ihn an seine Nase. Unverkennbar. Wie von der Vroni. Bene sucht sich ein schattiges Plätzchen und findet in der Nähe der Kirche Santa Croce ein kleines Mäuerchen, das ganz im Schatten liegt. Dort setzt er sich drauf und entfaltet feierlich das Papier, das seine Kostbarkeit umhüllt. Der wunderbare Geruch steigt ihm sofort in die Nase. Lange sieht er den Kuchen an. Er riecht nicht nur so, sondern er sieht auch so aus, wie der von der Vroni. Zumindest ähnlich. Dann ist es so weit. Bene beißt ein Stückchen ab und lässt es lange auf der Zunge liegen. Er hat die Augen geschlossen und trotzdem laufen zwei kleine Tränen über seine rechte Wange. Er beißt noch einmal ab.

»Ned ganz so wie von der Vroni, aber gar ned so schlecht, der Questo.«

Ganz langsam isst er Stück für Stück. Und ganz langsam genießt er, der Bene. Genießen konnte er noch nie, jetzt auf einmal geht das. Wie kann das sein? Er ist doch nicht in Bayern, er ist doch in diesem Schei…, in diesem Sch….., in diesem Italien. So scheiße ist es gar nicht, aber Bayern, Bayern, nein Bayern ist es noch lange nicht. Das wird es auch nie sein. Da ist sich der Bene sicher.

Nachdem er den letzten Bissen gegessen hat, schleckt er mit seiner Zunge noch alle Brösel vom Papier. Dann knüllt er das Papier zusammen und geht zu dem ein paar Meter entfernt stehenden Abfallkorb. Plötzlich hält er inne. Er steckt das Papier in seine Hosentasche. Der Geruch steckt da noch drin, so einen Geruch kann man doch nicht einfach wegwerfen.

Bene, Bene, was geschieht mit dir?

Als er weiter geht, kommt er an einem Obst- und Gemüsestand vorbei. Ungläubig bleibt er stehen. Alles so bunt, und

Fürchte, die hat er noch nie gesehen. Dabei sind das Melonen, Mangos, Ananas, Papayas, Granatäpfel, Datteln, Feigen, Avocados, Auberginen, Artischocken und Ingwer, also Früchte, die er durchaus auch bei REWE oder EDEKA finden hätte können. Aber halt nicht bei seinem Metzger und Bäcker in Haag. Was diese Italiener alles essen? Ein Graus! Tomaten sind auch dabei. Die kennt er, na, die will er dann mal probieren, ob die mit den Tomaten, die er manchmal von der Wirtin, der Anni, geschenkt bekommt, mithalten können?

Eine Verkäuferin steht schon neben ihm und hält erwartungsbereit eine Papiertüte in der Hand. Sie lächelt. Freundlich san's. Da kann ma nix sag'n.

»Tomato.«

»Prego?«

»Tomato.«

»Non capisco.«

»Kapiskos kenn i ned.«

Bene zeigt auf die Tomaten.

»Tomato.«

»Ahhh questo.«

»Questo???? Koan Kuchen. Nix Kucheno. Den Unterschied zwischen Tomaten und Kuchen kenn i grad no. Ganz blöd bin i ned.«

Die Verkäuferin schaut ein bisschen irritiert. Mit fragendem Gesicht lächelt sie ihn trotzdem an. Sie hat ein sehr gewinnendes Lächeln und sie lächelt so lange, bis auch Bene lächelt. Gewonnen! Bene deutet wieder auf die Tomaten und sagt lächelnd mit einem Hauch von Bitten in der Stimme:

»Tomato.«

»Ahhh. Pomodore. Va bene.«

Er hat doch kein Namensschild auf seinem Trachtenhemd. Versteckte Kamera? Bene lächelt jetzt nicht mehr. Nein er strahlt, als ihm die nette Verkäuferin die Tüte in die Hand drückt und mit einem Finger wieder uno anzeigt. Ist dieses Italien ein Ein-Euro-Laden?

»Danko.«

»Ciao.«

Bene holt eine Tomate aus der Tüte und beißt rein. Er beißt noch mal rein. Die Tomaten von der Anni haben ihm immer gut geschmeckt. *Allerbest* heißt die Sorte angeblich, hat die Anni zumindest gesagt. Aber die Tomate jetzt aus der Tüte, die kann nicht *Allerbest* heißen. Aber wie dann? Wie ist die Steigerung von Allerbest? Er isst noch mal eine. Maler und Maurer haben sie scheinbar nicht in diesem Italien, aber Tomaten, mein Lieber, Tomaten können sie machen. Das muss man ihnen lassen.

Plötzlich erstarrt das Gesicht von Bene. Was ist das? So ein schönes Schaufenster hat er noch nie gesehen. Macelleria steht auf dem Gebäude. Da muss man nicht übersetzen können, das was er da im Schaufenster sieht, zeigt ihm eindeutig, dass es sich hier um eine Metzgerei handelt. Nichts wie rein. Hinter dem Tresen steht ein Mann in Benes Alter, allerdings nicht so groß wie er, dafür aber doppelt so breit. Der weiße Kittel, den er trägt, hat ein aufwändiges rotes Muster. Handarbeit. Bei näherem Hinsehen, merkt man, das ist kein billiger Druck, nein, das ist Natur, das ist Blut. In der Hand hält der ein Schlachtermesser, das dasselbe Muster trägt. Das Gesicht des Metzgers erinnert Bene an die Tomatenverkäuferin, nicht weil es so freundlich ist, aber so tomatenrot.

Aus dem Mund dieses Gesichtes kommt jetzt ein *Prego.* Aber kein *Prego* mit fünf Fragezeichen, sondern ein *Prego* mit acht Ausrufungszeichen.

»Weißo Wursto?????????????????????«

Auf so viele Ausrufungszeichen gehören noch mehr Fragezeichen. Jetzt haben auch die diesem Gesicht zugehörigen Augen acht Ausrufungszeichen.

»Paolo!!!!!!!!«

Ein weiterer rot bemusterer Kittel kommt. Zwanzig Jahre jünger, zwanzig Kilo weniger, zwanzig Ausrufungszeichen mehr.

»Prego !!!!!!!!!!!!!!!!!!!!!!!!!«

»Weißo Wursto????? Zuzzzzzzzzeln???????«

Jetzt erst sieht Bene, dass der jüngere weiße Kittel kein Schlachtermesser hält, dafür aber ein Schlachterbeil. Auch mit schönem Muster. Spontan entschließt sich Bene das Zuzzeln den beiden nicht in der Gebärdensprache näher zu bringen. Stattdessen zeigt er unvermittelt auf eine Wurst, die in der Theke liegt. Nicht, weil ihm diese Wurst besonders gefällt, sondern weil ihm diese Wurst am Nächsten ist.

Der ältere Kittel spießt eine vierzig Zentimeter lange Bardiccio auf sein Messer, wickelt sie in Papier und knallt sie auf den Tresen. Bene hält ihm einen Euro entgegen. So viele Ausrufungszeichen kann der Bene jetzt auf die Schnelle nicht zählen.

»Tre!!!!!!!!!!!!!!!!!!!!!!!!!!!!!!!«, ertönt es aus dem tomatenroten Gesicht, während die Hand, die kein Messer umklammert, drei Finger ausstreckt.

Bene zieht schnell einen Fünf-Euroschein raus.

»Passto schono. Pfüado gotto.«

Weg ist der Bene mit seiner Bardiccio. Eins hat er daraus gelernt. Italien ist doch kein Ein-Euro-Laden. Als er sich dann auf eine Bank unter einem Kastanienbaum setzt, lernt er gleich noch zwei Dinge. Diese Italiener haben scheinbar doch ein bisschen Kultur, die haben zwar keine Biergärten, dafür aber wenigstens Kastanienbäume. Und eine Weißwurst haben sie auch nicht, dafür aber eine andere Wurst. Die ist zwar nicht so weiß wie eine Weißwurst, aber auch nicht so kurz. Und zuzzeln kann man die auch.

Valentina zuzzelt in diesem Augenblick nicht, aber sie knabbert. Sie knabbert nicht richtig, nein, sie hat an etwas zu knabbern und das macht sie irgendwie traurig und irgendwie auch wieder stolz. Valentina hilft ihrer Tochter beim Packen. Olivia wird nämlich weggehen. Weg von ihr, von der Mama. Und dann auch noch so weit weg. Bis nach Genua. Das sind ja mindestens siebzig Kilometer. Wird das Mädchen das schaffen? Wer passt jetzt auf sie auf? Wird sie jeden Tag etwas Gesundes essen? Vergisst sie nicht auch immer genug zu trinken? Wacht sie am Morgen rechtzeitig auf? Sie hat doch so einen tiefen Schlaf. Verirrt sie sich nicht auf dem Weg zur Uni? Findet sie wieder zur Wohnung zurück? Findet sie in Genua einen anständigen Studentenjob? Lässt sie sich dabei nicht übers Ohr hauen? So einen tollen Job, den sie jetzt in der schönen Osteria in Manarola bei diesen lieben Leuten hat, gibt es dort bestimmt nicht. Findet sie nette Freunde? Wie sind die Kommilitonen?

So vieles geht Valentina durch den Kopf. Das Mädchen

ist doch noch so jung. Achtzehn Jahre und dann in die Ferne. Klar, sie war damals auch in Genua, aber da war sie viel älter. Und Genua ist nicht Moneglia. Das ist eine Großstadt mit all ihren Gefahren. In zwei Wochen wird ihr kleiner Schatz in dieser Metropole sein. Ja, da kann man nicht früh genug anfangen zu packen. Erstmal zwei Koffer. Denn mehr kann das zierliche Ding doch nicht schleppen. Sie kann ja immer noch etwas nachholen. Dann muss sie wenigstens bald wieder zurückkommen. Soll sie ihr vielleicht sogar nur einen Koffer mitgeben? Dann müsste sie noch schneller zurückkommen.

»Olivia, nicht nur so dünne Blusen. In Genua ist es nicht so warm wie in Moneglia, das ist im Norden.«

»Mama, Genua liegt doch nicht in den Alpen.«

»Aber auch nicht mehr weit entfernt davon. Was ist das?«

»Ein Rock, das sieht man doch.«

Valentina hält den Stoff an ihren eigenen Körper.

»Ein Rock?? Das ist doch gar nichts. Schau mal.«

»Mama, du bist doch viel länger als ich. Bei mir sieht das ganz anders aus.«

»Olivia, mit dem Ding kannst du doch gar nicht sitzen in der Uni. Das ist ja ordinär.«

»Wer sagt denn, dass ich das in der Uni anziehe?«

»Wenn du es anderswo anziehst, bleibt es trotzdem ordinär. Hast du überhaupt etwas Passendes zu diesem Ding?«

»Ja klar, das da.«

Olivia zeigt ihr ein hellgrünes Bustier.

»O.k. Und was ziehst du da drüber?«

»Das ist schon das Darüber, Mama.«

»Olivia!«

In Valentinas Stimme liegt kein Vorwurf, keine Zurechtweisung und keine Anklage. In Valentinas Stimme liegt einfach nur Sorge. Sorge einer Mutter.

»Mama.«

In Olivias Stimme liegt kein Aufbegehren, keine Wut und keine Bockigkeit. In Olivias Stimme liegt einfach nur Trost. Trost einer Tochter.

Und doch sind Valentina und Olivia viel mehr als Mutter und Tochter, sie sind Freundinnen. Das Verhältnis zwischen den beiden war schon immer geprägt durch gegenseitiges Verständnis und innige Liebe. Die beiden konnten schon immer über alles reden. Das hat Valentina ihrer Tochter früh beigebracht. Sie haben keine Geheimnisse voreinander.

Lange sehen sie sich jetzt in die Augen und dann umarmen sie sich.

»Versprichst du mir, dass du gut auf dich aufpasst?«

»Das weißt du doch Mama.«

»Si.«

Während Brigitte und Georg wieder auf rein naturwissenschaftlicher und vor allem biologischer Exkursion sind, geht eine andere Mama, nämlich Hermine, suchend durch die Altstadt von Moneglia. Wo soll sie anfangen zu suchen? Der Reisebericht im Fernsehen damals ging vor allem um die Cinque Terre, also um Monterosso, Vernazza, Corniglia, Manarola und Riomaggiore. Aber natürlich auch um Städtchen wie Levanto, Sestri Levante und eben auch Moneglia.

Wie vertraut ihr dieses Moneglia noch ist. Da hat sich ja gar nichts verändert. Wie ist das möglich? In Deutschland ist heute alles völlig anders als vor neunundvierzig Jahren. Und hier? Als ob die Zeit stehen geblieben wäre. Eine neue Straße, das ist alles. Sogar die Menschen sehen aus wie früher. Die Luft, der Geruch, die Wärme, die Geräusche. Sie saugt das in sich auf. Warum ging sie von hier weg? Warum nur? Gehörte sie nicht immer hierher? War sie es selbst, die sich den Zugang hierher versperrt hatte?

Hermine geht von einer Bar zur anderen. Überall schaut sie rein. Aber um diese Zeit. So früh am Nachmittag. Nein da kann sie ihn nicht in einer Bar finden. Das muss sie am Abend machen. Am Abend hat sie vielleicht eine Chance. Jetzt nicht. Da, das Tattoo-Studio. O.k. Jetzt ist wenigstens eine Entscheidung gefallen. *Jimmy for ever* soll nicht alleine bleiben. Jimmy braucht einen Schmetterling. Er braucht wieder einen Schmetterling.

»Ahhhh Bella. Heute Smettalinge?«

»Si, heute ist es so weit.«

»Und welches Stelle?«

»Rechte Arschbacke.«

»Non capisco.«

Hermine zieht sich ihren Rock hoch und schiebt das Höschen auf ihrer rechten Seite von unten nach oben.

»Hier hin und so groß.«

Mit dem Daumen und dem Mittelfinger zeigt sie etwa sechs Zentimeter an.

»Si. Colore?«

»So bunt wie möglich.«

»Welches Farbe?«

»Alles was Sie da haben.«

Der Tätowierer zieht ein Fotobuch heraus und gibt es ihr.

»Hier suche. Alles Mustere. Alles schön. Bellissimo. Alle ich abe gemachte.«

Hermine nimmt das Buch und blättert. Darin findet sie die Kunstwerke des Meisters auf den verschiedensten und intimsten Körperteilen von Männern und Frauen.

Schöne Arbeiten. Bunt. Und da, tatsächlich ein Falter. So ein schöner, kleiner Schmetterling. Den möchte sie haben. Und zwar genauso wie der ist. Der Tätowierer lächelt. Auf welchem Körperteil sitzt denn dieser Falter? Oh Gott. Das ist ja ein männliches Körperteil. Ein kleiner bunter Falter auf diesem Körperteil. Da kann so ein kleiner Falter durchaus auch mal zum großen exotischen Schmetterling werden. Aber dieses Körperteil kennt sie doch. Speziell dieses individuelle Körperteil. Schon wegen dem Muttermal neben dem Falter.

»Wohnt der in Moneglia?«

19

Die Sonne blinselt schon recht aktiv ins Zimmer. Rosi öffnet vorsichtig ein Auge. Dann das andere. Mehr Aktivität ist bei ihr noch nicht drin. Der Kopf schmerzt höllisch. Das hatte sie schon lange nicht mehr. Sie hatte aber auch schon lange nicht mehr zwei Flaschen Wein getrunken. Der Alois neben ihr schnarcht. Auch dieses Schnarchen hatte sie schon lange nicht mehr gehört, denn Alois trank an einem Abend höchstens vier Weißbier. Gestern waren es elf.

Einen großen Tisch hatten sie gestern nach dem Abendessen zusammengestellt. Bestimmt an die zwanzig Leute sind da bis spät in die Nacht gesessen. Den Paul hatte Rosi so gegen elf ins Bett geschickt. Später hatte dann diese Valentina noch ein paar Flaschen Limoncello gebracht. Da blieb keine übrig. Alle haben viel gelacht und viel geredet. Und dann hat der Alois einen Witz nach dem anderen erzählt. Der Alois! Rosi hatte ihn noch nie so gesehen und gehört. Das war richtig schön. Dieser Bene war auch nicht verkehrt. Der hat auch viel gelacht. Einmal hat er gesagt, er habe in seinem Leben noch nie so viel gelacht. Aber sonst war er eher ruhig. Immer hat er dieser Valentina nachgesehen. Verliebt nachgesehen. Das hatte die Rosi gleich gemerkt. Als Frau merkt man so etwas. Der soll sich da mal keine Hoffnungen machen. Die ist doch viel zu jung für ihn. Der Rudi hatte einen Katalog dabei, wo er überall hinfährt. Da haben sich gleich einige eingetragen für die nächsten Fahrten. Jetzt ist das mit dem Klo ja auch kein Problem mehr. Nur die Hilde, die war sehr wortkarg. Hat auch nicht gelacht. Erst glaubte die Rosi, die Witze wären ihr zu ordinär, aber da war etwas anderes. Als Frau merkt man auch so etwas. Die Rosi hat dann einfach gefragt. Dann ist sie auch rausgerückt, die Hilde. Als ob sie auf so eine Frage gewartet hätte. Der Werner sei zwar öfter mal weg, wenn ihm was nicht passe, aber jetzt sei die zweite Nacht schon halb rum und er wäre immer noch nicht da. Da stimme was nicht. Rosi hat sie dann getröstet, so weit das mit ihrem Alkoholpegel ging und gesagt, so wie der aussehe, brauche sie sich keine Sorgen machen, der bekäme bestimmt keine andere ab. Da hatte die Hilde dann irgendwie komisch geschaut. Als die Rosi und der Alois später in ihr Zimmer kamen, hatte der Paul tief geschlafen. Das wär jetzt eine gute Gelegenheit gewesen, mal wieder ein bisschen zusammenzurücken. Der Alois war schließlich auch gut drauf. Die Rosi hat dann diese Gelegenheit tatsächlich gleich beim Schopf gepackt. Der Schopf war auch bereit, aber die Rosi ist dann mit dem Schopf in der Hand eingeschlafen. Dann war der Schopf beleidigt und legte sich wieder hin. Der Alois auch.

»Vati, du schnarchst.«

Der Alois schnarcht weiter.

»Vati, du weckst noch den Bub'n auf.«

Der Alois hört nichts. Rosi nimmt ihren Pantoffel und haut dem Alois wieder mal auf den Bauch. Platsch.

»Häääääää.«

»Is doch wahr. Wenn du so schnarchst.«

Rosi sieht das leere Bett von Paul und schaut auf ihre Armbanduhr, die auf dem Nachtkästchen liegt.

»Ja um Gottes Willen. Viertel nach zehn. Jetz aber raus Vati, sonst gibt's nix mehr zum Frühstück und des Frühstück ham wir schon bezahlt. Des is dabei.«

Schnell machen beide etwas Katzenwäsche. Den Alois würde sie später ohnehin mit Paul wieder ins Meer schicken und sie selbst kann nach dem Frühstück ja auch noch duschen. So, jetzt aber ab.

Als die beiden kurz vor dem Frühstücksraum sind, kommt ihnen Paul schon entgegen.

»Da würde ich jetzt mal lieber nicht reingehen.«

»Gut'n Morgen sagt ma' erst moi.«

»Einen wunderschönen guten Morgen wünsche ich, auch wenn es bald Mittag ist.«

Auf den Mund fallen, nein, das kennt der Paul nicht.

»Sei ned so frech, Paul. Warum sollt'n wir da jetzt ned reingeh'n?«

»Weil die da drin grad Gruppensex machen.«

»Waaaaaaas?«

»Haaaaaa?«

Rosi lässt sich davon nicht aufhalten. Sie stürmt in den Saal, Alois und Paul folgen ihr. Der ganze Saal ist trotz der fortgeschrittenen Morgenstunde noch gut gefüllt und alle stopfen sich nach diesem vorangegangenen Abend ihre Mäuler voll.

»Paul, ich geb dir ja glei' eine saftige Watsch'n. Wie kommst du denn auf so einen Schmarrn?«

»Du hast doch vor ein paar Tagen selbst gesagt, Essen ist der Sex des Alters.«

»Wo er recht hod, hod er recht«, sagt der Alois. Der Alois!!!!

Die Rosi sagt nichts mehr. Die Rosi!!!!

Viel ist nicht mehr übrig auf dem Buffet. Ein paar Scheiben Wurst, etwas Brot und Marmelade. Die Rosi winkt dem Ober, der etwas deutsch kann.

»Ja was soll denn des sei? Nennen Sie des Frühstück?«

»Is se schon eine bissi spät. Ähh, Frühstücke normale bis halbe elf.«

»Und jetz is es grad mal drei Minuten nach halb elf. So penibel muss ma ja aa wieder ned sein, oder? Da hätt ich ja gleich in Deutschland bleiben können, wenn es so genau geht. Verstehen? Jetzt mal gehen in Küche und holen. Käse. Wursti!

Haben bezahlen, dann wollen auch essen.«

»Aber, Sie müssen…«

»Ich gar nix müssen. Sie müssen müssen. Basta und Avanti.«

Bei so gutem Italienisch versteht der Ober natürlich die Rosi und geht schleunigst in die Küche. Mit einem großen Teller Wurst und einem großen Teller Käse kommt er zurück. Dass ihm das alles vorher auf den Boden gefallen ist und er ganz zufällig mit seinen Füssen draufgetreten ist, das muss die Rosi ja nicht wissen.

»Per favore bella.«

Strahlend überreicht er Rosi die Köstlichkeiten.

»Warum denn ned glei'? Geht doch.«

Als die Rosi bald darauf ihren Hunger stillt, sagt sie:

»Schmeckt anders als sonst. Irgendwie würziger.«

Rosi hat noch den ganzen Mund voll, da kommt Hilde.

»Hast du den Werner g'sehn?«

»Naaa! Sag bloß, der is noch ned da.«

»Der is noch ned da.«

»Dann müss' ma den such'n. Lass mich no schnell fertig frühstücken, dann helf i dir. Und du Vati, du hilftst auch mit.«

»Hmmmm.«

»Darf ich mit dem Bene zum Baden gehen, Mama?«

»Von mir aus. Aber bleib ned immer zu lang im Wasser.«

Die Rosi lässt sich vom Ober noch Brot bringen und belegt sie mit Wurst und Käse. Für unterwegs. Man hat das ja schließlich alles bezahlt. Man vereinbart, sich in fünfzehn Minuten an der Rezeption zu treffen. Das Duschen muss heute warten. Schnell noch etwas Achselspray an die gefährlichen Stellen, auch beim Alois, und ab zum vereinbarten Treffpunkt. Rosi in weißer Jeans und hellblauer Bluse, die sie am Bauch verknotet hat, so wie das auf dem Werbeplakat von K & L abgebildet war. Als Kopfbedeckung trägt sie eine im Ton zur Bluse passende Kappe, die sie eigentlich für Paul gekauft hat, weil sie im Angebot war. Dem Paul ist sie aber noch zu groß. Irgendwann wird er reinwachsen. Die Kappe setzt sie mit dem Schild nach hinten auf. Das macht jünger. Dem Alois verpasst sie ein T-Shirt mit Palmen und seine Urlaubspants. Das ist eine ausgediente Jeans, die die Rosi kurz unterhalb der Knie abgeschnitten hat. Der Schnitt ist jetzt ein bisschen verfranst, das sieht dadurch aber wahnsinnig verwegen aus, obwohl man von den schönen Wadeln des Alois gar nicht so viel sieht, da er die weißen Strümpfe in seinen Sandalen ebenfalls bis kurz unter das Knie gezogen hat. Ganz anders kommt Hilde daher. Sie erinnert in ihrem hautengen geschlitzten langen Rock, den roten Pumps und der beigen ausgeschnittenen Bluse an Sophia Loren im Film *Wie herrlich, eine Frau zu sein.*

An der Rezeption sind zum Gück noch die Pässe hinterlegt. Hilde lässt sich Werners Personalausweis geben und schon zieht das Trio los. Aber wo anfangen? Am Naheliegendsten sind die Bars. Die haben aber noch geschlossen. Also erst mal Passanten fragen. Hilde setzt einen verzweifelten Gesichtsausdruck auf und geht zunächst mal auf einen kurz vor der Rente stehenden Bauarbeiter zu, der auf dem Corso Libero Longhi mit seinem Minibagger ein Loch verfüllt. Langsam lässt er den gerade aufgeladenen Sand in das offen stehende Loch rieseln, dann fährt die Schaufel mit einem Ruck zum Sandhaufen, vor dem Hilde steht. Gerade noch rechtzeitig kann er stoppen und schimpft auf Italienisch wie es die Rosi nur auf Deutsch könnte. Die Schaufel verdeckt ihm die Sicht auf Hilde, nur der Rock ist zu sehen. Als Hilde einen kleinen Schritt nach vorne macht und dadurch ihr linkes Bein in seiner gesamten Länge freigibt, fährt die Baggerschaufel noch langsamer, als sie vorher den Sand rieseln ließ, nach oben. Der Bauarbeiter hatte an diesem Tag noch keinen Alkohol getrunken. Sind das Entzugserscheinungen? Ist er jetzt in einem Film gelandet? Ist sie es oder ist sie es nicht? Hilde kommt auf ihn zu. Ganz langsam, schon aus Vorsicht. Schaufel ist Schaufel, auch wenn es nur ein Minibagger ist. Sie hält dem Arbeiter den Personalausweis von Werner entgegen.

»Haben Sie den in den letzen zwei Tagen gesehen? Er ist jetzt ein bisschen dicker, aber man kann ihn trotzdem noch gut erkennen?«

Der Bauarbeiter schaut sich das sehr lange an. Da er eine dunkle Sonnenbrille trägt, kann Hilde allerdings nicht sehen, dass die Augen dieses Mannes keine Information über Werners Bildnis an das Gehirn weiterleiten, sondern sich in Hildes Ausschnitt festgesetzt haben. Auge an Hirn: ja oder nein? Hirn an Unterlippe: hochziehen. Hirn an Auge: tiefer blicken. Auge an Hirn: nein. Hirn an Unterlippe: Ausgangsstellung. Hirn an Stimmbänder: nein.

»No.«

Hilde kann nicht wissen, dass die in das Gehirn dieses Bauarbeiters eingebrannten Synapsen ihren Ausschnitt mit dem der Sophia Loren verglichen und demzufolge ein *no* unausweichlich war. Für ein *si* hätte Hilde beim Schönheitschirurgen noch ein, zwei Größen drauflegen lassen müssen. Ein *si* hätte ihr aber nichts geholfen, denn der Arbeiter hatte den Werner ohnehin nicht gesehen.

Auch dem Fensterputzer in der Via Vittorio Emanuele, dem Gemüseverkäufer in der Via Fratelli Botto und dem Eisdielenbesitzer auf der Piazza Garibaldi ist der Ausschnitt von Hilde unbekannt, obwohl sie ihn alle für durchaus ansehnlich finden. Nachdem vier auf einer Parkbank sitzende Männer, die zusammen an die dreihundertsechzig bis dreihundertachtzig Jahre zählen und Hilde von oben bis unten bewundernd mustern, auch noch ein Autogramm fordern, entschließt sich das Trio für einen Strategiewechsel. Das heißt, die weiblichen Triomitglieder entschließen sich, das männliche Mitglied gibt sein Einverständnis mit einem deutlichen »Hmmmmm.«

Hilde kauft zwei Seidentücher. Mit dem gelben bedeckt sie ihren Ausschnitt, mit dem schwarzen ihr Haupt. Sophia Loren ist von der Sexbombe zur italienischen Mama geworden, eine Mama wie in ihrem letzten Kinofilm *Nine*. Das hat Wirkung. Alle Augen richten sich nun vom Personalausweis sorgenvoll auf diese verschleierte Frau und wieder zurück zum Personalausweis. Die Männer schütteln mitleidig die Köpfe, die Frauen verdrücken die eine oder andere Träne. Arme Frau. Warum trauert sie? Ist der Mann gestorben?

»So kommen wir ned weiter«, meint die Rosi schließlich. »Gib mir mal den Ausweis. Wir müssen des anders anpacken.«

Hilde händigt ihr das Papier aus. Da sieht Rosi erst, dass Hilde weint. Richtig verzweifelt ist sie. Rosi hätte gar nicht gedacht, dass der Werner ihr so viel bedeutet. So kann man sich täuschen.

»Keine Angst, Hilde. Wir finden den.«

»Und wenn nicht? Was mach ich dann?«

»So ein Koloß wie der Werner, geht nicht verloren.«

»Vielleicht ist ihm was passiert.«

»Der Werner, der weiß sich scho' zu helf'n. Ganz g'wiß.«

Zielstrebig steuert Rosi auf ein entgegenkommendes Ehepaar zu. Touristen. Das ist eine gute Strategie. Touristen haben eher ein Auge auf verloren gegangene Männer. Und die hier, die kommen auch noch aus Deutschland. Das ist gut, mit denen kann man sich wenigstens verständigen. Aber sie kommen aus Nordrhein-Westfalen. Das ist wieder nicht gut. Die hinterfragen alles.

»Ham Sie den da schon mal g'sehen?«

»Guten Tach. Sie kommen wohl aus Bayern.«

»Wieso?«

»Dat hört man.«

»Wia möcht'n Sie des jetz hör'n. I red' doch eh hochdeitsch.«

»Na, wir waren schon öfter in der Ecke. Da gewöhnt man sich an die eigenartige Sprache. Sonst hätten wir nich die geringste Chance, Sie zu verstehen. Da ist ja Italienisch noch einfacher. Was sagst du Trude?«

»Das sehe ich genauso, Mann. Wer soll das denn sein auf Ihrem Ausweis?«

»Des is der Mann von ihrer. Also der Mann von dieser Frau da. Der gäht ab.«

»Wie bitte?«

»Der ist abgängig.«

»Abhängig? Drogen?«

»Abgängig, Mann. Sie müssen entschuldigen, mein Gatte hört nich mehr so gut. Wir hatten früher eine Diskothek in Gütersloh, toller Schuppen, aber laut, sach ich Ihnen. Na ja, ich habe das ganz gut überstanden, aber bei meinem Gatten sind die Gehörgänge in Mitleidenschaft gezogen worden. Hörgerät? Nööh, da weigert er sich strikt. Männer. Na, Sie haben ja auch einen wie ich sehe. Da kann man reden und reden. Aber das hilft alles nichts. Geben sie mir das Bild mal. Was ist denn mit dem?«

»Den such'n wir.«

»Ja, ja, dat habe ich mitbekommen. Aber warum suchen Sie ihn denn? Hatten Sie Streit? Kommt in den besten Familien vor. Sie glauben ja nich, wie bei uns beiden früher die Fetzen geflogen sind. Mittlerweile sind wir ja bedeutend ruhiger geworden, nicht wahr, Mann. Unvorstellbar, wie oft ich meinen Mann früher gesucht habe. Klar, der hatte auch zu tun, das gebe ich zu. Ich sach nur eins. Großmarkt. Ständig war der im Großmarkt. Bei einer Diskothek gibt es immer etwas einzukaufen. Vor allem Alkohol. Manchmal kamen wir gar nich mehr nach. Die haben ja früher getrunken. Was sach ich? Gesoffen haben die. Da redet man heute oft von der Jugend, nich, Komatrinken und so. Aber war das früher anders? Sagen Sie doch selbst mal, war das anders? Wohl in Bayern auch nich, ihr trinkt dort ja immer diese Maaaßen, wir bei uns Kurze. Hauptsächlich Korn. Guck mal, Mann, kennst du den?«

»Nö! Noch nie gesehen. Wat is' mit ihm?«

»Na, die Herrschaften tun ihn suchen. Wie lange ist er denn schon abgängich?«

»Des is doch egal. Mia ham Eana doch nur a oafache Frage g'stellt, ob Sie den da kennan oder ned. Ob Sie früher a Diskothek g'habt ham oder ned, des is uns doch wurscht. I woaß ned, warum ihr Preißn allerweil auf a normale, ganz oafache Frage, ned oafach a oafache Antwort geb'n könnt's. Is denn des so schwer. I erzähl euch doch aa ned, dass i no nia bei euch da drob'n war und a nia da rauffahr'n dat, weil mir des oafach z'bläd is, scho alloa weg'n dera blödn Fragerei.«

Da steht die Rosi jetzt aber da. Mit offenem Mund steht die da. So viel auf einmal vom Alois. Ja das gibt's doch gleich gar nicht. Sie kann sich beim besten Willen nicht erinnern, dass der im Stück schon einmal so viel geredet hätte. Nicht einmal bei seinem Heiratsantrag. Da hatte er gesagt, *magst oder magst ned.* Da der Alois allerdings nicht so geübt ist in einer klaren Aussprache und schon gar nicht in der hochdeutschen Aussprache, steht jetzt das Ehepaar auch mit offenem Mund da. Trude fängt sich als erste.

»Wat war dat?«

»Ob Sie den da schon mal g'sehn ham. Eine einfache Frage!«

»Nö! Haben wir doch schon gesacht. Sprechen wir so undeutlich?«

Unverrichteter Dinge und ohne überflüssige Worte geht

das Trio weiter und kann dann nicht mehr hören, wie sich Trude bei Ihrem Gatten beschwert:

»Da fahre ich nich mehr hin, Mann, zu diesem bayerischen Urvolk. Du kannst machen, wat du willst, aber nich mit mir. Nur schade, dat diese schöne Gegend dort von diesen Menschen bevölkert wird. Und weißt du wat? Ich kenne diesen Menschen auf dem Ausweis.«

»Is dat dieser Wirt aus Bayerischzell, dieser Toni? Der is auch so korpulent.«

»Nö! Mann o Mann. Kennen wir den nich von der Messe in Wächtersbach? Der Staubsaugerfritze?«

Das Gespräch hat durstig gemacht.

»I hab jetz einen ganz trocknen Mund vor lauter Reden«, sagt die Rosi.

Wie macht sie das sonst? Hat sie immer etwas zu trinken dabei?

»Wie schaut's bei dir aus, Vati?«

»Hmmmm.«

»Hilde?«

»Geht's ihr da rein, i such weiter. Ich möchte keine Zeit vergeuden.«

»Hilde, du kommst mit. Du musst auch trinken bei der Hitz'n. Und ein bissl was essen müssen wir auch. Dann geht des alles glei' wieder besser.«

In der Pizzeria Il Molo bestellt Rosi gleich mal drei Liter Wasser. Das geht so schnell, da hat der Alois nicht einmal Zeit überhaupt darüber nachzudenken, ob er vielleicht ein Weißbier mögen würde.

»Ich lad' dich ein, Hilde. Essen müss'n wir auch was.«

Gut, dass die Rosi die Hilde einlädt. Die hat nämlich gar kein Geld dabei. Die Rosi bestellt eine Pizza, auf drei Tellern. Essen ist nämlich wichtig, aber zuviel ist auch wieder nix.

Das tut allen jetzt gut. Das Sitzen, das Trinken und das Essen.

Auch der Trost. Rosi hält die Hand von Hilde und streichelt sie.

»Des wird scho wieder. Koa Angst.«

Hilde bekommt feuchte Augen.

»Vati, komm, nimm du die andere Hand.«

So sitzen sie eine Weile. Rosi mit Hildes rechter Hand und Alois mit Hildes linker Hand. Ja, wenn es drauf ankommt, dann hält es schon zusammen, dieses bayerische Urvolk.

Der Ober stellt beim Abräumen noch drei Grappa hin. Das tut noch mal gut. Hitze von außen und Wärme von innen. Rosi hält dem Ober Werners Ausweis entgegen.

»Kennen Sie den?«

Aus dem Gesicht des Obers verschwindet das Lächeln und macht einem misstrauischen Blick Platz. Rosi weiß, jetzt muss sie wieder die Initiative ergreifen, sonst sagt der nix. Womöglich meint der, sie kämen von der Mafia. Sie zeigt mit dem Finger auf sich und auf Alois.

»Polizia! Polizia Germania!«

»Booooh?«

»Vati, tu mal deinen Dienstausweis raus.«

»Aber…«

»Des is doch wurscht. Der woaß doch ned was da drauf steht.«

Alois zieht seinen Autobahnmeistereiausweis, der aber auch wirklich was hermacht. Der Ober ist sichtlich beeindruckt.

»Polizia?????«

»Si, si. Polizia Germania. Kennen?«

Wieder zeigt sie auf Werners Ausweis und macht dabei ein äußerst bedeutendes und ernstes Gesicht.

»No.«

»Kopie. Tre. Avanti.«

Sie gibt ihm den Ausweis. Der Ober verschwindet.

»Wir müss'n uns aufteil'n. Sonst kommen wir ned weiter. Jetzt werd'n sämtliche Lokalitäten aufg'sucht. Irgendwo finden wir ihn. Hilde mach dir keine Sorg'n.«

»Des sagst du so leicht.«

Der Ober bringt den Ausweis und drei Kopien. Als Rosi zahlen will, winkt er ab. Polizia oder Mafia. Egal. Lieber mal nichts verlangen.

Rosi lässt sich noch einen Stadtplan geben und zerreißt ihn in drei Sektoren. Jeder bekommt einen Teil.

»So. Auf geht's. Alle Lokale, alle Geschäfte und um siebzehn Uhr treffen wir uns im Cafe Hemingway. Alles klar?«

In dem Augenblick, in dem aus dem Trio drei Solisten werden, begibt sich das Duo Bene und Paul in die Strandbar Jolanda.

Auch sie haben jetzt Hunger und Durst, nachdem sie stundenlang am Strand und im Wasser waren.

Paul hatte sich wirklich sehr viel Mühe gegeben. Immer wieder hatte er dem Bene vorgeführt, wie er sich im Wasser bewegen müsse, um auch ohne Reifen schwimmen zu können. Aber der Bene hatte einfach Angst. Ohne Reifen, nein das traute er sich nicht. Paul hat ihm dann sogar alles am Strand vorgeführt. Bene musste sich bäuchlings auf seinen Reifen legen und dann die entsprechenden Bewegungen machen. Da stellte er sich auch gar nicht schlecht an. Rund um die beiden hatte sich bald eine Menschenmenge versammelt und einen Kreis gebildet. Es war nämlich schon ein schönes Bild, der Bene auf dem Reifen mit Trachtenhemd und Trachtenhut. Wegen der Sonne halt. Die Beine und die Arme schneeweiß. Der Paul hatte eine ganze Tube seiner Sonnencreme geopfert. Eine fünfziger. Da hat der Planet keine Chance. Alle haben den Bene dann angefeuert bei seinen Trockenübungen. Das tat ihm so richtig gut. Aber sobald sie wieder im Wasser waren, verließ ihn der Mut.

Es gibt eine deutsche Speisekarte.

»Ich lad' dich ein Paul, weil du dir gar so eine Mühe machst um mi'.«

»Ich hätte sowieso kein Geld dabei gehabt, Bene.«

»Was möchst denn essen?«

»Erstmal etwas trinken. Du solltest auch trinken Bene, wegen dem Flüssigkeitsverlust in der Hitze.«

»Ja, ja, des mach i scho. Moi schaun, ob die a Weißbier ham.«

»Das haben die, Bene. Würde ich dir aber nicht raten. Alkohol tut nicht gut, wenn man in der Sonne ist.«

»Was du ois woaßt. Was soll i denn dann trink'n?«

»Probier es doch einmal mit Wasser.«

»Pfui Deife.«

»Zwei Cola bitte«, sagt Paul als die hübsche Kellnerin in ihrer knackigen, etwas zu engen Jeans vorbeigeht.

»Trinkst du glei' zwei Cola?«

»Nein, eine für dich und eine für mich. Bei dir dauert der Entscheidungsprozeß etwas lange. Da habe ich dir einfach mal geholfen.«

»Bist du ein verreckter Hund.«

»Was?«

»Du bist ein vorwitziges Kerlchen.«

»Und du sprichst ja gar nicht mal so schlecht deutsch.«

Bene muss wieder mal lachen.

Die Kellnerin bringt die zwei Colas.

»Mangiare?«

»Wir müssen noch wählen. Einen Augenblick bitte.«

»Darfst du überhaupt a Cola trink'n?«

»Klar. Das darf ich immer, wenn die Mama nicht dabei ist. Was willst du essen, Bene?«

»Keine Ahnung. Da gibt's ja nix g'scheids. Koane Weißwürst, koan Presssack, ned amoi an Brathering.«

»Was hältst du von Pizza?«

»Pizza? Pfui Deife, kann ma des essen?«

»Sag bloß, du hast noch nie eine Pizza gegessen.«

»Hab i aa ned.«

»Einmal muss man im Leben immer den Anfang machen.«

»Du bist ein Gscheidhaferl.«

»Ein was?«

»Einer der moant, dass er alles woaß.«

Die hübsche Kellnerin kommt wieder und fragt, ob man schon etwas zu Essen ausgesucht hat.

»Wir hätten gerne eine Pizza, und zwar die mit achtunddreißig Zentimetern, belegt mit Tomaten, Sardellen, Paprika und Mozzarella. Auf zwei Tellern bitte.«

Die Kellnerin geht und Paul sieht ihr nach.

»Toller Schinken, was sagst du Bene?«

»Welcher Schinken?«

»Wir sagen in der Schule zum Arsch von unserer Lehrerin immer Schinken. Und der Schinken hat mich jetzt an sie erinnert.«

»Du kannst doch ned einfach eine Pizza für mich b'stelln, wenn i de gar ned mag.«

»Du hast doch noch nie eine probiert. Komm Bene, nicht böse sein.«

Wie soll man so einem Kind böse sein. Dieser Paul ist nicht so wie vorlaute Kinder oft sind, denen man am liebsten eine knallen würde und vor fünzig Jahren auch eine geknallt hätte, nein dieser Paul ist anders. Der ist liebenswert vorlaut. Bene kann das nicht erklären. Der ist so, dass man ihn bei jedem Wort ins Herz schließt. Und das, obwohl er nicht bayerisch spricht. Bene will sich gar nicht vorstellen, wie das wäre, wenn der auch noch seine Sprache reden würde. Vermutlich würde er ihn dann adoptieren wollen. Noch nie ist ein Mensch so nah an den Bene rangekommen. Nicht einmal seine Vroni. Wie macht der das? Liegt das an dem Kind? Liegt das an Benes Alter? Ist er reifer geworden? Mit sechzig reifer? Da ist man doch schon Fallobst. Oder ist er jetzt einfach nur aufgeschlossener? Aber warum? Warum ausgerechnet hier in diesem Italien?

Eine Achtunddreißigzentimeterpizza macht schon was her. Auch wenn sie auf zwei Tellern kommt.

»Bene, einfach mal probieren. Du wirst sehen, die ist gar nicht so schlecht. Wenn es dir überhaupt nicht schmeckt, dann esse ich sie alleine.«

»Du alloa! Des möcht' i sehn.«

Bene will die bereits in einzelne Sektoren geschnittene Pizza mit Messer und Gabel bearbeiten.

»Mühe dich nicht ab, Bene. Eine Pizza darfst du durchaus auch mit den Händen essen. Guck mal, so wie ich.«

Bene beißt vorsichtig ab. Heiß. Kein Presssack, aber…ja besser als gar nix. Schließlich hat er Hunger nach den langen Trockenübungen mit dem Schwimmreifen. Die Sardellen schmecken nicht mal so schlecht. Salzig. Aber salzig ist er ja mittlerweile schon vom Wasser gewöhnt.

»Schmeckt es dir, Bene?«

Zugeben kommt nicht in Frage. Schon gar nicht schnell etwas zugeben.

»I schmeck ned lang, i iss einfach.«

»Das ist schon mal gut. Das erfordert Mut. Wenn du so weiter machst, dann kannst du auch bald schwimmen.«

»Pfui Deife, was is'n des?«

Es hat sich ein Faden vom Teller bis zum Mund vom Bene gebildet, obwohl der schon aufgestanden ist. Paul lacht mit vollem Mund.

»Das ist der Mozzarella. Bene, du siehst so richtig gut aus.«

Paul schneidet den Faden mit dem Messer durch. Jetzt hängt er nur noch fünfzig Zentimeter aus Benes Mund.

Beide lachen aus vollem Herzen als die hübsche Kellnerin kommt und mitlacht.

»Va bene?«

Bene nickt. Abkürzung hin oder her. Wurscht.

»Tutto bene.«

Sie dreht sich um und geht wieder. Beide sehen ihr nach.

»Tutto bene? Jetzt verwechselt sie mi'.«

»Bene weißt du was?«

»Naa.«

»Prosciutto.«

»Wia proschutto?«

»Der Arsch ist prosciutto. Das klingt schöner.«

»Da hast Recht. Wirklich einen scheena Proschutto hat die.«

Als erste sitzt Hilde auf ihrem mageren Proschutto auf der Terrasse des Cafe Hemingway. Niemand hat ihren Werner gesehen. Morgen ist der Ausflug nach Portofino. Wenn Werner morgen noch nicht da ist, was soll sie dann machen? Tränen laufen über ihr Gesicht. Dann kommt Alois.

»Hat ihn bei dir auch niemand gesehen?«

»MmmMmmm.«

Alois zieht ein Taschentuch aus seiner Hosentasche und tröstet Hilde mit einfühlsamen Worten:

»Da. Nimm.«

Um Viertel nach fünf taucht Rosi auf. Schon von Weitem schüttelt sie ihren Kopf.

»Des gibt's doch ned«, ruft sie. »Der kann doch ned vom Erdbod'n verschwund'n sei. Jetz brauch i erst moi einen Sprizz. Du bestimmt auch Hilde.«

Hilde sagt nichts. Rosi setzt sich und wischt sich erst mal den Schweiß von der Stirn. Unauffällig riecht sie nach ihren Achselhöhlen. Sie hat heute ja nicht geduscht. Grenzwärtig.

Die Arme mal lieber nah am Körper lassen, auch wenn das bei der Hitze nicht so angenehm ist.

»Vati, wink du mal dem Ober.«

Der Alois winkt. Der hat auch nicht geduscht. Aber dieser Geruch ist ihm vertraut. Der ist richtig angenehm. Der erinnert ihn nämlich an das Feierabendbier mit den Kollegen.

»Zwei Sprizz und ein Erdinger.«

Sprizz und *Erdinger* verstehen sie alle. Das ist einfach international.

Der Ober stellt die Getränke auf den Tisch. Herrlich. Sogar der Hilde tut der erste Schluck gut. Einfach spritzig. Am Nebentisch sitzt ein einzelner Mann. Typ, ist eher der geeignete Ausdruck. Er ist barfuß und trägt eine alte ausgewaschene Jeans und ein Hemd, das einmal bestimmt bunt war. Ansätze sind noch zu erkennen. Es stammt vermutlich aus den 1960er-Jahren. Die Haare, oder besser gesagt, das was davon noch übrig ist, hat er zu einem Pferdeschwanz zusammengebunden. Wahrscheinlich rasiert er sich einmal in der Woche. Dieser Typ prostet ihnen jetzt mit seinem Glas Whiskey zu.

»A letzter Versuch«, sagt Rosi und beugt sich rüber. »Do you speak english?«

»Ned bloß red'n, aa sing'n.«

Jetzt erst sieht Rosi, dass an dem Tisch dieses Typen eine Gitarre lehnt. Sie hält ihm die Kopie von Werners Ausweis hin.

»Kennen Sie dies'n Menschen?«

Der Typ betrachtet das Bild.

»Klar, des is doch da Werner, oder ned?«

Hilde springt wie vom Blitz getroffen auf.

»Sie kennen ihn?«, ruft sie freudig.

»Klar, mit dem hab i de letzt'n zwoa Nächte da herin beim Hemingway g'soffen. Eine arme Sau is des. Eine richtig arme Sau.«

»A arme Sau?«, will Rosi wissen.

»Ja logisch. Sei Alte mag ned so wia er gern möcht und aa no könnt.«

»Wo is der jetz?«, schreit Hilde.

»Ja, wo wird der scho sei? Der liegt halt am Strand und schlaft sein' Atomrausch aus. Vertrag'n duat der ned vui.«

Hilde läuft sofort los und kann deshalb nicht mehr hören, wie der Typ die Rosi fragt:

»War des sei' Alte?«

»Ja klar.«

»Komisch, die schaut doch no' gar ned so ausgetrocknet aus.«

Der Strand in Moneglia ist nicht groß, aber um halb sechs immer noch ziemlich bevölkert. Ein lebloser Körper kann deshalb nicht sofort ausgemacht werden. Hilde muss schon ein wenig suchen und das ist gar nicht so einfach in Pumps im Sand. Klar könnte sie die auch ausziehen, aber was macht das für ein Bild. Der geschlitzte Rock und barfuß. Nein, das passt einfach nicht. Da muss sie jetzt durch. Auf das kommt es auch nicht mehr an. Sie geht von Liegestuhl, nein, sie geht nicht, sie stapft von Liegestuhl zu Liegestuhl. Einige Italiener blinseln ihr zu. Von Werner keine Spur. Verzweiflung kommt wieder auf. Da fällt ihr Blick auf die Promenadenmauer. Liegt da nicht etwas? Im Sand? Direkt unter der Mauer? Hilde stapft dorthin. Noch fünfzig Meter. Die gelbe Jogginghose und das telekompinke T-Shirt. Werner! Aber wo ist sein Kopf? Da wo sein Kopf sein sollte, ist jetzt ein Handtuch. Hilde zieht es vorsichtig weg. Der Kopf ist noch dran. Gott sei Dank. Atmet er noch? Hilde tastet sich zum Kopf vor. Der sieht nicht gut aus. Total aufgeschwollen. Um Gottes Willen. Hilde legt ihren Kopf an Werners, um zu spüren, ob er tot ist. Als sie gerade einatmet, atmet Werner aus. Er ist nicht tot, aber jetzt sie, zumindest fast. Hilde wirft sich zur Seite und da macht der eben noch aufgenommene Sprizz seinem Namen alle Ehre und legt jetzt den Rückwärtsgang ein. Der heiße und trockene Sand nimmt diese Erfrischung bereitwillig auf. Italienische Vereinigung. Hilde macht das nicht so viel aus, die Kalorien hat sie schon mal weg. Dann wendet sie sich wieder Werner zu und macht etwas, das sie schon sehr lange nicht mehr gemacht hat.

Sie öffnet Werners Hose und fährt ganz vorsichtig mit ihrer Hand hinein. Hilde fühlt und erschrickt, sie erschrickt, weil sie eben nichts fühlt. Aber dann hat sie ihn in der Hand. So prall. Während Werner noch haucht *Hilde, du Wilde*, zieht sie ihn auch schon heraus. Prall gefüllt ist er noch, Werners Geldbeutel. Sie öffent ihn. Sie ist noch da, die goldene Kreditkarte. Deutsche Vereinigung. Portofino ist gerettet.

20

Eine ungewöhnliche Zugfahrt ist das. Ständig geht es in Tunnels und dann wieder raus. Dunkel, hell, dunkel, hell. Haben sich diese Italiener nicht entschließen können? Man könnte doch so einen Tunnel einfach durchziehen, dann hätte man nicht laufend dieses Wechselspiel. Wenn es wenigstens länger hell wäre, aber das hier sind nur immer ganz kurze Abschnitte, ein ganz kurzer Blick auf das Meer und schon geht es wieder ab in die Dunkelheit. Das Auge hat da keine Chance sich einzugewöhnen. Da haben es die Japaner und die Chinesen, die im Zug sitzen, gut, denkt sich Bene. Die merken das vermutlich gar nicht, denn die haben die Augen ja immer irgendwie geschlossen. Valentina sitzt Bene gegenüber. Immer wenn es hell wird, dann strahlt sie. Bene will zurückstrahlen, aber kaum hat er die Mundwinkel zum Strahlen bewegt, ist es schon wieder dunkel.

Als Bene heute früh aufwachte, hatte er noch keine Ahnung davon, dass er zwei Stunden später im Zug nach Vernazza sitzen würde. Das war auch gut so, denn wenn er das schon am Abend zuvor gewusst hätte, dann Gute Nacht, beziehungsweise besser gesagt, dann keine gute Nacht. Er wäre so aufgeregt gewesen, dass er kein Auge zumachen hätte können. So aber schlief er so tief wie schon lange nicht mehr und wollte gerade froh gelaunt in den Frühstücksraum gehen, um noch schnell zu frühstücken, bevor es ab nach Portofino ging. Francesca wartete schon auf ihn und winkte ihn zu sich. Sie gab ihm einen Zettel und lächelte vielversprechend. Bene entfaltete das Blatt und fand darauf groß geschrieben PORTOFINO. Das war aber mit einem roten Kreuz durchgestrichen, dann folgte ein Pfeil nach rechts und danach sah man zwei Strichmännchen. Eines mit Haaren, das andere mit Hut. Über dem mit Haaren war Valentina, über dem mit Hut war Bene geschrieben. Dann wieder ein Pfeil, eine Eisenbahn mit Rauch, noch ein Pfeil und dann stand da noch Vernazza. Bene schaute Francesca mit großen Augen an. Francesca lächelte und sprach Bene wieder einmal mit der Abkürzung an: *va bene*. Dabei zeigte sie mit ihrem Zeigefinger auf die Zehn ihrer Armbanduhr und dann auf die Rezeption. Es war erst halb neun, aber Bene fühlte sich, als ob es drei Uhr Nachmittag wäre und ihn die pralle Sonne aufheize. Er hatte noch kein Frühstück und musste schon zur Toilette. Wie gibt's denn so was? Um neun war der Frühstücksraum dann fast leer. Nur noch Bene und Hermine saßen da. Hermine wollte auch nicht nach Portofino. Sie müsse in Moneglia noch etwas erledigen, meinte sie. Bene ging in sein Zimmer, duschte ein zweites Mal, dann wieder auf die Toilette und duschte schließlich ein drittes Mal. Um viertel vor zehn war er dann an der Rezeption. Punkt zehn kam Valentina. Nein, sie kam nicht. Sie erschien in einem weißen Kleid mit schwarzen Punkten, um die Taille ein roter Gürtel in derselben Farbe wie ihre drei Zentimeter hohen Sandalen. Ihren Hals umschmeichelte ein dünnes, schwarzes Seidentuch und die Sonnenbrille hatte sie lässig ins Haar gesteckt.

»Bon giorno Bene.«

»Bontschorrno Valentina.«

Valentina strahlte noch mehr als zuvor und hob ihren Daumen.

»Grande! Tutto bene.«

Immer wieder ein neuer Name, dachte sich Bene und strahlte zurück. Dann nahm ihn Valentina bei der Hand und zog ihn hinaus.

»Stazione Moneglia. Andiamo.«

Um diese Zeit fährt Rudi gerade von der Autobahn ab. Ausfahrt Rapallo. Von hier ist es nicht mehr weit nach Santa Margherita. Dort wird er parken, denn in Portofino ist das nicht möglich. Von hier können seine Fahrgäste dann den schönen Panoramaweg zu dem mondänen Ort gehen oder den Linienbus nehmen. Ganz wie sie wollen. Rudi selbst wird heute allerdings von Portofino nichts sehen. Nein, er wird bei Nepomuk bleiben, ganz klar, nach diesem Schreck heute morgen.

Als Rudi nämlich um sieben zum Bahnhof kam und Nepomuk freudig begrüßen wollte, da traute er seinen Augen nicht. Nepomuk war nicht da. Erst blieb der Rudi wie angewurzelt stehen, mitten auf dem Bahnhofsvorplatz und dann schaffte er es gerade noch zu einer Pinie. Dort lehnte er sich an. Ein freies Stehen war nicht mehr möglich. Trotz des regen Kommens und Gehens am Bahnhof hörte er nur noch ein Geräusch. Das Pumpern seines Herzens. Bum bum bum bum bum bum machte das. Eigentlich machte es gar nicht bum bum bum bum. Es war mehr ein Dauerton, etwa in der Frequenz des Kammertons. Sein Herz also bei 440 Hertz. Da hätte man jetzt schön eine Gitarre stimmen können. Nach zehn Minuten hatte sich Rudi etwas erholt. Erst Mal ein kleines Stoßgebet: Ja Kreuzkruzifixhallelujahennerdreckamen. Dann konnte er wieder einen klaren Gedanken fassen. Luca! Wie gut, dass er sich das Haus hatte zeigen lassen, in dem Luca wohnt. Rudi läutete Sturm. Keine Reaktion. O.K. Polizei. Die ist ja gleich um die Ecke. Da ging oben das Fenster auf.

»Rudi, biste du?«

»Bürscherl, pass auf…..«

»Eine Augenblicke, glei komme äh runtere.«

Rudi wartete zwanzig Minuten.

»Scusi Rudi. Habe müsse noch rasierere. Espresso?«

»I gib dir glei' einen Espresso. Wo is' der Nepomuk?«

»Nepo…..muke? Häää, non capisco.«

»Mein Bus.«

»Ahhh Bus. Is er auf Parkeplatze.«

»Naaa, da is er ned.«

»Ahhh, verstehen. Jetza andere Platze.«

»Wie anderer Platze????«

»Ware Bauarbeite hier an stazione. Bus in Wege. Verstehen? Jetza stehen in Via Della Liberazione, ganz nahe bei deine Hotel.«

»Und wie kommt der da hin? Du hast doch gar keinen Schlüssel!«

»In Italia nix brauchen Schlussele.«

Tatsächlich stand der Nepomuk dort, unversehrt, innen und außen so sauber, wie ihn der Rudi zurückgelassen hatte. Aber hatte der Nepomuk das letzte Mal nicht tausend Kilometer weniger auf dem Tacho?

Mit einem ohrenbetäubenden Quietschen hält der Zug in Vernazza. Fast alle steigen aus. Die Chinesen, die Japaner und die Amerikaner, die man vor allem an ihren von den Burgern geformten Prosciuttos erkennt. Auch Bene und Valentina stehen jetzt am Bahnsteig und warten nicht nur, bis der Zug abgefahren ist, sondern warten auch, bis die Touristenkarawane verschwunden ist. Dann gehen sie langsam die Treppe vom Bahnhof runter in den kleinen Ort. Es ist erst kurz nach elf, aber die Via Roma ist schon jetzt überschwemmt von Menschen. Ein Sprachengewirr durchströmt das kleine Städtchen. Bene bestaunt die kleinen Läden, die ihre Waren vor den Geschäften anbieten. Kleine, bunte Fläschchen mit Likören, Olivenöl und Essig, Gewürze, Zitronen, Orangen, Wein, Brot, Schinken, Oliven, Tomaten, Knoblauch, Teller, Tassen, Gläser, Tücher, Hüte, Kleider, Hosen, Taschen, alles Mögliche ist zu sehen. Des ganze Dorf ein Tante Emma-Laden, denkt sich Bene. Was mach'n die, wenn's regnet? Riechen tut's ned schlecht. Das muss er zugeben. Verstohlen beobachtet er Valentina, die ihm alles erklärt. Einen stolzen Gesichtsausdruck hat sie dabei. Und immer wieder dieses Lächeln. Von diesem Lächeln kann man sich gar nicht satt sehen. Schade, dass er nichts versteht. Oft hört er seinen Namen und offensichtlich gibt es viele Hunde, weil Valentina immer wieder bellt. Bello oder bella. Dann drängt sie ihn in eine kleine Gasse, es geht bergauf. Viele Treppen. Balkone, Blumen, Wäscheleinen, Unterwäsche. Die mit ihrer Unterwäsche. An einem rosa gestrichenen Haus hält Valentina an und deutet auf die drei Tische, die da stehen.

»Cafe?«, fragt sie.

Ja, warum eigentlich ned. Bene nickt. Sie setzen sich. Hier oben gibt es um diese Zeit noch keine Touristen, aber dafür einen wunderschönen Blick auf den kleinen Hafen von Vernazza und das Meer.

»Bel mare.«

Ja, Bene weiß schon, dass sie zu Meero Mare sagt, aber er will jetzt nicht widersprechen. Hat ja keinen Sinn. Aber Bell Mare. Soll das Meer bellen? Er versucht es auch mal.

»Bell Mare. Mare bell. Auf geht's.«

Valentina lacht. Das Meer bellt nicht. Statt eines Hundes kommt eine alte Mama ohne Zähne. Die hat wohl ausgebellt.

Valentina fragt den Bene:

»Espresso o cappuccino??«

Bene zieht die Schultern hoch.

»Un espresso, un cappuccino.«

Die Mama geht wieder und stellt ihnen nach einer Weile die beiden Kaffees auf den Tisch. Valentina deutet Bene an, er solle sich das aussuchen, was er wolle. Er nimmt den Cappuccino, auf dem mit Milch ein schönes Blatt gezeichnet ist. Er hat dabei aber ein schlechtes Gewissen, weil die andere Tasse so klein ist und fragt deshalb:

»O.k.??????«

»Si, si, o.k.«

Dann deutet er auf die kleine Tasse:

»Des is ja nur a Mai voi.«

»Prego?????«

»Das so klein. Nur eine Schluck. Nur ein Mund voll.«

»Espresso.«

»Aha.«

Bene traut sich gar nicht zu trinken, weil das Milchblatt so schön ist. Die Mama kommt nochmal und stellt einen Teller mit Gebäck auf den Tisch und dann noch je zwei gefüllte Schnapsgläser. Bene nimmt sich ein Gebäck und beißt rein. Hart wie Stahl. Er verzieht das Gesicht. Valentina lacht aus vollem Herzen.

»Cantuccini.«

Dann deutet sie ihm an, dass er diese eintauchen soll. Bene taucht das Stück in die Tasse und zerstört damit das Blatt.

»No. Ha, ha, ha.«

Valentina nimmt sich auch ein cantuccino, taucht es in ein mit Mandellikör gefülltes Schnapsglas und beißt genüßlich ab. Bene macht es nach. Na ja. Schlecht schmeckt des nicht. Aber wenn die des gleich a bissl weicher backen würden diese Italiener, dann könnten sie sich den Schnaps sparen. Obwohl, na ja. Schlecht schmeckt der auch ned. Ein bissl süß, vielleicht.

Valentina legt ein paar Münzen auf den Tisch. Das gefällt dem Bene gar nicht.

»Na, na. Ich zahlen.«

»No. Ciao Sofia.«

Die Zahnlose erscheint und schon sind die Münzen weg.

Dann lacht die Zahnlose, weil lächeln kann sie nicht. Wie auch ohne Zähne? Valentina zieht den Bene auf und deutet nach oben.

»Corniglia, andiamo.«

Aha, kommt jetzt noch eine Kornelia? Schade, Bene wäre lieber mit Valentina allein weitergegangen. Sie steigen noch weitere Treppen nach oben und kommen dann an einen

Wanderweg. Von Kornelia keine Spur. Gott sei Dank. So ist es besser. Der enge Weg führt durch niedrige Sträucher hoch oben über dem Meer. Die Aussicht ist sagenhaft. Das gefällt auch dem Bene. Blaues Wasser so weit das Auge reicht, grüne Hänge, Oliven- und Feigenbäume und terrassenförmige Weingärten mit Reben der Boscotraube. Das alles wird von der leisen Musik der unzähligen Vögel und den immer gegenwärtigen Zikaden untermalt. Valentina bleibt immer wieder stehen und schaut nur. Sie genießt. Das sieht der Bene genau. Und sie lächelt. Bevor sie weitergeht, bellt sie meistens zweimal auf italienisch. Bello bello. Einmal bellissimo. So hat Bene noch nie einen Hund bellen hören.

Da der Weg an manchen Stellen extrem eng ist, gehen sie meist hintereinander. Valentina geht vor. So kann Bene ihren Prosciutto betrachten. Knackig. Bene freut sich jedes Mal, wenn es bergauf geht. Etwa zwei Stunden sind sie so unterwegs, dann führen Stufen bergab. Vor ihnen liegt nun ein Dorf mit bunten Häusern, das auf einen Fels über dem Meer gebaut ist.

»Corniglia.«

Aha, hier wartet dann wohl die Kornelia.

»Mama, darf ich da mal zum Hafen laufen, guck mal, die tolle Yacht.«

»De Leut müssen Geld ham. Schau moi Vati. Wem wird de wohl g'hör'n. Ganz weiß is die. Schneeweiß. Vielleicht g'hörts gar dem Bunga-Bunga-Baron. Wia heißt der glei' wieder, Perlusconti, oder so? Wahrscheinlich hat er a paar von seine Trutscherl da drauf auf sei'm Schifferl.«

»Mama darf ich jetzt oder nicht?«

Der Bub hat eine Energie. Jetzt waren sie doch grad zwei Stunden unterwegs zu Fuß von Santa Margherita bis hierher nach Portofino. Ein wirklich schöner Weg war das. Die meisten sind ja mit dem Linienbus gefahren, die Hilde und der Werner sogar mit dem Taxi. Aber Rosi wollte auch mal was Sportliches machen und der Alois hatte auch nichts dagegen, der hat dann auch gleich *hmmm* gesagt. Mit der Brigitte und dem Georg waren sie unterwegs. Das war nett. Der ist schlau, der Georg. Was der alles weiß. Jeden Strauch, jede Blume, jeden Vogel hat der gekannt. Und der Paul, der hat ihn durchlöchert mit seinen Fragen. Aber auf jede Frage eine Antwort. Da hat der Alois geschaut. Gut, sie schon auch, das muss sie zugeben. Und so verliebt wie die zwei sind. Die ganze Zeit haben die Händchen gehalten. Schön. Und dann wieder Bussi, Bussi. So jung sind die doch auch nicht mehr. Mei, aber wenn man halt so verliebt ist. Bei einem Kloster sind sie vorbeigekommen. Madonna di Nozareggo. Da hat der Georg dann die Brigitte gefragt, ob sie da rein wolle, aber das wollte sie nicht. Wie eine Klosterfrau habe sie lange genug gelebt, hat die dann gesagt. Und einen Ausblick auf das Meer hatte man von diesem Weg. Einmal hatten sie sogar ein Kreuzfahrtschiff gesehen. Aida ist da drauf gestanden. Da hat der Georg dann gleich zu singen begonnen. Das wär auch aus Aida, meinte er. Da ist der Rosi dann die Lust auf eine Kreuzfahrt gehörig vergangen. Wenn man sich dort die ganze Zeit so ein Zeug anhören muss.

»Ja, dann lauf halt, Paul, wenn du noch gar ned müd bist. Wir warten da.«

Schließlich muss man seinem Kind auch mal Auslauf geben. Hier kann ja nicht groß etwas passieren. Der ganze Platz vor der Yacht ist wie leergefegt. Nur ein Liebespaar steht davor und küsst sich. Als Paul in deren Nähe kommt, hören die sofort auf sich zu küssen und fangen an zu schimpfen. Aber nicht gegenseitig, sondern auf den Paul. Da haben die aber nicht mit der Rosi gerechnet. Der Paul war ja schon schnell, aber die Rosi, die ist jetzt olympiareif. Und schon ist sie an dem Schauplatz.

»Ja was erlaub'n Sie sich Ihnen da? Meinen Sie, bloß weil Sie sich da so ein Protzschiff leisten können, dürft'n Sie so ein kleines Kind zusammenscheißen wie Sie grad so wollen. Warum müssen's denn hier schmusen? Geh'ns halt auf ihr Protzdingsbums da, wenn Sie's schon nicht mehr aushalten können. Aber solche wie Sie kommen mir grad recht. Sie meinen, Ihnen dat die ganze Welt g'hören, ja des meinen Sie. Ich kenn die Sorte von Menschen, die wo so sind wie Sie san. Fahren Sie mit Ihrem Trum da sonst wohin, zum Beispiel nach Honolulu, weil des is wahrscheinlich ziemlich weit weg und dort können Sie dann bleiben und hoffentlich nicht mehr zurückkommen. Und eins sag ich Ihnen auch noch…«

Die Rosi hätte denen jetzt wahrscheinlich nicht nur eins gesagt und auch nicht zwei, sondern mindestens eine dreistellige Zahl, aber da steht auf einmal der Alois neben ihr.

»So jetz langt's aber, Rosi. Du hältst jetz' einfach mal dei' Mai'. Musst du di' überall so aufführen, dass ma sich schämen muss. Man kann doch so was aa amal ruhig in einem oder zwei Sätz'n sag'n und schon gar ned in so einer Lautstärke wie du immer. Dene tät'st du vorhalt'n, sie führ'n sich auf, als ob Ihnen de ganze Welt g'hörn tät, ja sag amoi, bist du denn anders? Herrgottsakrament nomoi aa!«

Plötzlich herrscht absolute Ruhe. Nicht einmal die Möwen können einen Laut hören lassen, denn sie haben die Köpfe eingezogen. Der Paul steht da mit offenem Mund, das Liebespaar steht da mit offenem Mund, die Rosi steht da mit offenem Mund. Und dann passiert etwas, mit dem niemand rechnet. Die Rosi geht auf den Alois zu und umarmt ihn und küsst ihn. Aber so was von leidenschaftlich. Wie lange hatte sie auf diesen Augenblick gewartet.

Immer hatte sie die Initiative ergreifen müssen, klar, der Alois war immer da, wenn sie ihn brauchte, aber den Anstoß musste sie alleine in allen Dingen geben. Wie sehr hatte sie ihn die letzten Tage bewundert bei den Aktionen vor dem Tunnel und bei der Abfahrt nach Moneglia. Alois hat da einfach gehandelt, so wie er es wahrscheinlich auch in der Autobahnmeisterei immer tat. Aber sobald es um ihre Beziehung ging, um die Erziehung von Paul, um den Haushalt oder sonstige familiäre Dinge, dann hat er sich immer rausgehalten. Immer nur sein *hmmmm*. Klar, sie konnte an der Betonung des *hmmmm* jedes Mal genau erkennen, was er meinte, aber trotzdem nervte das. Warum konnte er nie aus sich heraus gehen? Warum konnten sie nie streiten, wie andere es auch taten in ihrer Ehe? Andere Beziehungen gingen oft auseinander, weil man sich andere Sexualpartner suchte, sie musste sich ständig andere Streitpartner suchen. Und deshalb stand ihre Beziehung auch auf der Kippe.

Als sich ihre Lippen nach einem intensiven Kuss lösen, sagt Rosi:

»Danke Alois.«

»Gern g'schehn, Mutti.«

Dann müssen sie beide unendlich lachen.

Alois hatte Rosi das letzte Mal zu ihm in der Hochzeitsnacht gesagt. Sie wusste damals sofort, jetzt hat es zack gemacht und von da an war der Alois für sie halt der Vati. Da muss man bis nach Italien fahren, um aus einem Vati wieder einen Alois zu machen.

Wer jetzt glaubt, mit der Schimpferei vor der Yacht hätte es nun ein Ende, der täuscht sich gewaltig. Jetzt geht es nämlich erst so richtig los. Kaum haben sich Rosi und Alois aus ihrer Umarmung gelöst, da fährt plötzlich vor ihnen ein Kranarm herunter. Auf dem ist ein Sitz montiert und auf diesem Sitz thront ein braun gebrannter älterer Mann mit Sonnenbrille und dunkler Kappe, aus der blondgefärbte Haare hervortreten. Auf dieser Kappe steht in gelber Leuchtschrift *Regie*. Lässig gleitet er aus seinem Thron, geht auf Rosi und Alois zu und klatscht mindestens fünf Minuten. Dann stellt er sich als Franco vor und geht zu dem noch lächelnden Liebespaar, dem das Lächeln aber sehr schnell vergeht. Wenn Rosi und Alois drei Jahre lang einen vhs-Kurs Italienisch besucht hätten, dann wäre der jetzt auch umsonst gewesen. Denn der Franco legt los wie ein Maschinengewehr und gebraucht dabei Ausdrücke, die sich keine vhs-Lehrerin je denken getraut hätte. Ob die beiden denn diese Szene jetzt gerade genau beobachtet hätten. Was sie denn für Dilettanten seien. Zwanzig Mal habe man diese Szene jetzt schon gedreht und dann müsse ein Touristenpaar und auch noch aus Deutschland kommen und Italienern eine Leidenschaft demonstrieren, wie man sich die nur in den schönsten Träumen vorstellen könne. Wie weit sei es denn in diesem Land gekommen? Genau so wolle er das haben. Ganz genau so. Das habe er doch tausendmal gepredigt. Sei er denn so schlecht zu verstehen oder seien sie zu blöd, das so zu spielen. Er tippe auf das Letztere. Gott sei Dank habe man die Kamera mitlaufen lassen. Jetzt gebe es für alle am Set eine Pause, nur nicht für diese blöden Schauspieler, die vermutlich zu allem zu blöd seien und von Glück sagen könnten, dass sie überhaupt zu atmen verstehen, obwohl das für ihn selbst eigentlich kein Glück sei, denn sonst wären sie schon längst krepiert und so müsse er sich aber noch länger mit ihnen rumschlagen. Sie sollen sich nun diese Szene ansehen, aber nicht einmal und nicht zweimal, sondern so lange, bis sie alles verinnerlicht hätten. Jede Einzelheit wolle er so haben, wie das eben vorgeführt wurde und zwar nicht so ähnlich, sondern ganz genau so. Gehe das in ihren blöden Schädel rein? Basta.

Dann wendet er sich wieder Rosi und Alois zu, lächelt und sagt mit samtweicher Stimme in einem aktzentfreien deutsch:

»Wir machen jetzt eine kleine Pause. Haben Sie etwas Zeit? Ich würde Sie gerne auf meine Yacht einladen. Ein kleiner Imbiss. Wie heißt du denn, Kleiner?«

»Paul.«

»Schon mal auf so einer Yacht gewesen?«

»Nein.«

»Na, dann kommt.«

Diese Pause sollte der Franco mal lieber nicht machen.

Viel klüger wäre es, wenn er sich in Portofino ein bisschen umschauen würde, denn nur ein paar Meter weiter, in der Via Roma Nr. 18 spielt sich ebenfalls eine filmreife Szene ab.

Dort befinden sich nämlich genau in diesem Augenblick Hilde und Werner. Sie sind in dem kleinen, von außen eher unscheinbaren Laden, an dem auf der Markise fünf Buchstaben stehen: Gucci. Hilde hält gerade die Tasche in der Hand, von der sie seit Wochen träumt. Die Schultertasche Dionysus. Von der gibt es nur fünf Modelle und genau das Modell, das sie schon ewig sucht, findet sie hier. Oben weißes Leder, unten hibiskusrotes Leder, dazwischen links und rechts ganz dezent abgesetzte dunkelblaue Dreiecke. Das weiße Feld ist mit einer handgestickten, kristallverzierten Königsnatter-Applikation versehen. Der Verschluss ähnelt in der Form einem Tigerkopf. Da der Kettenriemen verschiebbar ist, kann man die Tasche als Schulter- oder als Henkeltasche tragen. Ein einziger Traum. Der Preis ist auch in Ordnung. Zweitausenddreihundertneunzig Euro.

»Werner zahlen.«

»Leck mich.«

Hilde läuft rot an.

So wie den Abend vorher Werner rot anlief, als er mit Hilde im Bett lag.

Er war so gegen acht Uhr morgens an den Strand gekommen. Genau konnte er das gar nicht sagen. Werner war schon öfter besoffen, aber so? Schuld war dieser Jimmy. Der hatte ihn regelrecht abgefüllt. Aber mit dem konnte man wenigstens mal reden. Der hat zugehört. Und der musste lange zuhören, denn Werner hatte viel zu erzählen. Dann hatten sie auch noch geraucht. Irgend so ein Zeug. Und dann hat dieser Jimmy Ratschläge erteilt und zwar so lange, bis es in Werner klick gemacht hat. Wie er an den Strand kam, das wusste er beim besten Willen nicht mehr. Jedenfalls hatte er sich dann das Plätzchen an der Mauer gesucht. Dort war die meiste Zeit des Tages Schatten. Scheinbar hatte er noch irgendwo in sich einen Instinkt. Jemand legte ihm dann wohl auch noch ein Handtuch auf den Kopf. Vermutlich, um das Schnarchen ein wenig einzudämmen. Er hatte gerade so schön geträumt. Von Heidi Klum, also eigentlich nicht von der Klum selbst, sondern von den Models und dann war plötzlich diese Hand in seiner Hose. Als er die Augen aufmachte, sah er kein Model, sondern Hilde und die hielt dann nicht das in der Hand, wovon er gerade träumte, sondern seinen Geldbeutel. Da sieht man mal, welch schmaler Grat zwischen Traum und Trauma ist. Irgendwie war die Hilde dann anders als sonst. So bemüht. Erst mühte sie sich ab, ihn auf die Beine zu bringen, dann mühte sie sich ab, ihn zum Hotel zu begleiten und schließlich mühte sie sich auch noch ab, ihn in die Dusche zu bekommen. Nach der Dusche war Werner dann wieder der Werner wie immer. Dann mühte sich die Hilde nicht mehr ab. Sie gingen miteinander zum Essen. Werner hatte Appetit. Er hatte ja auch den ganzen Tag noch nichts gegessen. Hilde aß das, was sie meistens aß: Salat. Dann begaben sie sich in ihr Zimmer. Schon wieder war Hilde anders als sonst. Sie stand plötzlich nackt vor dem Werner. Das ging so schnell, dass der sich da gar nicht darauf vorbereiten konnte. Da fehlte jetzt einfach die Vorfreude. Dann zog er sich auch aus und legte sich auf dem Rücken ins Bett. Hilde setzte sich auf ihn. Andersrum wäre das für die Hilde lebensgefährlich gewesen. Kaum saß die Hilde auf ihm, fing sie auch schon an zu keuchen und Werner wunderte sich, warum sie denn jetzt keuche, wo er doch noch gar nicht so weit war, dass er ihr etwas zu keuchen geben könne. Dann schloss er die Augen und stellte sich die Klum vor, also eigentlich auch wieder die Models von der Klum. Als er die Augen wieder öffnete, war die Hilde immer noch da. Richtig rührig war die. Nur bei ihm rührte sich halt nichts. Hilde keuchte weiter. Zehn Minuten noch. Dann stand sie auf und sagte:

»War schön, gell. Freu mich schon auf Portofino und du?«

Hilde ging ins Bad und der Werner lief dann richtig rot an. Aber nicht vor sexueller Erregung.

»Was hast du g'sagt?«

»Leck mich«, wiederholte Werner.

»Gib mir sofort die Kreditkarte.«

»Des fällt mir ned im Traum ein.«

»I möcht' jetz diese Tasche hab'n. Und zwar sofort. Von der träum i scho' so lang. Da gibt es sie und dann soll i sie jetzt ned kaufen?«

»Nein.«

Werner bleibt absolut ruhig. Kurs: *In der Ruhe liegt die Kraft.*

Der Kopf von Hilde gleicht der Sonne bei einem Sonnenuntergang in Vernazza. Nur an der Romantik fehlt es halt. Hilde geht auf Werner los und schlägt auf ihn ein. Es hat durchaus auch Vorteile, wenn man rundherum die nötigen Polster hat. An Werner geht das spurlos vorüber. Nicht an

Hilde. Die nimmt Anlauf und bespringt ihn wie eine Furie. Das erinnert ein bisschen an einen Feldhasen, der ein Nashorn anspringt. Dann bespuckt sie ihn und haut wieder in ihn rein. Werner bleibt stehen wie eine Marmorstatue von diesem Michelangelo und merkt, wie vorteilhaft dieser Kurs war. Der erste Kurs, bei dem einfach alles passt.

»Gib mir sofort die Karte, die gehört mir aa zur Hälfte.«

Werner zieht den Geldbeutel wie John Wayne den Colt, holt die Goldene Kreditkarte heraus und bricht sie in der Mitte auseinander.«

»Da. Deine Hälfte.«

Hilde stürmt auf die Regale zu und wirft alles heraus, was sie fassen kann. Das sieht richtig schön aus. Gucci am Boden hat auch was. Das gefällt sogar den Verkäuferinnen irgendwie. Hilde trampelt dann auf dieser Bodendeko rum. Vor allem auf der Dionysustasche. Die Schlangen-Applikation bäumt sich auf und zeigt ihre Giftzähne. Da hätte dieser Gott Dionysus vielleicht sogar Freude daran gehabt, denn er ist nicht nur ein Gott der Freude, sondern auch ein Gott des Wahnsinns. Keine Freude daran hatten die Verkäuferinnen. Die riefen die Polizei. Dann hatte der unromantische Sonnenuntergang von Vernazza ein Ende gefunden.

Auch in Corniglia kommt keine Kornelia. Valentina hält sich in diesem Dorf gar nicht auf. Eigentlich hätte Bene jetzt schon ein wenig Hunger, aber er hat zu tun, dass er Valentina folgen kann. Es geht am Bahnhof vorbei, rechts eine Treppe runter und unter der Bahnlinie durch. Sie gehen an baufälligen Holzbuden vorbei, dann führt der Weg wieder steil nach oben. Gelbe Wolfsmilch, Agaven und Feigenkakteen säumen den Weg. Die gelbroten Früchte auf den Kakteen gefallen dem Bene. Er pflückt eine, beißt rein und schreit auf. So dünne Stacheln kann man ja auch nicht gleich erkennen.

Valentina lacht. War auch nicht anders zu erwarten. Vorsichtig nimmt sie ihm die Frucht aus der Hand und teilt sie mit ihren Fingern geschickt auseinander ohne sich zu stechen. Sie reicht ihm eine Hälfte und zeigt ihm dabei die dünnen Stacheln. Dann isst sie ganz vorsichtig den Fruchtinhalt, indem sie ihre Hälfte an ihren Mund führt und sagt dann zu Benes Erstaunen:

»Suuuuzeln.«

Jetzt muss auch Bene so richtig loslachen. So lange bis auch er in die Frucht beisst. Dann lacht er nicht mehr. So angenehm ist das dann auch wieder nicht mit ein paar Stacheln in der Zunge.

Wieder haben sie atemberaubende Ausblicke und kommen dann nach einem kurzen Abstieg nach Manarola. Bene wundert sich ein bisschen. Sind sie im Kreis gegangen? Das sieht doch genau so aus, wie dieses Vernazza. Hafen, Meer, bunte Häuser, an denen der Putz abplatzt, Treppen, enge Gassen, Geschäfte, Blumen, Touristen. Aber sie sind doch immer geradeaus gegangen. Das Meer war immer auf der rechten Seite.

»Manarola«, strahlt Valentina.

Zielstrebig steuert sie auf die Via Renato Birolli zu und bleibt vor einem Lokal mit verglaster Holzveranda stehen. Il Porticciolo steht da drauf.

»Mangiare«, sagt Valentina lächelnd, während sie auf ihren Bauch klopft.

Das versteht der Bene. Er nickt freudig.

»Manschare. Kenn i ned. Hauptsach' es gibt was zum Essen.«

Sie treten ein. Alles wirkt gemütlich und doch sehr vornehm. Helle Holzstühle, weiße Tischdecken, blaue Servietten, weiße Kerzen. Die Wände sind mit bunten italienischen Landschaften bemalt. Sogleich kommt ein Ober und geleitet sie an einen Tisch für zwei Personen. Sie setzen sich gegenüber und Valentina strahlt, wie sie den ganzen Tag schon gestrahlt hat. Wenn man jetzt meinen würde, mehr kann man nicht strahlen, dann täuscht man sich. Denn als nun die Kellnerin kommt mit ihren langen blonden Haaren und den blauen Augen, gibt es für das Strahlen Valentinas noch eine Steigerung. Das Mädchen lächelt, stellt eine Flasche Wasser auf den Tisch und schenkt ein. Bene will gerade protestieren. Nach so einem langen Weg ist schließlich erst mal ein Bier fällig, da steht das Erdinger auch schon da und das Mädel schenkt auch dies ein. Gekonnt auch noch. Mit einer weißen Haube. Dann schüttelt sie die Flasche und lässt die ganze Hefe ins Glas. Bene überstrahlt Valentina und das heißt was. Ungläubig schüttelt er den Kopf. Drauf ham sie wirklich was diese Italiener, wenn's mögen. Mögen müssen's halt. Valentina stößt mit ihrem Wasser an und dann lässt es der Bene laufen. Drei Zentimeter lässt er im Glas. Die hätte er auch gleich getrunken, wenn er jetzt bei der Anni wäre. Aber das tät jetzt ja blöd ausschauen. Ein Glas in einem Zug.

Jetzt kommt eine Flasche Wein. Weißwein. Cinque Terre steht da drauf. Die blonde Schönheit schenkt beiden ein Glas ein. Sie stoßen an. Bene ist nicht der große Weinfreund, na ja, aber man kann ihn trinken. Dann geht es Schlag auf Schlag. Plötzlich befindet sich ein großer Salatteller in der Tischmitte. Man hat doch noch gar nicht bestellt, ja nicht einmal eine Speisekarte gesehen. Rundherum auf dem Teller aufgeschnittene Tomaten, in der Mitte grüner Feldsalat, darauf Maiskörner und Oliven und dazwischen wieder diese komischen Würmer, die man in Bayern zum Fischen hernimmt. Oder sind es Maden?

»Scampi«, sagt Valentina und schiebt sich so einen Wurm in den Mund. Bene schüttelt sich. Valentina träufelt aus einer Flasche noch eine dunkle Flüssigkeit auf den Salat.

»Balsamico.«

Aha. Und dann noch was Öliges und Salz und Pfeffer. Dann mischt sie alles und teilt es auf zwei Teller. Einen bekommt Bene. Vorsichtig beginnt er zu essen. Hoppla. Der Salat schmeckt gar nicht mal so schlecht. Würzig. Oder ist das nur der Hunger? Weißbrot steht jetzt auch auf einmal da. Wo kommt das schon wieder her. Bene kommt mit dem Schauen nicht mit. Passt gut zum Salat. Wirklich gut. Er isst den ganzen Teller auf, obwohl er eigentlich kein Salatesser ist. Sogar die Oliven putzt er weg. Die Würmer lässt er natürlich übrig.

»Provare!«

»Probieren? I weiß scho' was du willst. Nein.«

»Provare!«

»Nein.«

»Provare.« Valentina sagt das nicht, nein, sie schmachtet es. *Provare, provare.* Und sie sagt bitte. Bitte, bitte. Aber das Bitte sagt sie nicht mit dem Mund, nein, das sagt sie mit den Augen. Bene ist plötzlich nicht mehr der Bene von jetzt, sondern der Bene vor fünfundfünfzig Jahren. Da war er fünf und seine Eltern hatten ihm einen Pudel geschenkt. Dieser Pudel schaute genauso wie jetzt Valentina, wenn er etwas wollte. Bei diesem Blick hat der von Bene alles bekommen, alles, was er wollte. Bene nimmt einen Wurm und schluckt ihn runter ohne zu beißen. Er schüttelt sich. Auch Valentina schüttelt sich. Vor Lachen. Die anderen Gäste schauen rüber. Valentina nimmt den Teller von Bene und isst einen Wurm nach dem anderen. Dann kommt die Tomatensuppe. Ein Traum. Auch für Bene. Suppe von Tomaten der Sorte Allerbest? Nicht möglich, das sind wieder die Tomaten von der Steigerung. Bis auf den letzten Rest löffelt Bene diesen Teller aus. Das blonde Mädel räumt wieder ab und lächelt. Die lächelt auch so nett. Dieses Lächeln kommt ihm so bekannt vor. Woher kennt er dieses Lächeln? Bene lächelt zurück. Auf so ein Lächeln muss man zurücklächeln. Das geht gar nicht anders.

Das Weinglas ist auch schon wieder voll. Hatte er das nicht gerade ausgetrunken? Ja, der Wein ist tatsächlich nicht schlecht. Ein bisschen dünn vielleicht. Prost Valentina. Schön ist es da. Aber wie soll er das sagen. Sie versteht ihn ja nicht.

»Schön da und gut da und du da. Ganz schön.«

»Si. Bello.«

Bello? Hoffentlich kommt jetzt kein Hundefleisch. Aber so weit Bene weiß, ist das mit den Hunden bei den Chinesen. Chinesen gibt es genügend hier. Oh je. Aber die Italiener selbst essen wohl keine Hunde. Die essen Würmer. Das reicht auch. Das was jetzt kommt, sieht tatsächlich schon wieder aus wie Würmer, aber es sind Gobbetti. Gobbetti mit selbstgemachtem grünen Pesto aus dem Kräutergarten der Osteria. Vorsichtig stochert Bene im Teller, nimmt einen Wurm und merkt, das sind Nudeln. Glück gehabt. Und die schmecken auch noch. Verdammt. Das schmeckt ja wirklich gut. Zwar nicht nach Weißwürsten, aber trotzdem gut. Respekt. Bene isst wieder alles auf. Puh, ist der jetzt satt. Prost Valentina.

Bene schwebt, alles ist so wohlig, so, ja irgendwie so vertraut. Aber da war er doch noch nie und so komisch hat er auch noch nie gegessen. Und trotzdem. Am liebsten würde er da gar nicht mehr aufstehen. Die Valentina gegenüber, die Blondine mit den blauen Augen, die immer wieder aufkreuzt, das Glas Wein, das immer voll ist. Aber irgendwann muss man doch auch wieder gehen. Nicht aber vor der Hauptspeise. Die kommt jetzt. Seeteufel mit Salbei und Parmaschinken. Dazu zwei kleine Kartoffelchen. Satt. Aber man kann das doch nicht stehen lassen. Nein, das wäre unhöflich. Kann man auch essen. Der Bene hat gar nicht gewusst, dass Essen so vielseitig sein kann. Er isst den Teller wieder leer.

Valentina schafft nur noch die Hälfte. Den Nachtisch bestellt sie wieder ab. Die Polenta fritta mit den Amarenakirschen sind zwar ein Traum hier, aber was zu viel ist, ist zu viel. Sogar für eine Italienerin. Schließlich möchte sie ihren Magen nicht überfordern und den von Bene schon gar nicht. Sie hat ja noch etwas vor mit ihm heute. Deshalb hat sie seinen Wein auch immer mit Wasser gemischt. Der Bene hat das gar nicht gemerkt. Der war so beschäftigt mit allem. Seine Augen gingen die ganze Zeit hin und her und rundherum. Das war schön zu beobachten. Valentina erinnert sich an die erste Begegnung mit Bene vor fast einer Woche. Was für eine Verzweiflung lag da in diesen Augen. Und jetzt? Was ist aus diesen Augen geworden? Was ist aus diesem Bene geworden? Was hat ihn so schnell verändert? Das allein zu sehen, macht auch sie glücklich.

Zwei Espressi kommen an den Tisch.

»Uiii, a Mai voi«, sagt der Bene, nimmt seine Tasse und trinkt sie aus.

Valentina rührt mit dem kleinen Löffelchen in ihre Tasse, obwohl sie gar keinen Zucker reingetan hat. Dann saugt sie den Kaffee ganz langsam ein. Dabei schließt sie die Augen. Ja, die vita kann auch ohne Zucker dolce sein. Als sie die Augen öffnet, sieht sie, dass an der rechten Wange von Bene ein Wassertropfen hängt. Ist das eine Träne?

Valentina deutet auf ihre Armbanduhr und sagt:

»Andiamo.« Schon steht sie.

Das blonde Mädchen mit den blauen Augen kommt auf beide zu und umarmt erst Bene und dann Valentina. Valentina sieht, wie Bene mit offenem Mund da steht, während das Mädchen ihr zuflüstert:

»Ciao Mama. Tutto bene.«

Valentina zieht Bene aus dem Lokal. Er stammelt:

»Zahlen????«

»Tutto bene.«

Sie müssen sich beeilen, denn das Schiff geht in fünf Minuten. Sie rennen bergab zum Hafen. Das Schiff ist noch nicht da. Aber man hört es schon. Der Bene in Valentinas Schlepptau zieht jetzt nach hinten.

»Mit dem Schiff?«, sagt er mit Verzweiflung in der Stimme und deutet auf das nun herannahende Boot.

»Si!«

Schon sind sie in einer Menschentraube. Da gibt es kein Zurück. Sie werden einfach nach vorne geschoben und sind im Nu an Bord. Das Strahlen in Benes Augen ist verflogen. Valentina hält seine Hand und lächelt. Bene drängt an die Reling. Die Landschaft der Cinque Terre mit den bunten Häusern an den Klippen von der Meerseite aus zu betrachten, wenn die Sonne schon etwas tiefer steht, ist ein Traum. Das dem Bene zu zeigen, auf das hat sich Valentina schon den ganzen Tag gefreut. Aber der Bene kann da gar nicht hinsehen. Der sieht nur ins Wasser. Mit starrem Blick lässt er die Wellen nicht aus den Augen. Schade, denkt sich die Valentina. Schade, dass ihm das jetzt entgeht. In diesem Augenblick entgeht dem Bene noch etwas, nämlich der Seeteufel. Den gibt er dem Meer zurück. Allerdings hat der Seeteufel nichts mehr davon, dafür aber die anderen kleinen Fischchen, die sich jetzt auf ihn stürzen. Jetzt ist das einfach, ihr Feiglinge.

Nach einer knappen halben Stunde kommen Valentina und Bene in Vernazza an. Der Bene hat ihr so richtig leid getan. Aber kaum ist der von Bord, ist er scheinbar wieder ein anderer Mensch. Er lächelt und seine Augen strahlen wieder. Wie kann so eine kleine Bootsfahrt einen so großen Menschen in so kurzer Zeit verändern? Diese Deutschen. Mit Wasser haben sie wohl nicht viel am Hut.

Valentina steigt mit Bene vom Hafen auf das Castello di Vernazza. An einem Geländer hängen Vorhängeschlösser, die Liebespaare dort deponiert haben. Bene sieht Valentina fragend an. Was soll das sein? Valentina nimmt ein Schloss und zeigt ihm, dass da zwei Namen graviert sind. Dann schaut sie ihm tief in die Augen und sagt:

»Amore.«

»Amore???? Aha!«

Es ist jetzt schon spät und Touristen sind nicht mehr viele da. Dort oben am Castello zählt Valentina jetzt gerade mal siebzehn. Das ist wirklich wenig. Bald werden auch diese weg sein. Sie steigen auf den kleinen Turm. Dort sind sie jetzt ganz allein. Völlig ungestört. Sie schauen hinaus auf das Meer. Die Sonne steht schon ziemlich tief. Wie lange wird sie noch da sein? Vielleicht eine Stunde? Valentina beobachtet Bene. Ja, das überwältigt ihn auch. Schön, das zu sehen. Dann setzt sich Bene auf den Boden, Valentina daneben. Hier ist es windgeschützt. Bene greift in seine Hosentasche, Lederhose. Ja ein eigenartiges Volk sind sie schon, da im Süden von Deutschland. Aber lustig.

Bene hat jetzt seinen Geldbeutel in der Hand. Will er ihr Geld geben? Gott bewahre. Nein, er zieht ein paar Fotos heraus.

Ein kleines Dorf mit einer Kirche. Eine gelb gestrichene Kirche mit Zwiebelturm. Schön.

»Haag. Meine Heimat.«

»Si.«

Das nächste Bild. Ein Haus. Weiß gestrichen. Große Fenster. Ein bisschen kahl, steril.

»Meine Haus.« Bene deutet auf sich, dann wieder auf das Bild. »Haus, meine Haus.«

»Casa?«

»Kasa??? Naa, einen Käs mach i ned in meinem Haus. Den kann ma kaufen bei uns im Dorfladen. Nix Kasa.«

Auf dem nächsten Bild ist ein Berg.

»Wendelstoa.«

»Wendels..s...stoa?«

»Genau. Wendelstoa. Mein Lieblingsberg.«

Dabei sieht ihr dieser Bene auf die Brüste. Na ja, die Form kommt hin. Da hat er recht.

»Wendelstoa«, sagt Valentina. »Due.«

Dann lacht sie. Bene strahlt. Die Sonne ist inzwischen schon sehr tief und verfärbt sich rötlich. Das Meer glitzert in diesem Licht wie die Glut in einem Lagerfeuer. Beide sehen fasziniert da runter. Auf eine kleine Mauer unter ihnen springt in diesem Augenblick ein kleines Kätzchen. Die Sonne lässt nur ihre Konturen erkennen.

»Bello«, Valentina ist entzückt.

»Bello????? Naaa. Miau!«

Valentina küsst Bene zärtlich auf die Lippen. Einer muss doch den Anfang machen. Bene erwidert ihren Kuss. Valentina schnurrt.

»Miau, miau.«

So kann auch ein Sonnenuntergang der Marke Vernazza stattfinden. Diesmal romantisch.

Eng umschlungen gehen Valentina und Bene zum Bahnhof und fahren zurück nach Moneglia.

21

Auf dem Tisch steht eine Flasche Weißwein. Cinque Terre Costa da Posa di Manarola steht da drauf. Der Tisch steht auf einem Platz mitten in Moneglia. Piazza Marengo steht auf einem Schild. Hinter dem Tisch, der auf diesem Platz steht, befindet sich ein aprikosenfarbenes Haus, an dem die Farbe etwas abblättert. An diesem Haus hängt ein schwarzes ovales Schild mit weißen Lettern: Antica Osteria Da U Limottu. Hermine, Brigitte und Georg stehen nicht da, die sitzen auf den Stühlen, die zu dem beschriebenen Tisch gehören. Hermine schenkt die Gläser voll.

»Mama, es is' noch nicht mal zwölf. Wir können uns doch ned schon mittags besaufen.«

»Eine Flasche für vier Leut. Was is des scho'? Da wird ma' ned gleich besoffen.«

»I glaub, du bist es jetz schon Mama. Wir sind zu dritt.«

»Wart's ab.«

Hermine hebt das Glas. Richtig glücklich sieht sie aus. So entspannt wie sie Brigitte noch nie gesehen hat.

»Auf dies'n wunderbaren Urlaub. Auf den schönsten Urlaub seit neunundvierzig Jahren. Danke Brigitte für dieses tolle G'schenk.«

»Gerne, Mama. Prost.«

»Wisst's, was mi' b'sonders freut? B'sonders freut mi, wenn i euch seh', wenn i seh, wie glücklich ihr seid's.«

Brigitte macht sich schon wieder echte Sorgen. Wenn sie zu Hause sind, wird sie mit ihr gleich mal zum Doktor gehen. Da ist vermutlich ein Kernspint fällig. O Gott. So alt ist sie doch noch gar nicht.

»Schön, dass wir da bei dir sitzen dürfen«, wirft Georg ein.

» I weiß jetz gar ned, wie ich am besten zu dir sag. Hermine oder Mama?«

»Bloß ned Mama. Untersteh dich. Sag einfach Peggy zu mir.«

Brigitte verschluckt sich.

»Mama! Du trinkst auf der Stelle nix mehr. Peggy? Warst du zu lang in der Sonne gestern? Oder was is los?«

»Nix is los. Peggy ham zu mir früher alle g'sagt. De meisten ham gar ned g'wußt, dass i Hermine heiß'.«

»Des hab i ja noch nie g'hört.«

»Des weiß i scho. Pass auf Brigitte. I bin hier in Moneglia ned des erste Mal in meinem Leb'n.«

»So was hab i scho' irgendwie geahnt, so wie du dich de letz'n Tage verhalten hast. Aber Peggy????«

»Des is lang' her, Brigitte.«

»Vermutlich mindestens achtundvierzig Jahr, oder?«

»Schlaues Mädel. Heut möcht' i dir jemanden vorstellen. Also ich möcht' euch zwei jemanden vorstellen.«

»Aha.«

Hermine schaut auf ihre Uhr.

»Pünktlich war er immer, auch wenn er sonst ein bissl, na ja, wie soll i sag'n, …extravagant war. Aber des war'n wir alle.«

Es ist zwölf und schon kommt er aus der Via Cavour. Barfuss, eine abgewetzte Jeans, ein ausgewaschenes T-Shirt, darüber eine ärmellose Jacke mit buntem Blumenmuster und Fransen.

Die Gitarre trägt er lässig über der Schulter, so wie sein Vater früher vermutlich die Kohlensäcke transportiert hat.

Hermine springt auf.

»Hey Jimmy.«

»Hey Peggy. Yeapi jey.«

Dann umarmt er Hermine, während er in ihrem Rücken gekonnt ein paar Akkorde spielt. Klingt nach Rolling Stones.

»Jimmy, pass auf. Darf i dir die zwei vorstell'n? Des is die Brigitte, meine Tochter und der daneben ihr Freund seit a paar Tag'n, da Georg. Ja und des is da Jimmy.«

»Hi. Yeapi jey.«

Jimmy umarmt auch Brigitte und Georg, die sich erhoben haben.

»Setz' di' her, Jimmy.«

Hermine schenkt ihm das Glas voll.

Brigitte hatte zwar erst zwei Schluck getrunken, aber um sie herum beginnt sich alles zu drehen. Vor einer knappen Woche saß eine grießgrämige alte Frau neben ihr im Bus auf dem Weg nach Italien, die sich wie immer als Moralapostel aufspielte, engstirnige Ansichten hatte und ihrer Unzufriedenheit freien Lauf ließ. Jetzt hat sie plötzlich eine junggebliebene Mama gegenüber, die so wirkt, als wäre ihr fröhliches Lachen und ihre Unbekümmertheit noch nie anders gewesen.

Brigitte hatte sich schon gewundert, als sie gestern Abend von Portofino zurückkam und ihre Mama und der Bene an der Bar saßen. Grad lustig war es. Beide waren schon ziemlich angeheitert und redeten und lachten miteinander, als ob sie sich schon Jahrzehnte kennen würden. Und dann kam aus den Boxen Musik der Rolling Stones. Dann fingen die auch noch an zu tanzen. *Start me up* ertönte es. Der Bene bewegte sich dabei richtig spastisch und schob beide Lippen vor wie dieser Mick Jagger. Mama tanzte ständig um den Bene rum und warf ihre Hüften hin und her. Gut, dass sie in Italien waren, die nehmen das nicht so genau. In Deutschland hätten sie von ihr jetzt einen Waffenschein verlangt. Sie gab keine Ruhe bis Georg und sie auch mittanzten. Irgendwie war es dann auch ganz lustig. Mama konnte fast alle Texte, die da aus der Box kamen. Brigitte wusste gar nicht, dass sie englisch kann. Dann kündigte sie an, dass sie ihr morgen etwas sagen wolle und sie sich um zwölf an dieser Osteria einzufinden hätte. Mit Georg. Sie bestellte noch mal zwei Whiskey für sich und Bene. Brigitte und Georg gingen dann. Da lief gerade *Let's spend the night together.*

»Auf Moneglia. Auf achtundsechzig. Auf die irre Zeit. Auf uns Jimmy.«

»Auf die Holly Goods. Yeapi jey.«

»Holly Goods????«

»Die Holly Goods, Brigitte, des war die Band, in der der Jimmy Gitarrist und Lead-Sänger war. I bin drei Jahre mit dene unterwegs g'wesen. In ganz Europa. 1968 ham wir dann die Tour durch Italien g'macht.«

»Weißt du noch Peggy? In Moneglia, da war'n wir acht Wochen. Oder warn's zehn oder zwölf? Keine Ahnung. Is auch egal. Yeapi jey.«

»Natürlich weiß i des, Baby. Des war ja schließlich des Highlight der Tour.«

»Wir ham am Strand g'schlaf'n.«

»Du am Strand, Mama? Dir kann doch a Bett ned weich g'nug sei. Du jammerst doch immer weg'n deinen empfindlichen Knochen.«

»Brigitte, der Sand war weich. Und i war jung. Des war doch eine ganz andere Zeit war des.«

»Weißt du noch Peggy. Der Strand war wie ein Schlafsaal. Da ham alle gepennt.«

»Ja klar, da hat's in Moneglia nur a Handvoll Hotels geb'n. Des war des italienische Woodstock damals.«

»Woodstock is gut, Baby. Really.«

»Pass mal auf, Mama. Achtundsechzig sagst du, war des. Und ich bin neunundsechzig auf d'Welt kommen.«

»Bist du noch in Moneglia geboren?«, will jetzt Georg wissen.

»Naa, in Mooschbuag.«

»Mooschbuag? Wo is'n des?«

»Moosburg auf hochdeusch, Georg. Aber alle Mooschbuaga sag'n Mooschbuag zu Moosburg.«

»Aha.«

»Mama, in meinem Pass steht Geburtsort Mooschbuag. Hat da jemand aus Moneglia Mooschbuag g'macht?«

»Brigitte, du bist in Mooschbuag geboren. Ganz ehrlich.«

»Und was war nach der Tour?«

»Pass auf Kleines«, mischt sich jetzt Jimmy ein. »Die Peggy war auf einmal weg, so wie sie zuvor auf einmal da war. Really. Keiner hat damals g'wusst, wo die auf einmal herkam. Und keiner hat dann g'wusst, wo sie auf einmal hingekommen is. Das war die Peggy.«

»Und jetz is die Peggy auf einmal wieder da«, ergänzt Georg.

»Genauso is das mit der Peggy. Nach neunundvierzig Jahren taucht die jetzt wieder auf. Yeapi jey.«

In Brigittes Kopf schwirrt es wie in einem Wespennest, in das ein paar Lausbuben mit einem Haselnußstock umrühren. Nur sind weit und breit weder Lausbuben noch ein Haselnußstrauch zu sehen. Statt dessen sitzt da an ihrem Tisch ein Mann, den sie vor Tagen noch für George Cloony oder Georg Gänswein gehalten hätte, ein glatzköpfiger Altrocker mit Pferdeschwanz und ein in die Jahre gekommenes Hippiemädchen, das früher mal ihre Mutter war. Wie soll man da noch irgendwelche Gedanken ordnen können? Die drei Herrschaften am Tisch reden miteinander, aber Brigitte kann nichts verstehen. Das ist alles so weit weg. So unbestimmt. Das ist wie kurz vor dem Einschlafen, wenn der Anästhesist dem Narkosemittel freien Lauf gegeben hat. Die Gedanken kreisen und kreisen und kreisen und plötzlich sind sie eins. Sie kopulieren. Von allen Gedanken ist nur noch einer übrig geblieben und der muss jetzt raus. Hirn an Stimmbänder, Stimmbänder an Zunge und Lippen:

»Mama, du hast mir nie g'sagt, wer mei' Vater is. Heißt des, heißt des, dass der da, dass der da, dass der…«

»Brigitte, pass auf. Die Holly Goods, die war'n doch zu fünft!«

»Was machst du da, Bene?«

»Lesen.«

»Das sehe ich auch.«

»Des siehg i aa, hoaßt des, Paul.«

»Dös seh i a.«

»Na ja, no' ned ganz, aber wenn'st übst, dann wird's vielleicht no'.«

»Du musst aber beim Schwimmen auch noch üben, Bene.«

»Des tu' i scho' noch, i möcht' ja g'winnen.«

»Dann komm mit ins Wasser.«

»Geh halt erst mal mit deinem Papa, i komm dann nach.«

»Der diskutiert laufend mit der Mama.«

»Lass mir nur no' die Seit'n da les'n, dann geh'n wir.«

Bene zog heute früh das alte Wörterbuch heraus, das er von Werner bekommen hatte und versuchte nun, sich einige italienische Wörter einzuprägen. Zu Hause hat er nie etwas gelesen. Nicht einmal die Zeitung. Da war er jetzt direkt froh, dass er das noch kann.

Zu seinem Erstaunen endeten gar nicht mal so viele Worte mit o. Er war gerade beim Buchstaben m. Was steht da? Meer ist mare??

»Guad, Paul, dann geh'n wir halt jetz' rei' in des azure mare.«

Rosi hebt ihren Kopf und sieht den beiden zu, wie sie sich auf das mare zubewegen. Dann legt sie ihn wieder zurück auf die Schulter von Alois.

»Lustig schaut der scho' aus mit seinem Reifen, gell Alois?«

»Mei', wenn er halt ned schwimmen kann.«

»Wo hast'n du eigentlich Schwimmen g'lernt?«

»Im Waldbad, in Nandlstadt. Da bin i im Sommer jeden Tag mit'n Radl von Attenkirchen aus hing'fahrn.«

»Echt, hat's des Waldbad damals aa scho geb'n?«

»Klar. Du so alt bin i aa no ned, verstehst.«

»Des hast du mir no nie g'sagt, dass du dort des Schwimmen g'lernt hast.«

»Du hast mi' aa no' nie g'fragt, Rosi.«

»Aber wenn i di' g'fragt hätt, dann hättst du eh nur hmmmm g'sagt.«

»Stimmt.«

»Der Urlaub da, der hat einiges verändert, Alois.«

»Stimmt aa.«

»Aber ned nur uns, auch andere, so wie den Bene da.«

»Stimmt.«

»Der kann wirklich gut mit dem Paul umgeh'n.«

»Stimmt aa.«

»Vor oana Woch' hätt ma sich nie vorstell'n können, dass der so nett is'.«

»Stimmt.«

»Du Alois, du wirst doch ned bloß dein' hmmm jetz in ein stimmt umwandeln????«

»Aber des klingt doch schee.«

»Kann scho sei, aber mir is des zu wenig.«

Alois küsst sie.

»Mir aa.«

Dann küsst Rosi den Alois und der küsst zurück und dann sie wieder ihn und dann er wieder sie und dann sie wieder ihn und dann fliegt ein Ball der italienischen Kinder auf Rosis Kopf.

»Ja Herrschaftzeiten, wenn ihr…«

»Rosi!!!!!«

»...wenn ihr uns vielleicht auch ein bissl mitspielen lassen würd's?«

Rosi und Alois springen hoch und stellen ihre Liegen so auf, dass sie ein Tor bilden.

»Goal«, ruft Rosi den Kindern zu. Alois muss sich ins Tor stellen und sie spielt mit den Bambinis. Zehn Minuten geht das so.

»I kann nimmer, Bubn.«

»Du bist halt auch nimmer die Jüngste«, lacht Alois und schießt den Ball weg. Die Buben laufen hinterher.

»Gehen wir ins Wasser, Rosi?«

»Ja, i brauch' a Abkühlung.«

»Du musst den Reifen loslassen«, ruft Paul dem Bene zu.

»Des sagst du so einfach.«

»Das ist doch auch einfach. Ganz einfach ist das Bene.«

Nur noch eine Hand hat der Bene auf dem Reifen. Paul legt jetzt ebenfalls eine Hand drauf und dann zieht er mit einem Ruck den Reifen weg. Bene strampelt mit Armen und Füßen, was das Zeug hält. Er hat Panik, aber er geht nicht unter, er geht einfach nicht unter.

»Wahnsinn, Wahnsinn. Paul schau, i kann schwimmen. I kann schwimmen.«

»Du musst nicht so schreien, Bene. Ich sehe es.«

»Ja des is super. Ohne Reifen, ja Wahnsinn. Verreck, verreck.«

»Das freut mich so für dich, Bene.«

Glücklich ist er, der Bene. Er schwimmt nicht nur, er schwebt. Nach einer Weile hat er sich wieder gefangen.

»Aber jetz hab i g'w'onnen, Paul. I kann schwimmen und du kannst no' immer koa bayrisch.«

»Des brauchst du ned glaub'n. I kann scho' lang bayrisch. Aber wenn i dir des g'sagt hätt, dann hättst du di' ja nimmer ang'strengt.«

»Du bist ein Bazi, ein verreckter Hund bist du.«

»I woaß scho'.«

»Naa Paul, du bist viel mehr als ein Bazi. I hab g'meint, du bist ein bissl ein Lausbub. Jetzt woaß i, du bist ein richtiger Lausbub. A bayerischer Lausbub.«

»Aa recht.«

»Woaßt was?«

»Naa, aber du wirst es mir scho' sag'n.«

»Die Wette hat koana g'wonnen von uns zwoa, Paul. Sag'n wir Unentschieden, aber du kriegst trotzdem dein' Eisbecher.«

»Des möcht' i aa hoff'n.«

Jetzt kommen Alois und Rosi auf die beiden zu.

»Ja Bene«, sagt die Rosi. »Was is los? Du kannst ja schwimmen.«

»Klar, des hat mir grad euer Bua beibracht.«

»Respekt Paul. I hab immer g'wusst, du hast was drauf.«

»Danke Papa.«

»Er is ja schließlich auch dei' Bua, Alois«, ruft Rosi.

»Des möchte' i doch hoff'n.«

»Was is'n mit dir los Mama? Du auf oamoi im Wasser! Des hab i ja no nia g'sehn.«

»Sag des no'mal, Paul.«

»Was'n?«

»Des was du grad g'sagt hast.«

»Du auf oamoi im Wasser. Des hab i ja no nia g'sehn.«

»Alois hast du des g'hört?«

»Klar, i bin ja ned taub.«

»Paul!!!!! Da geh her, i möcht di' drücken. Da muss ma bis auf Italien fahr'n, dass der Bua deutsch lernt.«

Dann küsst sie vor lauter Freude den Paul, dann den Bene und schließlich ihren Alois. Paul taucht ab, weil das ist einfach zu peinlich.

»Bene«, sagt Rosi schnell. »I muss di' was frag'n.«

»Frag.«

Der Paul taucht wieder auf.

»Der Rudi hat g'sagt, er schläft heut wieder im Bus, des wär ihm sicherer. Dann is in deinem Zimmer doch ein Bett frei. Könnt da heut Nacht der Paul drin schlafen?«

»Du Mama! I bin jetz zehn. A G'schwisterl mag i fei nimmer. Da wär der Altersunterschied einfach zu groß. Des is euch schon klar, oder?«

Nicht klar ist die Lage im Polizeikommissariat Rapallo. Dort sitzt nämlich immer noch die Hilde fest. Obwohl eigentlich der Begriff, sie sitzt fest, für ihre Situation zu ungenau beschrieben ist. Sie steht nämlich fest, eingeklemmt zwischen zwei Gitterstäben ihrer Zelle. Sie ist sehr wütend, wütend auf die Polizei, wütend auf den Werner, aber am meisten wütend auf ihren Schönheitschirurgen. Der hat nämlich Pfusch gemacht, das ist jetzt im wahrsten Sinne des Wortes augenscheinlich. Dieser dumme Schönheitschirurg hat ihren Ausbruchversuch verhindert. Mit dem Unterkörper durch die Gitterstäbe zu kommen, das war kein Problem. Nicht ganz so einfach war es dann mit dem rechten Busen. Gerade noch mit Gewalt und unter Schmerzen konnte sie ihn durchdrücken. Mit dem linken Busen keine Chance. Der ist offensichtlich um zwei bis drei Zentimeter zu umfangreich. Was für ein Idiot muss das gewesen sein? Es war ihr schon manchmal aufgefallen, dass der rechte Busen im Gegensatz zum linken ein bisschen im BH schwamm, aber das führte sie auf die ungenaue Verarbeitung der BHs zurück und machte in den Geschäften deshalb auch oft genug ein wenig Tamtam. Aber jetzt ist ihr alles klar. Dem Möchtegernarzt wird sie was erzählen. Schadenersatz wird der leisten müssen. Und die Carabinieri wird sie auch verklagen, da ist sie sich sicher. Die stehen beide mit ihren Handys da, filmen sie und lachen sich dabei kaputt. Dann kommt Werner.

»Wo bleibst du denn so lang?«

»I bin mit dem Zug kommen. Des geht ned so schnell. Du schaust ja lustig aus.«

Jetzt lacht der Werner auch noch mit den Polizisten mit und unterhält sich mit denen auf italienisch.

»Lach ned so saublöd und red' auf deutsch. I versteh doch sonst kein Wort.«

»Hilde, des schaut einfach zu lustig aus, echt.«

»Mach sofort was. Hast du mi' verstanden?«

»Klar hab i di' verstanden, du schreist ja laut genug.«

»Werner, i garantier dir, wenn i da draußen bin, dann kannst du dein blaues Wunder erleb'n.«

Werner redet wieder mit den Polizisten, was die Hilde noch wütender macht.

»Hilde, reg di' ab, sonst schwillt dei' Busen noch mehr an.

Pass auf. Die zwei Polizisten versuch'n jetz, die Stäbe auseinander zu bieg'n und ich befrei dich dann aus deiner Lage.«

»Aber ein bisschen dalli, wenn i bitten darf.«

Als die beiden Carabinieri mit Gewalt die Stäbe etwas biegen können, ist Hilde im Nu aus ihrer Lage befreit, indem ihr Werner, so wie es mit den beiden Beamten vereinbart war, einen Schubs gibt. Schwups, sind beide Brüste wieder hinter Gittern.

»Werner, i bring di' um.«

Werner übersetzt. Die Polizisten nehmen ein Protokoll auf.

Während Rosi und Alois immer noch im Wasser turteln, sitzen Paul und Bene schon längst in ihrer Strandbar, im Jolanda, und sehen sich die Eiskarte an.

»Wia groß darf der Eisbecher nomoi sei, Bene?«

»Ja so groß wia da Wendlstoa, hab i doch g'sagt.«

Die Kellnerin in der knackigen Jeans steht bereit, die Bestellung aufzunehmen.

»Bene, weißt was? So einen groß'n Eisbecher schaff i gar ned. Mir reicht's scho', wenn der so groß is wia der Prosciutto da.«

Dabei blinselt Paul und schaut verstohlen auf die junge Bedienung. Bene lacht und bestellt:

»Gelato grosso uno.«

Der Prosciutto geht und grinst.

»Bene, du kannst ja italienisch!«

»So kann ma des ned sag'n. A paar Brocken aus dem Wörterbuch da hab i mir g'merkt. Des is alles.«

»Immerhin, sie hat di' verstanden.«

»Ja, glaub scho'.«

»Da kannst stolz sei, Bene. Erst Schwimmen g'lernt und dann aa noch italienisch. In einer Woch.«

»Ja, des hätt i mir aa ned denkt.«

Jetzt denkt Bene nach. Er denkt nach über die letzten acht Jahre und merkt, dass er da eigentlich gar nichts weiß darüber. In acht Jahren hat sich so gut wie nichts zugetragen. Nichts Außergewöhnliches. Das war ja nur ein monotones Aneinanderreihen sich ständig wiederholender Abläufe: Schlafen, Arbeit gehen, Weißwurst, Brezen, Schlafen, Presssack, Weißbier, Schafkopfen, Weißbier, Schlafen…. Mehr hat sich nicht zugetragen. Und jetzt? Das war doch nur eine Woche. In dieser Woche hat sich alles überschlagen. Da ist mehr passiert als all die Jahre vorher. Diese eine Woche hat alles verändert, seine Gedanken, seine Motivation, seine Einstellung, seine Ansichten und seine Laune. Vor allem aber hat ihm das Meer gezeigt, wie weit ein Horizont sein kann. Oder war das gar nicht das Meer? War es die Vielfalt des Essens? Der Tellerrand? Das, was darüber hinaus geht? Oder lag es allein an Valentina?

Der Eisbecher kommt. Wer soll das essen? Zwanzig Zentimeter breit und dreißig Zentimeter hoch. Oben auf dem Eisbecher thront eine Rose. Die Kellnerin grinst von einem Ohr zum anderen.

»Buon appetito.«

»Ohh Paul, der is wirklich fast so groß wia da Wendlstoa. Aber was is des da oben drauf? De Wetterstation?«

»A Rose is des Bene. Rat mal, woraus die die Rose g'macht ham?«

»Is des a Schinken?«

»Genau, ein prosciutto vom prosciutto.«

Da können sie beide lachen und als sie zur Kellnerin schauen, die um die Ecke schielt, bekommen sie auch noch eine Kusshand.

»Bene, i glaub, den Eisbecher wenn i gessen hab', dann muss i speib'n.«

»G'wonnen is g'wonnen, Paul.«

»Aber du hast doch g'sagt, unentschieden. Also darfst du mitessen.«

»Guad, überredet.«

Jetzt sitzen sie da und löffeln beide an diesem riesigen Eisberg. Das ist ein schönes Bild. Ein harmonisches Bild ist das. Ein Bild, auf dem alle Farben passen, ein Bild, das so eine Ausstrahlung hat, dass es zum Publikumsmagneten jeder Kunstausstellung werden würde, wenn es in diesem Augenblick jemand malen würde. Leider ist kein Maler zur Stelle. Weil da gibt's ja keine Maler in diesem Italien, oder?

»Wie hat's dir denn g'fall'n in Italien, Paul?«

»Ganz guad. Auf alle Fälle besser als in der Schul'.«

»A Schul' is aber wichtig, ganz wichtig.«

»Ja i weiß scho'. Des sagt de Mama aa jeden Tag.«

»Da hat sie aa recht. Und woaßt was, Paul?«

»Naa, rück scho' raus damit.«

»Lern Sprach'n. Wenn du Sprach'n kannst, dann kriegst du einfach viel mehr mit, verstehst?«

»Kann scho' sei. Was machst jetz?«

Bene hat wieder sein Wörterbuch herausgezogen, außerdem ein Blatt Papier und einen Bleistift. Er blättert und schreibt sich dann einzelne Worte heraus.

»I möcht' mi' heut' abend auf italienisch verabschieden, wenn i scho' sonst nix können hab.«

»Stimmt doch gar ned. Du hast doch grad den Eisbecher auf italienisch b'stellt.«

»Da hast recht, sogar mit Schinkenrose«, lacht Bene.

»Von wem möchst dich denn verabschieden?«

»Von der Valentina.«

»Hab i mir schon denkt.«

»Wieso?«

»Weil i aa ned blind bin, Bene. Und blöd aa ned.«

»Da hast du allerdings recht, ein aufg'wecktes Bürscherl bist du.«

»Bene?«

»Ja?«

»Hast du eigentlich Kinder?«

»Naa, hab i ned. Hab i leider ned."

»Darf i di' was frag'n?«

»Klar.«

»I hab leider keinen Opa. De san scho' beide g'storb'n. Magst du mei' Opa sei?«

Da läuft wieder ein Tropfen auf die rechte Wange vom Bene.

Und das linke Auge juckt.

»Warum immer ein Ausländer, Mama?«

»Ich weiß es nicht, Olivia. Wahrscheinlich sind mir die Italiener einfach zu klein.«

»Er sieht lustig aus.«

»Ja, ich weiß. Er ist auch lustig. Mir war es so wichtig, dass du ihn kennen lernst, bevor er wieder heim fährt.«

»Mir gefällt er. Keine Angst. Der passt zu dir. Wann fährt er denn heim?«

»Morgen.«

Valentina wischt sich ganz verstohlen mit ihrem Taschentuch über die Augen. Olivia wäre nicht Olivia, wenn ihr das entgehen würde.

»Es ist dir ernst, Mama.«

Valentina sagt nichts. Sie setzt sich nur auf den Bettrand in Olivias Zimmer. Olivia umarmt sie.

»Oh je Mama, gleich so ernst.«

»Ich hätte nie gedacht, dass mir das in meinem Alter noch passieren kann.«

»Alte Mama. Oh, was habe ich für eine alte Mama.«

Da müssen beide von Herzen lachen.

»Das freut mich so für dich, Mama.«

»Ich freu mich auch, aber….«

»Aber?«

»Deutschland ist so weit weg. Ich geh da nicht hin und ich weiß nicht, ob er hierher ziehen würde.«

»Warum gehst du nicht dort hin? Du bist doch auch von Apulien weggegangen.«

»Das ist etwas anderes. Und da hatte ich auch noch nicht dich.«

»Ich kann dir nicht versprechen, ob ich immer in Italien

bleiben werde und du wirst mir doch nicht ständig nachreisen, oder?«

Valentina bleibt wieder stumm.

»Ich bin jetzt erwachsen. Jetzt bist du dran, Mama. Du musst einfach loslassen. Ganz einfach.«

»Ganz einfach. Ich kann das nicht.«

»Dann lern es, alte Mama.«

22

Am letzten Abend gibt es im Eva la Romantica noch mal ein Festessen. Kein Buffet wie sonst, nein, ein Fünf-Gänge-Menue.

Insalata mista
Focaccia mit Käse, Oliven, Salbei und Rosmarin
Minestrone – eine würzige Gemüsesuppe
Cima Ripiena – Kalbsbrust, gefüllt mit Gemüse und Käse
Castagnaccio – ein Kastanienkuchen.

An einem großen Tisch sitzen Rosi, Alois, Paul, Bene, Hermine, Brigitte, Georg, das junge Liebespärchen und Werner. Ein Stuhl bleibt leer.

»So schnell is eine Woche vorbei«, sinniert Brigitte.

»Wenn i ned wieder in die Arbeit müsst', da würd' i da bleiben. Hier gibt's eine Flora und eine Fauna, da kannst du bei uns daheim nur träumen davon.«

»Ich würd' auch da bleib'n, Georg. Bei dir. Lass dich halt hierher versetzen. Die ham doch auch eine Uni.«

»Ja, in Genua. Wär zu überlegen. Prost auf diese schöne Woche, die leider viel zu schnell vergangen is.«

»Ich muss euch was sag'n«, meldet sich Hermine schnell, nachdem alle getrunken haben. Aber die Worte wollen nicht so leicht heraus.

»Mama, spuck's scho' aus.«

»Ich bleib da.«

»Oh Mama. Des hätt'st du ned sag'n müss'n. Des hab i scho' heut Mittag g'spürt.«

»Des is ja ganz gut, Peggy. Dann könn' ma dich ja oft besuch'n.«

»Georg, bitte! Peggy?«

»Lass ihn doch, Brigitte. Hier bin i die Peggy und die bleib i jetz auch. Ihr könnt's mich alle besuchen. Das würd' mich riesig freuen. Auch ihr beiden Schmuser. Prost.«

»Wo is'n eigentlich die Hilde, Werner?«, will Rosi wissen.

»Die Hilde? Die is verhindert. I denk, die möcht' auch da bleib'n.«

»Was???«

»Ja, die hat sich richtig verliebt in Ligurien. Speziell in Rapallo.«

»Des is aber a teure Gegend.«

»Sie wohnt jetz erst mal in einem kleinen Apartment.«

»Wenn ma' sich des leisten kann.«

»Nichts Großes. So drei mal vier Meter vielleicht.«

»Des is wirklich ned groß. Wenn du da auch noch reinwillst, dann wird's aber richtig eng.«

»I glaub gar ned, dass i da rein will.«

»Ja und du? Was is' dann mit dir?«
»Moi schaun.«

Werner hatte die ganze Zugfahrt von Rapallo zurück nach Moneglia Zeit, sich zu überlegen, wie es weitergehen könnte. Mit zehntausend Euro Kaution hätte er Hilde auslösen können. Aber eine halbe Kreditkarte wurde nicht akzeptiert von den freundlichen Carabinieri. Das war dem Werner schon klar. Und auch recht. Erstmal Zeit gewinnen. Zweitausend Euro hatte er in seinem Geldbeutel, siebentausend im Zimmertresor. Hilde hatte ihn gebeten, sich tausend Euro von den anderen Gästen auszuleihen. Na ja, gebeten ist vielleicht das falsche Wort. Sie hatte es ihm aufgetragen, nein, eigentlich befohlen. Aber nicht befohlen wie sie ihm schon öfter etwas befohlen hatte, sondern so befohlen, wie das ein Hauptfeldwebel bei der Bundeswehr in der Grundausbildung tun würde, wenn der Gefreite beim Morgenappell statt des Kampfanzugs die Schlafanzughose tragen würde und er ihn nun wegtreten lässt. Dabei hatte Werner gar keine Schlafanzughose an, sondern eine gelbe Jogginghose. Werner hatte dann mit den Carabinieri endlos gelabert, eigentlich mehr gelacht als gelabert. Das gefiel der Hilde gar nicht, obwohl sie eigentlich kein Wort verstand. Sie nahm dann das Mobiliar ihrer Zelle auseinander. Unglaublich, welche Kraft sich in einer Konfektionsgröße vierunddreißig ansammeln kann.

Auf dieser Zugfahrt dachte Werner immer wieder an die langen Nachtgespräche mit Jimmy, die der Alkohol zwar in graue Nebenstübchen seines Gehirns verbannt hatte, die jetzt aber wagten, *hier* zu rufen. Jimmy hatte ihm immer wieder eingebläut, dass man manchmal im Leben einfach etwas ändern müsse. Ein eingefahrenes Schema müsse auch mal verlassen werden. Das gelte in allen Lebenslagen, privat und auch beruflich. Er selbst sei zwar immer bei seiner Gitarre geblieben, aber bei ihm sei das etwas ganz anderes. Yeapi jey. Ja, eine Trennung von der Hilde war unausweichlich. Das war dem Werner nun klar. Aber das Offizielle konnte warten. Hilde war ja zunächst gut aufgehoben.

Für sein Outfit muss er auch was machen. Logisch. Jetzt wo dann die Hilde bald ad acta gelegt war, da konnte er nicht mehr mit den ausgbeulten Jogginghosen rumlaufen. Jetzt musste er doch wieder was her machen. Wegen Beutefang. Also nicht geschäftlicher Beutefang, nein privat. Zweibeinig. Also stieg er in Chiavari aus. Zweitausend Euro hatte er ja in der Tasche. Die wurden nun investiert. Etwas Lässiges musste her. Nicht zu lässig, aber lässig. Und zwei Konfektionsgrößen zu klein. Dann war er nämlich gezwungen, das daheim abzuhungern.

Ja, Ziele muss man sich setzen. Hilft nichts. Alles mal ein wenig durcheinandermixen. Auch beruflich muss sich was ändern. Auch klar. So lange hatte dieser Staubsauber nun schon sein berufliches Dasein bestimmt. Das ist keine Herausforderung mehr. Nein, er braucht etwas Revolutionäres. Und dann fiel es ihm ein, als er wieder im Zug saß. Kurz vor Sestri Levante war das. Seine Zukunft heißt Thermomix.

»Aber du fährst morgen schon mit heim, oder Werner?«, will der Alois wissen.

»Klar, i hab' daheim einiges zu erledigen.«

Ganz zaghaft meldet sich dann der Bene.

»Du Werner, hätt'st du nachher amoi a paar Minuten Zeit?«

»I kann mir scho' denken, was du willst. Du möchst mir mei' Zahnbürstl und die Badehos'n z'rückgeben. Weißt was, Bene? Die kannst du b'halten. Quasi als Erinnerung an den Urlaub da. I brauch des Zeug nimmer.«

»Na, du müsstest mir was helf'n.«

»Kein Problem, Bene. Wenn der Werner helfen kann, dann is der Werner da.«

»Vielleicht kannst du mir a bissl was übersetzen.«

»Logisch, nicht verzagen, Werner fragen.«

Niemand zischt. Nicht einmal der leere Stuhl.

Bene sitzt jetzt auf keinem Stuhl. Er sitzt auf einer Liege unten am Strand. Eine angenehme Luft herrscht da am Meer. Nicht zu warm, nicht zu kalt. Die Sichel des abnehmenden Mondes beleuchtet das Wasser, auf dem ein paar Bojen schwimmen. Weiter draußen erkennt man die Umrisse eines Fischerbootes. Bene hat seine Haferlschuhe im Hotel gelassen und ist erstaunt, wie schön warm der Sand noch ist. Er macht nun etwas, das er sein ganzes Leben schon gemacht hat, aber noch nie bewusst spürte. Er atmet. Er atmet durch die Nase ein, langsam und tief. Dann schließt er die Augen, horcht in sich hinein und lässt diesen Atemzug lange in seinem Inneren wirken. Durch den Mund gibt er dem Luftstrom wieder seine Freiheit. Und während er ausatmet, freut er sich schon wieder auf den nächsten Zug. Dann spürt er noch mal etwas. Er spürt das, was die wenigsten spüren können. Er spürt das Jetzt.

Als er die Augen öffnet, ist das Jetzt noch gegenwärtiger. Es sitzt neben ihm und sieht ihn an mit ganz dunklen Augen. Wie ist es möglich, dass dunkle Augen so leuchten können? Wie ist es möglich, dass zwei dunkle Augen eine solch wohlige Wärme abstrahlen können?

Lange sitzen Valentina und Bene nur da, ohne irgendein Wort zu sprechen. Sie atmen das Jetzt und halten sich dabei an den Händen. Dann deutet Bene auf das Meer und sagt:

»Mare.«

»No, meero«, lacht Valentina.

Nun kommt ein langer Kuss. Dann nimmt Valentina aus dem Korb, den sie mitgebracht hat, eine Flasche.

»Vino.«

»Wieno?«

»Si, vino rosso.«

»Aha, wieno roso.«

»No rooso. Rosssso.«

»Rosso.«

»Si. Grande.«

Valentina drückt Bene einen Flaschenöffner in die Hand und während er den Korken zieht, holt sie zwei Gläser aus dem Korb.

»Vino rosso. Primitivo dalla Puglia.«

»Aha. Wenn du des sagst.«

»Salute.«

»Prost.«

»Schmeckt gut.«

»Si.«

Pass auf, denkt sich Bene. Wenn du mir dauernd was erzählst, was i ned versteh, dann kann i des auch.

»Valentina, i wollt ja eigentlich gar ned nach Italien fahr'n. Aber meine Freund, weißt, die ham mir des einbrockt. Die ham g'moant, sie könnan mi' ärgern damit. Aber Pfiffkaas. I hab mi ned ärgern lassen, weil eigentlich is gar ned mal so schlecht bei euch. Guad, ihr habt's koan Wendlstoa und koan Schliersee. Außerdem koane Weißwürst, koan Presssack und koane Brezen. Aber der Wein da is gar ned mal so schlecht. Und de Landschaft kann ma aa lassen. Und de Leut aa.«

»Capisco.«

Nun holt Bene den Zettel heraus, auf dem er sich Werners Übersetzung von *Auf Wiedersehen schöne Frau, schade, dass du nicht aus Bayern kommst* notiert hat.

»Addio bella donna. Peccato che tu non vieni dalla Baviera.«

»Und es ist genau so sade, dasse du niche kommst aus Italia."

»Ahhh. Hast du des Gleiche auf deutsch g'lernt, was i auf italienisch g'lernt hab?«

»No, no. Ich kanne bissken deine Sprach. Nichte gut spreche, aber ganze gut verstehen.«

»Dann hast du mi' die ganze Zeit verstand'n?«

»Si.«

»Und du tust nur so? Warum tust du dann a so, als ob du nicht verstehen tät'st, würdest?«

»Haben Erfahrunge machen, wenn du verstehen Germania, dann wolle immer etwase habe, immere etwase andere. Wenn du nixe verstehen, dann leben bessere. Beides. Italiano und Tedesco.«

»Du bist ja ganz schee raffiniert.«

»Nixe raffinierte. Nur slau.«

Valentina nimmt ihr Glas und schwenkt die rote Flüssigkeit.

»Vino ause meine Heimat. Puglia. Apulien.«

»Aha. Wo is des?«

»Ganze unte in de Suden. Wo immer warm. Bello. Wenne immere Sonne, vino grande, capisco?«

»Viel Sonne, viel guter Wein.«

»Si.«

Valentina stößt noch mal an und küsst Bene dann leidenschaftlich.

»Musse dir was zeige, Bene. Komme mit.«

Sie trinkt ihr Glas leer, Bene macht es ihr nach. Dann nimmt sie ein kleines Päckchen aus dem Korb und führt Bene den Panoramaweg hinauf auf die Punta S. Elmo. Dort oben haben sie einen wunderschönen Blick auf das friedlich da liegende Moneglia mit dem beleuchteten Kirchturm von San Giorgio.

Bene will jetzt auch mal den Hund machen und sagt:

»Bello.«

Valentina lacht laut heraus und antwortet:

»Bellissimo.«

Nach einem langen Schweigen zeigt ihm Valentina die Vorhängeschlösser, die auch hier an einem Geländer hängen, so wie sie das schon in Vernazza gesehen hatten. Sie hält das kleine Päckchen in der Hand.

»Bene, ich bine traurig, wenn du morgen fahre heim.«

»I bin aa traurig, Valentina. Aber i muss wieder in de Arbeit geh'n. Aber nur noch ein Jahr, dann Altersteilzeit.«

»Alte Teilzeit?«

»Des is so was Ähnliches wie Rente.«

»Ahh. Verstehe. Danne du komme zurück?«

»Dann komm i wieder, versprochen.«

»Komme du dann wieder e und bleibe for immere? Dann gut. Dann alles gut. Tutto bene.«

»Nein Valentina. Des geht ned. Weißt, bei euch is ned schlecht. Is ganz schön da, aber des is halt ned Bayern, verstehst?«

»Non capisco.«

»Komm halt du zu mir. Bei uns in Bayern ist noch schöner als hier, weißt. Bayern ganz schön.«

»Schöner? Musse lachen. Schöner nich kann sein.«

»Schau es dir doch einfach mal an.«

»Kann mache. Aber nur kurze. Eine Woch. So wie du.«

»Sehr gut, dann bleibst du auch bestimmt ganz da.«

»Ich Italienerin. Italiano! Ich bleiben hier. Ich nixe weg. Italia schönste Land von de ganze Erde.«

»Ja schön, stimmt. Aber ned des schönste. Des geht ned. Weil des schönste Land is Bayern. Ganz einfach. Da beisst de Maus koan Fadn ab.«

»Du auch so Maus.«

»Valentina.«

»Nix Valentina. Du stur.«

»I bin doch ned stur. I war mal stur. Aber jetz nimmer. Du bist stur.«

»Du stur. Completamente.«

»Nein du stur. Und ganz schön aa no.«

»Sei testardo.«

»Des versteh i ned, Herrgottsakra.«

Dann hört Bene ein Donnerwetter. Ein italienisches Donnerwetter. Es ist gut, wenn man nicht versteht, was so ein Donnerwetter alles auf Lager hat. Vor allem, wenn es ein italienisches Donnerwetter ist. Dann hat sich das Donnerwetter verzogen und mit dem Donnerwetter auch die Valentina. Bene steht da wie ein begossener Pudel, obwohl die dunkle Wolke gar nicht abgeregnet hatte.

23

All you need is peace and love.
And all the stars are above.
All you need is love and peace.
You need flowers and the trees.

Jimmy sitzt auf der kleinen Natursteinmauer vor dem Eva la Romantica mit seiner Gitarre und trällert seinen Erfolgssong von 1968. Peggy sitzt neben ihm. Ein buntes Pärchen, gezeichnet von den Jahren und im Herzen doch noch so jung wie zu ihrer besten Zeit.

»Mama, ruf jeden Tag an, i muss wissen, wie's dir geht.«

»Jeden Tag ned, Brigitte. Ein Mal in der Woche, des muss reichen. Und da ruf i ned an. Des is zu unpersönlich. Da skypen wir.«

»Kannst du des?«

»I bin zwar a paar Jahr älter als du, aber blöd bin i aa ned.«

»Die Peggy war scho’ immer up to date, really«, mischt sich Jimmy noch ein.

Brigitte umarmt ihre Mama.

»Du bist mir schon eine, Mama.«

Dann fließen Tränen bei beiden.

»Servus Georg.«

Georg will ihr erst die Hand geben, aber Peggy zieht ihn an sich ran.

»Mach’s gut, Georg. Ihr seid ein tolles Paar. Echt. Ihr habt’s beide des Herz am rechten Fleck, da bin i mir sicher. Pass auf mei’ Kleine auf. Und schmus’ sie dir immer schön zu recht. Gleich im Bus, jetz dann. So wie de beiden Jungen des die ganze Herfahrt g’macht ham.«

Brigitte und Georg steigen in den Bus und winken. Dann fährt der Nepomuk los. Aber nicht lange. Fünf Meter, schon stoppt er. Rudi öffnet noch mal die Tür und betet:

»Ja Herrgottsakrament. Jetz’ is der scho wieder ned da. Kreuz Birnbaam. Halleluja.«

Paul springt heraus und ruft:

»I hol’ ihn.«

Als Paul ins Zimmer kommt, sitzt der Bene auf dem Bett mit starrem Blick.

Bene hatte eine schreckliche Nacht. Er hatte kein Auge zugemacht und wälzte sich ständig von einer Seite auf die andere. Alles ging ihm durch den Kopf. Sein ganzes Leben zog in dieser Nacht an ihm vorbei. Vom Geburtskanal bis zum Donnerwetter. Wie gerädert ist er jetzt.

»Bene, was is los? Der Bus fährt ab.«

»Is scho so spät?«

»Ja freilich, komm. Der Rudi is scho' ganz grantig.«

Langsam erhebt sich der Bene.

»Was is mit deinem Reifen?«

»Den brauch i nimmer. Der bleibt da.«

Als sie zur Rezeption kommen, steht dort Francesca. Sie lächelt nicht wie sonst, sie sieht Bene nur an.

»Valentina?«, fragt Bene mit traurigen Augen.

»Lei non è qui.«

»Bene, i glaub, des bringt nix. De is ned da.«

Dann greift Francesca in das Schlüsselfach von Benes Zimmer und holt ein Kuvert und ein kleines Päckchen hervor.

»Da Valentina. Tutto bene.«

»Da??? Schön wär's, wenn sie da wär. Und i bin ned der Tutto.«

»Jetz komm aber, Bene.«

Wie hypnotisiert schleicht Bene mit Paul zum Bus.

»Jetz aber dalli. Wenn du ned glei' kommen wärst, dann hätt i di' da lassen. Himmeherrgott nomoi.«

Bene lässt sich ganz hinten auf die letzte Bank fallen. Paul setzt sich neben ihn und klopft ihm auf die Schulter.

»Bene, ned traurig sei. Du hast ja mich.«

Der Rudi legt einen Gang ein und drückt das Gaspedal. Der Nepomuk schnurrt und fährt los. Auf der kleinen Brücke, gleich nach der Via Delle Grazie, steht jemand. Die Rosi ruft:

»Bene, schau, des is de Valentina.«

Bene kann gerade noch einen kurzen Blick auf sie werfen und sehen, wie sie winkt. Zum Zurückwinken kommt er gar nicht mehr. So schnell ist das gegangen. Dann ist der Nepomuk auch schon vorbei. Erstarrt wie eine Salzsäule sitzt der Bene in seinem Sitz. Wie bei der Hinfahrt, nur ohne Reifen.

»Bene, gib mir des Kuvert. I lies dir vor.«

Völlig apathisch gibt ihm Bene das Papier. Paul öffnet das Kuvert.

Lieber Bene,
du sein so stur. Ich auch stur. Wissen.
Was machen, wenn stur sind zwei Menschen, aber geheren zusammen?
Was machen? Du habe idee?
No? Ich habe idee. Wir treffe nexte jahr, selbe zeite an neutrale Orte. Was is neutrale orte? Ha? Habe gemessen mit Lineale auf Karte.
Switzerland. Genau in Mitte von mir und von dir is St. Moritz. Ganz genau Mitte. Dort ich warte und dann rede weitere wir zwei. Wird gehen weiter, irgend wie. Ich wissen.
Ti amo.
Valentina

Bene schaut das kleine Päckchen an. Ist es das Päckchen, das Valentina gestern auf ihrem Spaziergang zum Donnerwetter in der Hand hielt? Bene öffnet es.

Ein Vorhängeschloß. Drei Namen sind eingraviert.

Bene, Valentina und in der Mitte Amore.

»Bene, i glaub, de mag di'. Aber a g'scheids deutsch musst ihr no' lernen.«

Dem Bene wird es jetzt warm. Eine wohlige innere Wärme ist das. Er schwebt. Er kommt sich so leicht vor. Wie eine Feder. Seine ganze Schwere ist verflogen. Wie kann sich ein so schweres Gewicht in einem kleinen Augenblick in eine solche Leichtigkeit verwandeln? So muss es im Himmel sein. Und dann macht es plopp.

Ein Pfropfen hat sich gelöst. Aus dem linken Auge von Bene strömt ein Strahl, ein Strahl, der sich dort jahrelang aufgestaut hatte. Er strömt wie Wasser aus einem Schleusentor. Und jetzt fließt dieser Strahl über Benes linke Wange und ergießt sich auf das Trachtenhemd. Auf die eine Seite seines Trachtenhemds, dort, wo das Herz ist.

Rudi schiebt eine CD in den Schacht.
Eric Clapton.

tears in heaven.